Scrittori italiani e stranieri

Vanni Santoni

La verità su tutto

ROMANZO

MONDADORI

Dello stesso autore in edizione Mondadori

I fratelli Michelangelo
L'impero del sogno

Per l'immagine a pagina 61 © The History Collection / Alamy Stock Photo / IPA

mondadori.it

La verità su tutto
di Vanni Santoni
Collezione Scrittori italiani e stranieri

ISBN 978-88-04-74614-0

Pubblicato in accordo con MalaTesta Lit. Ag. Milano
I edizione gennaio 2022

La verità su tutto

«Ci sono stata due mesi, a quella Fondazione Shakti. Non so come fosse nell'altra sede, là in India. Dove ero io, si mangiava male, si lavorava duro e le lezioni erano incomprensibili.»

«Non la conoscevo di persona, ma in facoltà era popolare. Una di quelle capette, sa, dei collettivi... Sì, avevo sentito dire che era diventata una specie di santona, che aveva cambiato nome...»

«Era come un verbo segreto che passava di bocca in bocca. Vai dalle "dee gemelle", vai da Shakti Devi e Kumari Devi: loro custodiscono la verità.»

«Cleopatra Mancini? Sicuro! Eravamo insieme alle elementari. Era l'unica che aveva il coraggio di contraddire la maestra.»

«Seguii un po' la faccenda per un giornale locale. Quando ancora esistevano! Una storiaccia, e infatti ci scappò il morto.»

«Di sicuro avevano un sacco di soldi! Dove li prendevano? Ah, non lo chieda a me! "Offerte", dicevano.»

«L'ho vista con questi occhi curare una bambina solo toccandola! Con questi occhi!»

«Ma chi, la citta del Mancini, il carrozziere?»

«Shakti Devi! La Madre permeata di saggezza! Una vera santa. Anzi: l'unica vera santa.»

«Qualcuno diceva che era morta, qualcuno che era malata, qualcun altro che era scomparsa in India... Io però ho sentito che è ancora in giro... Sì, da queste parti...»

PRIMA PARTE

Si dice che un passo prima della verità ci sia l'assurdo, e in effetti la parte della mia vita che ti interessa comincia in un modo che potremmo definire così: non so che rapporto tu abbia, che rapporto abbiate oggi, con la pornografia...

Alzo gli occhi dagli appunti. Non un buon inizio, se già non capisco cosa sta dicendo. È il caso di interromperla, di chiederle di ripetere l'ultima parola? È già tanto che si sia decisa a parlarmi. Ricostruirò dopo, mi dico, anche perché continua:

... Ai miei tempi, si utilizzavano certi siti Internet: Pornhub, YouPorn, xWombat...

Quindi ha davvero detto *quello*? La "Madre permeata di saggezza" acconsente a parlarmi, dopo tutto il tempo che ci ho messo a rintracciarla, e se ne esce con una lista di vecchi siti porno? Mi sta mettendo alla prova?

No, non ti sto mettendo alla prova, se è questo che chiedi con quella faccia. Vedi, per raccontarti quello che desideri, devo tornare indietro di molte vite: non so che rapporto abbiate oggi con la pornografia...; io, il mio, l'ho sempre creduto *etico*, magari non quanto quello del padre di un mio professore di liceo che, ci aveva raccontato lui una volta – era uno di quei professori di Storia e Filosofia colloquiali fino all'istrionismo –, lo aveva visto masturbarsi, velocemente, sotto la doccia, davanti a una fotografia della moglie, *vestita*. Non ero a quel livello, ma di certo utilizzavo la pornografia solo per sgomberare il campo dagli appelli del ventre, senza alimentare fantasie che potessero disturbare la carnalità del tutto appagante che avevo con la mia fidanzata – *fidanzata*, sì, non compagna, una parola che non ci piaceva; e poi non dovevamo forse sposarci? Così, niente parafilie, nessun setup particolare, niente pratiche specifiche, niente attori e attrici, in pratica niente categorie o meglio una sola, quella amatoriale, selezionando i video a intuito, onde far sì che l'istinto masturbatorio fosse ricondotto alla sola ablazione del desiderio, che, peraltro, si rendeva necessaria solo quando lei era lontana da casa. Ma quel giorno era uno di quei giorni, Laura era a Francoforte per la sua fiera, io mi ero già preparata il sugo per la pasta di quella sera e di quella successiva, l'acqua bolliva, e così, sentendo un pensiero salino farsi strada in me come un formicolio da un punto astratto in basso...

Ma scusate... azzardo, e mi becco una legnata. Sì, Shakti Devi afferra il più grosso dei mestoli sul ripiano della cucina e me lo verga in testa. È pazza? So che dovrei infuriarmi. Magari strapparle il mestolo di mano, mandarla a quel paese e andarmene. Ma ci metto un attimo di troppo a pensarlo. Mentre mi tengo ancora il capo, riprende a parlare:

... Così aprii il laptop e andai in uno di quei siti e scorsi le thumbnail alla ricerca di due o tre video da aprire, evitando in particolare quelli in cui si capiva che una delle protagoniste (o la protagonista, dato che ogni tanto mi stuzzicavano pure i video etero) era una ragazza sui venticinque-trenta, non troppo alta e non troppo bassa, coi capelli rossi e corti: quella era la sola cosa che poteva rendere meno etica la mia fruizione della pornografia, perché la mia precedente fidanzata, quella che avevo lasciato per Laura, era fatta a quel modo e mi veniva inevitabile attuare un collegamento che nei primi anni della mia nuova relazione mi risultava ripugnante – se avevo piantato Emma era perché mi ero innamorata di Laura, ma se mi ero innamorata di Laura era anche perché con Emma litigavamo per ogni piccolezza e questa irritazione aveva finito per contaminare anche il sesso, dato che per superare l'irritazione scopavamo, ma così facendo era diventato qualcosa di obbligatorio e le cose obbligatorie diventano via via meno attraenti fino a farsi repellenti –, e che invece aveva preso a solleticarmi in un modo che non sarebbe stato fuori luogo definire *maligno*, dato che ogni volta che tra le thumbnail appariva una testa rossa mi si accendeva qualcosa nelle viscere. Procedetti così a saltarli (ce n'erano due, anche se nel primo la ragazza era un po' troppo secca per ricordare Emma, mentre nell'altro aveva i capelli un po' troppo lunghi), ma proprio mentre ne aprivo altri me ne passò sott'occhio uno che sembrava davvero aderente, e così feci quella cosa, la cosa che diede inizio a tutte le vertiginose e se vogliamo tremende vicissitudini di cui vengo a dare testimonianza: cliccai quel video che l'algoritmo, diabolico, mi proponeva. Poteva essere solo un'altra ragazza coi capelli rossi e corti, oppure...

✷

... Oppure poteva comparire la thumbnail di un video con protagonista una ragazza coi capelli rossi e corti, né alta né bassa *e anche* una certa curva di fianchi e di collo, tutte cose che si potevano solo intuire, se non *completare* attraverso una privata forma di pareidolia – né aiutava passare con il cursore sopra il riquadro perché due dei fotogrammi aggiuntivi che si manifestavano erano inquadrature prese da una posizione più distante, mentre il terzo non era che la riproduzione del primo con una banda diagonale con la scritta "Golden Club Content ☆HD☆ | only €12.99".

C'era anche un elemento che normalmente mi avrebbe fermata: un tatuaggio sul bacino di lei, a mo' di fregio, anzi un *vecchio* tatuaggio, si poteva arguire nonostante la scarsa risoluzione della thumbnail, che da solo bastava per indicarla come qualcuno diverso da Emma – o no? In otto anni il tempo di farsi un tatuaggio c'era, forse c'era anche il tempo perché si scolorisse, ma intanto creavo un account PayPal perché, ormai trascinata da un misto di tensione, orrore, curiosità, malizia, eccitazione, sozzura, voglia di essere smentita e desiderio di trovare invece conferma alle mie impressioni, mi apprestavo a entrare nel club degli utenti aurei di xWombat – e vi entravo, in effetti, pagavo 'sti benedetti dodici euro & novantanove e mi si aprivano le porte dello streaming del video *Redhead babe gets ass-fucked ho*, e avevo l'impressione che lo spaziotempo si fosse dimidiato e mi stesse portando in un altro binario, e l'impressione, mentre la telecamera usciva attraverso un finestrone e verso una piscina al bordo della quale stava un lettino occupato da una ragazza rossa sempre più aderente alle caratteristiche prima evocate, be', l'impressione era di averne imboccato uno grosso, di quegli scambi.

Oggi so che era così, ma mentre la telecamera si avvicinava e la ragazza cominciava a, diciamo, giocare con una specie di gancio di alluminio dalle estremità arrotondate, mai avrei potuto immaginare dove mi avrebbero portato gli eventi di quel giorno – anche perché un attimo dopo il campanello mi fece saltare viscere, cuore, tutto, fino alla gola, e ricordare di essere ancora con i pantaloni abbassati. Li rialzai, chiusi il portatile, andai fino allo spioncino del portone, vidi con sollievo che era un corriere, non gli aprii, aspettai che appiccicasse sulla porta il foglietto di mancata consegna, tornai al portatile, lo aprii, constatai con ulteriore sollievo che il video era ancora lì e mi assestai di nuovo sul divano, chiedendomi perché stessi di nuovo sganciando il bottone dei pantaloni, certo non ero eccitata, perdio ero atterrita, avresti potuto ficcarmi un pezzo di burro in bocca e non si sarebbe sciolto... Forse era un tentativo di far tornare il treno sul binario precedente: mi sbottonavo perché si sarebbe rivelato un video come un altro, con una sconosciuta come un'altra, e però da sbottonata mi toccava adesso correre al telefono che stava squillando, correvo e inviavo maledizioni all'idea di Laura di mantenere il telefono fisso... Aspetta, cosa corro a fare? mi dissi, e mi fermai lì in mezzo alla stanza con i calzoni calati, ma quello non smetteva. Aspettai ancora un po'; si scoraggerà, pensavo, poi però al, cos'era, quindicesimo squillo?, si insinuò un altro pensiero, E se fosse successo qualcosa al babbo? O a Laura, a Francoforte... così feci l'altra metà di stanza e alzai:

Pronto.

Ciao Cleo...

Sabina? Che c'è?

Sarebbe per quel progetto... Sai, la rivista con quelli del dipartimento di Filosofia del diritto? Ha chiamato uno sgherro del Tesauri...

Ti prego, abbiamo fatto una riunione apposta per ufficializzare i giorni liberi sfalsati. Oggi è venerdì. Il mio. Poi il Tesauri, t'immagini: sparisce per mesi e vorrebbe metter fretta *a noi*?

Hai ragione, ma anche noi siamo in ritardo. E non è solo quello, Cleo. Lo sai, quando non ci sei tu qua va tutto in mona...

Va bene, *lunedì* arrivo un po' prima e vediamo assieme.

Grande, grazie.

Riattaccai, poi ci pensai un attimo e staccai il cavo dalla parete prima di tornare al mio portatile.

Shakti Devi parla. Io prendo appunti chiedendomi se sia pazza, o se si tratti di una qualche boutade zen, come quella del maestro che dice agli allievi che la cosa più preziosa del mondo è un gatto morto. Pensare alla fatica nel trovare il posto, a partire da voci e indicazioni incomplete, e con le strade coperte sempre peggio da Google Maps... Alla fine, dopo molto girare nella zona, avevo preso un sentiero che si abbassava per un greppio e si infilava in un tunnel di cemento. Passava sotto a un ospedale abbandonato o qualcosa del genere. Da lì prendeva per un ponticello di pietre e poi incocciava un cancello mezzo scassato. Le indicazioni erano scarse; i segni, in compenso, abbondavano. Ecco, nascosta dietro un ciuffo di ortiche vicino allo stipite del cancello, una foto in una cornicetta di peltro, a mo' di souvenir: sbiadita e ondulata per il sole e l'umidità, raffigurava una ragazza indiana, incantevole fino all'irrealtà. Era truccata e ingioiellata, con un bindi a forma di occhio sulla fronte tinteggiata di rosso, mentre in un ovale in basso a destra, come un'iconcina aggiuntiva, stava il primo piano di un'altra ragazza, coi lineamenti duri, rasata come una skin o una monaca. La stessa donna che parla adesso:

✵

... Era lei o non era lei? mi chiederai. Be'. Quello che accadde fu che rimasi a bocca aperta quando si voltò verso gli spettatori (*verso di me*), perché *sembrava* proprio lei, anche se era così truccata che non si poteva essere del tutto sicuri; come girava di nuovo il viso, ero già nello studio a rovistare negli sportelli bassi dell'armadio alla ricerca delle scatole da scarpe dove stavano le mie vecchie foto, eccone una in cui Emma si vede bene in primo piano, certo non sembra, non somiglia, a quel puttanone là – o forse sì? – e tornavo in soggiorno con tre, quattro foto, Emma sul collo aveva tre piccoli nei posizionati a triangolo, nel fotogramma non si vedeva bene, così lo facevo ripartire e dopo pochi secondi di video la bocca mi si riapriva di nuovo all'entrata in scena di 'sto nero con un pisello così e rimaneva aperta mentre lei si faceva sbattere senza troppi complimenti, tempo venti secondi la scena si spostava dentro e adesso se la inculava quasi a spregio, era un video abbastanza ruspante, squallido proprio nel suo avere delle pretese di patinatura, e se non c'era dubbio, adesso, che avesse un fregio tatuato sulla schiena, e che quel fregio fosse *vecchio*, non ce n'era neanche circa il fatto che le forme del corpo fossero le sue... Tutto questo avveniva mentre stavo lì con la bocca aperta e il cuore a mille con le ipotesi che si affastellavano velocissime, come era possibile che una riservata come lei, se era lei, fosse finita a farsi sbattere in streaming?, c'era anche la cicatrice dell'appendicite, pensavo, e mi appiccicavo allo schermo cercando di beccarla, ma niente, quello la sbatacchiava troppo veloce, neanche mi accorsi che erano passati sei minuti e – ecco, adesso la faccia si vede bene, pensavo questo, mi rendevo conto di star cercando il fotogramma giusto mentre il tipo finiva spennellandole la guancia con 'sto minchiarone nero, e riflettevo se al di là dello stupore di vederla con un uomo non ci fosse anche un seme di razzismo nel mio sbigottimento, mentre di fotogramma in fotogramma ne cercavo uno in cui si vedessero i tre nei sul collo o la cicatrice, ma niente... E però quella faccia era la sua: quando alla fine del video, in primo piano, diceva *So it goes!*, di dubbi ne restavano pochi, certo i nei a triangolo non li avevo visti, la cicatrice neanche, il tatuaggio una volta non ce l'aveva, ma quella faccia era la sua e quella voce, pure, mi sembrava la sua, e stoppando il video coglievo qualcosa in quel volto, qualcosa di simile a un velo – velo? un *telo*, un sipario! – di tristezza: cosa stava succedendo lì? Era revenge porn? L'avevano costretta? Era un ricatto? Era finita in qualche giro orrendo? O volente o nolente la stigmatizzavo in quanto donna, arrivando a immaginarmi come negativo il suo stato d'animo – ci fosse stato un ragazzo al suo posto sarebbe tutto finito in una risata, o no? Oppure era ego, ego, ego, stavo alimentando il *mio* ego a immaginarmela triste o vessata o costretta o disperata, per non dover affrontare l'evidenza che la mia ex poteva ben spassarsela in video... Pure, era impossibile non percepire del dolore in quella figura spuntata dai recessi della realtà: era il volto di una dannata, quello che guardava in camera e diceva *So it goes*, così va il mondo, oppure anche È andata così... Come è andata, Emma, mi dicevo, che cosa è successo perché io ti ritrovi oggi lì? Cosa – cercai di deglutire, ma avevo la bocca secca – ti ho fatto? *Quanto male* ti ho fatto?

✵

Immagino che qualcun'altra si sarebbe comportata in modo differente, avrebbe prima di tutto tentato di sincerarsi che fosse veramente Emma quella nel video, le avrebbe scritto, l'avrebbe chiamata con una scusa; forse, dato che la faccenda era così tormentosa, sarebbe andata fino a Stoccolma, là dove un bel giorno l'avevo lasciata e dove si poteva presumere abitasse ancora, a chiederglielo di persona, ma per me – allora non lo sapevo, ma lo vedo bene adesso, nel palco del ricordo: un cambio di frequenza netto – la questione cominciava già a non esser tanto chi fosse la ragazza nel video, quanto il male che avevo fatto: poteva proprio essere Emma, e poteva essere davvero tutta colpa mia, e di fronte all'*esistenza* di questa possibilità, cosa importava chi fosse, poi, la ragazza nel video? Cosa importava, *di fronte al male che avevo fatto* tradendo la fiducia di Emma in quel "non ci lasceremo mai" (l'affermazione più tradita di tutti i tempi, potresti obiettare, ma importava solo che *io* l'avessi tradita) che avevo pronunciato e spesso ripetuto? Una domanda che mi sarebbe risultata ridicola se l'avessi inquadrata subito così nettamente, sebbene avessi già adeguato il mio comportamento a essa: quando, la sera dopo, Laura rientrò, notò subito che avevo, come diceva lei, "i pensieri". Non risposi niente, ma, come era nella sua natura, lei insisté:

Che c'hai quindi?

Ma niente, riflettevo...

Su?

Sul male fatto.

A me?

Sempre così, quella donna. Ma no, Laura, dissi, e la baciai sulla tempia, che c'entri tu? Riflettevo in generale. Tu non hai mai fatto del male a qualcuno?

Intendi fisicamente?

Fisicamente, moralmente... Ma apposta. O almeno per *consapevole negligenza*. Non per caso, come quando prendesti quel ciclista.

Guarda che era lui a essere passato col rosso.

Appunto. Che so, da piccola...

Boh, vediamo... Ecco. Quando eravamo alle elementari c'era una, si chiamava... Marzia, sì, che aveva una gamba lievemente più corta, mi sa per una malattia che aveva avuto, e quella cosa l'aveva portata anche a un ritardo nello sviluppo emotivo, ma che ne so, non ricordo bene, fatto sta che era mezza handicappata o almeno lo sembrava, con quella scarpa speciale e la bocca sempre aperta. La escludevamo da tutto... Io in realtà ero quella che le dava più considerazione, proprio perché mi faceva pena, ma una volta, nei bagni, durante l'intervallo, parlavo con una compagna tra le più maligne e dissi, solo per compiacerla, che Marzia faceva davvero schifo, e in quel momento dalla porta uscì proprio lei.

Pesante.

Macché pesante, si sa che le bambine sono bastarde.

Intanto lo ricordi ancora.

Sul momento mi sentii una merda. Ma poi, oh, che vuoi, un pezzo del genere è niente rispetto a tutto quello che ho passato io alle medie quando si sparse la voce che ero lesbica. Cioè, una volta mi versarono un barattolo di vernice nello zaino.

Che già solo in quanto donne subiamo di default una certa quantità di male per lo più ignorato da tutti, lo sappiamo. Ma il male subito e il male fatto mica si compensano.

Oi Cleo, ma cosa c'hai stasera? Dico solo che nella vita cose del genere capitano, una guarda avanti, no? Mangia, che fredda non è buona.

Mi fai il verso?

Si sarebbe chiusa così, ma la verità è che più tardi, a letto, mentre Laura se la ronfava, io ero sveglia e, perseguitata da quell'immagine di Emma che guardava in camera con una desolante, assoluta e disincantata tristezza, pensavo al male fatto.

Non dico che non mi venne in mente, di nuovo, che potesse essere anche quella una forma di egotismo, il sole non gira intorno a te, diceva sempre Emma, mi piaceva il fatto che dicesse *il sole* e non *il mondo*; pure, se qualcosa avevo imparato in quegli anni, gli anni in cui, credendo che la saggezza equivalesse a ficcare ogni aspetto della propria vita in un comparto più o meno controllabile e quindi corrispondesse alla tranquillità che viene dall'essersi sistemate un po' meglio rispetto a chi si ha intorno, se qualcosa avevo imparato era – almeno! – a leggere un po' più a fondo dentro me stessa, a captare, se non ancora a isolare, i segnali profondi; e quelle immagini, chiunque avesse recitato in quel video, un segnale me lo avevano inviato: avevo fatto del male. A Emma, lasciandola contro ogni sua aspettativa (e mia promessa), ma non solo.

Se nei primi giorni pensavo solo a lei, al modo in cui avevo tradito la sua fiducia inseguendo quello che mi sembrava un bene più grande (e lo era, magari: ma *solo per me*), pian piano quel pensiero cominciò a tracimare in un passato anche più lontano. Non era forse vero, pensavo di notte in notte, che la mia esistenza, che avevo l'ardire di reputare virtuosa, era in realtà imbrattata da punti di male la cui gravità non stava tanto nelle dimensioni (*mi stavo già assolvendo* pensandoli piccoli?

Ricordai che quando ero al liceo mi colpirono le sciocchezze per cui sant'Agostino si crucciava ancora nelle sue *Confessioni*, il furto di alcune pere da un albero, l'aver avuto un'amante negli anni dell'università...), ma nel fatto che – mi risultava sempre più evidente – non avevo mai agito per redimerli. Davvero, mi dicevo, ci si poteva accontentare di essere *un po' buoni*? E le responsabilità storiche? Quanto, di quel già patetico *po'*, veniva dall'aver sempre avuto cibo, affetto, opportunità?

✷

Nei giorni successivi, il pensiero del video si era fatto meno pressante ma più diffuso: si era sciolto in un siero appiccicoso e uniforme che ora occupava il mio campo mentale, e in quella plaga vischiosa spuntavano, come torri o centraline, i punti di *male*. Parrà ridicolo, ma mi rendevo conto di non aver mai riflettuto sul male fatto, né sul male in generale: la mia etica non era che il frutto naturale e in fondo misero dell'esser cresciuta in una famiglia di brave persone durante un periodo di pace e dell'aver per lo più cercato di frequentare altre brave persone; il fatto poi di essermi posta qualche dilemma sociale e politico, dedicandovi del tempo e alcune energie, bastava ad autoassolvermi. Ora gli occhi di quel video mi dicevano il contrario: ora, tanti piccoli marcatori a forma di occhi di Emma, anzi tante piccole capoccette rosse con gli occhi turchesi ficcate nel panorama della mia esistenza come segnalini su una mappa, dicevano che avevo fatto del male e che continuavo a vivere come se niente fosse; per di più, in un'esistenza statica, *che avrebbe potuto fare a meno di quel male.*

Non so quanto tempo passò, di certo diverse settimane, in cui ero tormentata da una vaga angoscia ma per il resto conducevo come sempre la mia vita: il dipartimento, un raro convegno, la quotidianità con Laura, mentre la mia mente vagava, specie di notte, e a volte i luoghi in cui vagava erano oscuri, fondi di cassetto della memoria, soffitte di sogni, piccoli rimossi. *Ricercare i semi delle cose, le chiavi minute ma ancora tiepide del presente in cespugli del passato apparentemente privi d'importanza:* stavo facendo questo, e senza saperlo stavo anche meditando – non comincia forse, ogni vero percorso di meditazione, dal *volgere lo sguardo all'interno*? Scavavo, scavavo. Scavavo al mattino nella doccia e mentre andavo in dipartimento; scavavo a pranzo e tornando a casa e scavavo a letto, prima di addormentarmi. Oltre a Emma, Emma a cui cercavo di non pensare ma che costituiva il motore di questo scavo, rinvenni due nomi: il Mugnai. Pia Nandretti. Tre con Emma: un male d'infanzia, un male d'adolescenza, un male da adulta... Secondo una logica cristiana ero già in peccato di nuovo, a pensare di essere stata cattiva solo tre volte ma, oh, quelle mi venivano. E dato che mi tormentavano, magari bastavano pure... Come se potesse essere un plausibile avvicinamento graduale al *caso Emma*, ripercorsi nella memoria la prima di quelle tre volte. Il frizzino fatale al Mugnai.

Ti starai chiedendo se questo, che già si annuncia come piccolo aneddoto d'infanzia, sia così rilevante nel quadro della mia esistenza: perché non parlarti subito di quando conobbi Kumari, di quando ci ritrovammo ricche sfondate o di quando la nostra organizzazione sfiorò il milione di adepti, o ancora meglio di quando crollammo assieme a essa nella polvere: ma servirebbe a poco farlo senza prima stabilire una genealogia degli eventi, giacché solo quando tutto è predisposto essi si mettono in moto, e dato che a quel punto non possono che andare dove devono, come l'acqua proverbiale che mai si rifiuterà di scendere al mare...

❋

Avevo otto anni, mi ero impuntata su Cascina Vecchia, un campo estivo nei pressi di Vallombrosa, sui monti sopra al Valdarno, dove andava tre quarti della mia classe e dove i miei non mi avevano mai mandato, spiegandomi che alcuni bambini andavano là col prete perché i loro genitori non si potevano permettere altre vacanze, dunque la mia richiesta, a fronte del nostro andare un mese al mare e un mese in montagna, non era solo ingiustificata ma addirittura *ingrata*. Mio padre aggiunse con un sorrisetto dei suoi, ma anche con lo sguardo segreto che mi faceva quando diceva qualcosa solo perché era suo dovere dar ragione alla mamma, che se fossi andata anche una sola estate in quello schifo di campeggio mi sarebbe passata la voglia per sempre. Tacqui, ma nei giorni seguenti mi aggrappai a quelle sue parole in modo tanto ossessivo da farli cedere. Male, non può farle, sentii infine mio padre dire a mia madre, che immaginai acconsentire con una faccia che esprimeva tutto il suo disprezzo per le due settimane di villeggiatura che la parrocchia offriva a costi più che popolari ai bambini della scuola. Forse temeva che la gente (quale gente, poi? *Chi?*), sapendomi lì, avrebbe assunto che ci eravamo impoveriti, forse addirittura che eravamo caduti in rovina per qualche affaraccio, per – così le avevo sentito dire parlando di certi loro amici di Milano che non venivano più al mare a Capalbio – *una serie di investimenti andati male*. A quei tempi non avevo idea di come mia madre fosse già molto ben addentro *svariate* serie di investimenti andati *malissimo*, e che a Capalbio ci saremmo tornati per un'altra estate soltanto. O forse, invece, aveva ragione: in effetti don Alfio era un coglione e Cascina Vecchia un covo in mezzo al bosco in cui la cosa più interessante che poteva capitarti era graffiarti le cosce coi rovi... Ne ricordo il carattere scuro, *buio* più che umbratile, circondata com'era dal bosco, quella foresta di Vallombrosa che poco aveva della dolce flora endemica delle ripe toscane, dato che i suoi fulcri erano gli alberi piantati dai monaci e poi diffusisi ovunque, gli abeti bianchi, i douglas, addirittura le sequoie; inoltre, per via della negligenza degli sgherri di don Alfio, i rovi non solo assediavano la struttura e i suoi campetti: parevano sul punto di conquistarla, avviluppare noi bambini nelle loro spire, strangolare il prete e le suorine che passavano in visita, rendere la cascina al bosco; il resto, in ogni angolo e fosso libero, erano ortiche, sulle quali non di rado stavano ragni repellenti, delle specie di bottoni gialli con le zampe troppo lunghe...

Ero felice di essere lì. Fui la seconda a scendere dal pulmino e puntai dritta un pallone dimenticato nel primo campetto: lo superai, mi voltai gridando RUUD GULLIT! e con l'intento di passarlo teso al Tarchi, uno di classe nostra che stava scendendo in quel momento, gli mollai una pedata che lo spedì a parabola sopra il pulmino e quindi nel bosco, oltre un mucchio di rovi.

Brava furba, ora lo vai a ripigliare, disse uno degli sgherri di don Alfio spuntando da dietro un capanno con una roncola in mano.

Questo era Cascina Vecchia. Al quarto giorno cominciarono i frizzini. Presente, quelle sferzate con l'indice e il medio tenuti flosci, o ancora meglio con gli asciugamani, a mo' di fruste?

Nel giro di poco là diventò tutto un dare e ricevere frizzini – tra i maschi, ovvio, e io stavo coi maschi. Ma non era una mattanza onesta, perché se tutti ne davamo e ne prendevamo e nel giro di un paio di altri giorni eravamo tutti pieni di piccoli lividi oblunghi su braccia cosce e collo e spalle, a volte contornati di puntini di sangue, c'era chi di frizzini ne dava di meno e ne prendeva di più, e c'era chi, come il Mugnai, un tipo mite fino a sembrare tonto e privo di particolari qualità se non il suo essere ingobbito, ne prendeva soltanto – e ammetto che, sì, provavo una vaga ma perversa delizia al coagularsi di quella designazione (designazione rispetto alla quale avevo diverse, manipolatorie responsabilità), che non aveva in sé il solo sollievo del "se è lui, non sono io": c'era un gusto puramente maligno nel sapere che a ogni frizzino si ufficializzava e rendeva irreversibile il suo stato, finché il Picchioni, uno grosso come un ragazzo di terza media, non prese uno straccio di quelli ruvidi dal lavello...

Vai, Picchio! Fui io a dirlo?

Il Picchioni aveva passato lo straccio in una pozzaccia piena di rena e (sì, fui io a dirlo) mollò una frustata in faccia al Mugnai, una frustata così poderosa che all'impatto fece uno schiocco come quello di un raudo; e poi, di rimando, senza accorgersi che era successo *qualcosa di male*, gliene mollò un'altra, con lo straccio ormai aperto, che si avvolticciò attorno alla testa del Mugnai, stile uomo invisibile, Dai Picchio ora basta, disse uno di quinta, e quello lasciò lo straccio e svelò un Mugnai che si teneva il viso e cadeva ginocchioni e qualcuno chiamò il prete e insomma lo portarono al pronto soccorso perché gli si era distaccata una retina.

✵

Sapevo dove abitava il Mugnai, a due strade di distanza da casa di mio padre, da casa nostra, tant'è che ogni tanto, negli anni delle medie o del ginnasio, già lontani da quel frizzino fatale, mi capitava d'intravvederlo, in giardino, che rientrava o partiva con la borsa di quando a scuola aveva ginnastica, con la cartellina di quando aveva disegno... Dato che ogni settimana prendevo (anzi prendevamo, perché vale la pena dire che Laura era più attenta e devota di me riguardo certi obblighi, e se io mi lamentavo ogni volta che c'era da andare dai suoi a Lucca, lei sarebbe venuta da mio padre anche tutti i giorni se avessi stabilito che era opportuno) il treno da Campo di Marte per andare a Montevarchi a trovare il babbo col treno delle 20:18, per riprendere poi il treno per Firenze che partiva alle 22:54, che ci voleva a prendere per una volta quello, fitto di pendolari, delle 19:18, arrivare in Valdarno un'ora prima e da via Piave raggiungere la vicinissima via Caboto? Niente, tanto più che quella settimana Laura era piena di scadenze e le tornava bene saltare una visita, e infatti eccomi che dalla stazione raggiungo il nostro quartiere in una sera ancora luminosa, come quelle di certi giorni, da piccola, in cui giocavamo a pallone o addirittura a tennis direttamente sulla strada, finché le voci dei genitori dalle finestre non ci chiamavano alla cena... Era un giorno *come del passato*: la casa che tremolava, ma pochissimo, in un primo autunno ancora caldo che poteva essere quello di quando mi spingevo le prime volte nei dintorni di casa da sola e i volumi degli edifici e gli spazi spesso solo intuibili dei giardini parevano nascondere qualcosa, non c'erano ancora la ragione e l'esperienza a dire che, no, là non ci abitava nessuno di speciale, che là non c'era nulla di notevole: ogni cosa poteva custodire segreti e *il mondo si manifestava come veramente era: infinito...*

Così, in quella scheggia d'infinito rimessa in circolo dalla memoria in virtù della facile sovrapposizione – nella strada non era cambiato granché, forse il colore di una ringhiera o il modello della bici appoggiata a un muro ad arrugginire – mi avvicinai al cancello di casa del Mugnai, incerta se sfiorarlo, paventando l'increspatura come quando tocchi il tuo riflesso nell'acqua. Mi figuravo la porta che si apriva, un uomo con un occhio dall'iride bianca che spuntava dalla porta...

Suonai. Il campanello non diceva "Mugnai", diceva "Ermini", ma suonai. Si alzò un avvolgibile, solo quel tanto che bastava per guardare; poi, al mio alzare gli occhi ancora un poco, fino allo spazio di una testa. Quella di una vecchia coi capelli arancioni e quattro centimetri di ricrescita:

Guardi, 'un si vòle nulla.

Salve, dissi, c'è per caso... – e mi resi conto che neanche ricordavo come si chiamava di nome – ... il Mugnai?

I Mugnai? 'Un ci stanno mica più, qui.

E sa dove stanno?

Ma chi cercava, lei?

Il... Il figlio.

I' citto? Dice sta a Mantova.

Mantova, dunque... Valeva la pena andare fino a Mantova a cercare qualcuno nei cui confronti le mie responsabilità erano così minime? Ops, attenzione all'autoassoluzione... Ma adesso che avevo capito che si poteva tornare alle persone dell'infanzia, c'era un altro luogo, un'altra persona dove sarei, prima, dovuta andare: se il frizzino al Mugnai era un battesimo, il mio battesimo al male sustanziato da forze esterne e collettive, la *comunione*, il momento in cui davvero *scelsi* di fare il male, era un'altra: Pia Nandretti. Ed Emma? Cresima del male? Ordinazione? Bah... Forse coltivavo simili pensieri perché, se anche avessi visto il Mugnai, non avrei saputo cosa dirgli, come comportarmi. Fatto sta che tornai verso casa di mio padre in un ribollire di ricordi sepolti; verso la mia seconda casa d'infanzia, quella che simboleggiava, che *simboleggiava tutt'ora*, la nostra vita dopo la morte della mamma (e perché allora non mi ponevo *quel* problema, il problema del male naturale?), il nostro trasferimento, dalle villette signorili del nucleo primonovecentesco della cittadina, al quartiere che lei citava sempre con una pena che celava il disprezzo, il PEEP, e già un quartiere il cui nome è un acronimo...

✵

Guarda, abbiamo il terrazzo. Così potrai avere la canetta. Aveva detto così, lui che un sorriso sapeva sempre metterlo fuori, prendendo in giro l'ostinazione con cui, da piccola, dicevo "canetta" invece che "cagnetta" o "cagnolina", e velando comunque gli occhi come a dirmi che, sì, lo sapeva che non era precisamente un terrazzo quanto un pezzo di tetto con le ringhiere e una colata di bitume a impermeabilizzare il suolo... Insomma, eravamo diventati poveri, e su questa comune consapevolezza si basava l'alleanza tra me e mio padre, che a volte mi pareva quasi felice di aver abbandonato il lavoro d'ufficio e di esser tornato tra carrozzerie e motori come da ragazzino. Su questo, e sulla tv: guardavo con lui i suoi film – Sergio Leone, Monicelli, gli appuntamenti d'azione settimanali di Italia 1 a base di Schwarzenegger e Stallone, e lui, quando poteva, guardava con me i cartoni, *Ken il guerriero, I cavalieri dello zodiaco, Conan il ragazzo del futuro*... Al di là di questo, non so quanto mio padre avesse coscienza di me, in quelle innumerevoli notti – la canetta la prendemmo, ma dopo due mesi morì, o meglio l'ammazzarono; mio padre rifiutava di credere che la vicina, quella coi capelli turchini e l'asma, le avesse buttato una polpetta piena di veleno, oppure non voleva dirmelo, mettermi a parte della reale diffusione del male tra gli uomini, e io non ebbi il coraggio di sostituirla, la seppellii in riva all'Arno, in fondo a quella fredda e lunga via Piave dove avevamo preso casa, e dove la casa non dava direttamente, perché i palazzoni erano sì in via Piave, ma in realtà componevano un loro piccolo reticolo di passaggi senza nome, tra cui quello dove c'era l'accesso F, il nostro 18F... –, non so se mio padre mi sentisse, quando di notte alzavo le coperte e aprivo il finestrone a scorrimento della cucina e andavo lì e guardavo la notte misera di luci di via Piave, i puntini rossi degli stop di qualcuno che parcheggiava, al massimo l'arrabattarsi losco di un gruppetto di ragazzi sotto le colonne quadrate del condominio accanto, ed ero traversata da una tristezza assoluta, assoluta... Era lì che la morte della mamma mi colpiva: fuori, non so neanche dire se dissimulassi; di certo riuscivo a comportarmi come se non fosse accaduto niente. Alla sera, invece, mi traversava in un modo che non riuscivo a contenere; allora spegnevo la luce e mettevo i piedi incalzerottati sul termosifone e guardavo fuori dal finestrone tripartito, unica virtù della mia camera se non dell'intera casa, trasfigurandomi nell'unica abitante di un acquario reso meno squallido solo dal buio, mentre fuori, dietro i vetri, cominciava a condensarsi, grazie alla luce delle stelle e a quella dei borghi alla distanza, un Valdarno fantastico, un trittico notturno e baluginoso, ora soffuso ora scintillante, in cui paesi e paesini si montavano in una più vasta città di sogno, abitata (forse! magari!) da ragazze con grosse cosce e piccoli seni, che a loro volta mi spiavano, a loro volta mi sognavano...

Ero una brutta ragazzina. Non da piccolissima, da piccolissima ero caruccia, mora e pallida, con le guanciotte e gli occhi grandi, ma a metà elementari sviluppai un corpo tozzo e grossotto di cui mi sarei liberata solo a fine liceo, e certo gli occhiali e il caschettone da secchia non aiutavano... Ma stando sempre coi maschi sapevo menare e mi difendevo; alle medie, idem, ma se lì non mi tormentavano era perché avevo imparato a difendermi anche in altri modi, facendomi amica la gente, creandomi un mio giro, mettendomi sempre in mezzo, *comandando* (chi la fa la rappresentante di classe? Cleo); ma via via che le istanze sessuali si facevano più urgenti, l'esclusione incombeva. In seconda liceo adottai un'identità grossolanamente "dark" passando al rossetto viola e alle Buffalo e recuperando vecchi corsetti di mia nonna (da accoppiare con giubbetti di finta pelle spuntonati e calze a rete) che però era difficile sostenere, dato che la musica di riferimento non mi piaceva. Tolleravo al massimo gli Einstürzende Neubauten, che almeno mi permisero di entrare in contatto col giro punk di Montevarchi, composto dai peggio raccattati della nostra scuola mischiati a un pugno di metallari tutti brufoli che non erano neanche abbastanza numerosi o motivati da metter su un loro gruppo. Passavamo le giornate seduti sugli scalini del Monte dei Paschi, nello squallido corso cittadino che ai tempi aveva ancora un suo avvilente struscio e, pensa un po', neanche ci drogavamo, un vero gruppo di sfigati uniti solo dal disprezzo per la gente del paese che ci passava davanti. Ci appoggiavamo a casaccio a mitologie esauste e mancava ancora molto prima dell'arrivo della carovana dei rave dall'Inghilterra, prima di quei baccanali nelle industrie abbandonate dell'Osmannoro, prima dell'avere finalmente qualcosa in cui riconoscersi che fosse davvero nostro, ma a quei tempi io ero già al primo anno di università, già affrancata, già (almeno lo credevo) liberata, uscivo con una ragazza, stavo nel Collettivo politico della facoltà, me la cavavo, diciamo, e i free party erano solo un fomento ulteriore di cui neanche capivo il portato spirituale, mentre la provincia si svelava appieno per quel che era secondo Gramsci, *quel luogo dove il vecchio muore e il nuovo non può nascere*...

Quella sera, tornata a Firenze dopo il giro a vuoto a casa Mugnai e la cena con mio padre, già sul letto mentre Laura lavorava nell'altra stanza, scrissi una mail a Emma: *Ho sognato che ti eri fatta un tatuaggio*... Per fortuna non arrivai a premere "invia". *Quanto* sembrava la mail di una che vuole solo riapproccicchiare? Di fatto, tutta la mia ricerca suonava implausibile. Difficile, forse impossibile, spiegarla: io stessa dubitavo del suo senso, del suo perché – financo, dubitosa com'ero, della sua sincerità. Non stavo forse elaborando tardivamente il lutto di un abbandono dettato solo dalla mia vanità, da un senso pratico (perché, sì, Laura era più bella/intelligente/*nuova!*) che non si sublimava in altro che vanità, e ora, quasi a giustificarmi, lo ascrivevo a un più ampio sistema di "mali"? Provai a chiamare Emma. Gesto diretto e in quanto tale degno, anche se non avrei saputo che diavolo dire. Ma era l'1:34 di un martedì ed Emma aveva il cellulare spento. Passai la notte ad arrovellarmi sulla fine della nostra storia – o meglio, sulle *dinamiche del mio abbandono*, che comunque la mettevo mi vedevano colpevole, colpevole, colpevole, a meno di fare come tanti (come tutti?) e accettare che l'unico motore del mondo è la soddisfazione personale e quindi il desiderio, e bona l'è.

Varrà la pena dire che Laura, in quel periodo, non se la passava benissimo. Avrei capito solo più tardi quanto per lei la mia sponda fosse importante, e quanto gliela stessi togliendo. Lavorava per un piccolo marchio specializzato in didattica ma dotato anche di due collane di narrativa, che era stato appena acquistato da un grande gruppo che pareva aver innanzitutto voglia di tagliare sui costi. Il gruppo si chiamava Il Procione e così, ogni volta che qualcosa che funzionava veniva cambiato in modi inintelligibili e sempre peggiorativi – "Il Procione ci ha di nuovo cambiato l'ufficio stampa", "Il Procione vuole che le cedole siano preparate prima..." –, sembrava che ci fosse, a Milano, un enorme canide malvagio a dirigere tutto, seduto in un ufficio del Bosco Verticale... Stava accadendo questo, in casa nostra, e io ascoltavo sì Laura, ma ero altrove – ero altrove *e Laura lo sentiva,* sebbene, come era nella sua natura, presumesse che pensassi a qualcuna: magari proprio a Emma, ma non nel senso in cui ci pensavo io... –, ero arrivata, dopo la "buca" del Mugnai, a valutare come molto più grave e decisivo, come un male originario di cui il male-al-Mugnai era sì un seme, ma un seme che sarei stata in tempo a estirpare, *l'incursione in casa Nandretti.*

✵

Si era al mare, nell'anno che sta tra l'infanzia e l'adolescenza. A Capalbio dopo la morte della mamma non saremmo andati più, visto che la banca si era ripresa la casa, ma per almeno cinque anni andai al mare per un mese filato, ospite dei miei zii a Forte dei Marmi. Il fratello di mia madre, professore alla facoltà di Giurisprudenza di Firenze, e sua moglie, ex dirigente della sanità e baby-pensionata, avevano due figli più piccoli di me e credo che il loro invito, più che con l'aiuto che gli davo a gestirli in spiaggia, avesse a che fare con l'idea di salvarmi dal destino proletario che la morte della mamma e l'abbandono del lavoro d'ufficio da parte del babbo avevano di fatto già concretizzato. Oppure no, forse non c'era nessuna considerazione di questo tipo e semplicemente mio zio aveva pena per quella bambina goffa e incupita, per la figlia della "sua povera sorella", come definiva sempre la mamma. Smisi di andare quando le estati al "barrino", un chiosco sulla riva dell'Arno, coi soliti punk, cominciarono a risultare più attraenti di quelle in Versilia, oppure chissà, smisi proprio perché sentivo già la colpa per quel che avvenne *quell'agosto.*

Quale sia per ciascuna *l'anno che sta tra l'infanzia e l'adolescenza* dipende dalle epoche, dai contesti, dalle persone, quando non dagli eventi: per noi fu quello, e nel ricordo mi immagino a tredici anni, potrebbero essere dodici o quattordici – di certo era già qualche tempo da quando mia madre era crepata vomitando bile in un secchio mentre le tenevo la mano fredda e bagnata e non riuscivo a smettere di piangere –, ma non farò sforzi per inquadrare meglio, il ricordo volontario falsifica, solo quello spontaneo cava fuori la verità.

Cosa ebbe luogo, in quella spiaggia – o meglio, in quella villetta al mare – *nel più indolente dei meriggi,* di quei giorni in cui il tempo si spacca e sfalda come le mattonelle spinte dalle radici dei pini, e le sue faglie esalano il dolciume degli oleandri? Inutile tentennare: in quella villetta ebbe luogo un sacrificio umano. In quella villetta dove andavo almeno un paio di volte la settimana, perché Pia era mia amica, a volte addirittura la *migliore,* per quanto in quelle infanzie al mare lo status passi e viri e si sovrapponga e si sposti di nuovo tra le persone anche nel giro di una giornata; ma di certo per lei, più introversa e meno assertiva, la migliore amica del mare ero soltanto io.

Ci fu un summit, sotto le tende. Credo fosse il primo summit per tutte noi, le amichette del bagno Capodistria. Il primo summit, e lo avevamo indetto per fare del male. Si potrebbe obiettare che molti summit hanno il medesimo scopo, ma non c'è spazio, adesso, per le battute – di certo, però, ne facevamo molte allora; i pomeriggi non erano che un passare di facezia in facezia, e altrettanto certamente ce la spassavamo, se non a fare, a ipotizzare scherzi. Quella volta, però, si era *deciso* che avremmo fatto uno scherzo, che sarebbe stato uno scherzo *più ganzo* (leggi: più pesante) di quelli che facevano i maschi del Clarè ai *peiores* del loro bagno, e che lo avremmo fatto a Pia. Cos'era accaduto? Ce lo racconta la presenza, almeno al summit, di almeno due maschi del Clarè. Era accaduto che il nostro bagno e quello accanto, il Clarè appunto, dopo anni in cui ci guardavamo in cagnesco coi ragazzini di là, si erano di fatto gemellati. Da noi c'erano più femmine, di là più maschi; il processo era, volendo, inevitabile. E inevitabile era allora suggellarlo accanendosi su colei che – forse perché più legata all'infanzia, forse perché meno propensa a mutamenti delle abitudini e dei passatempi di sempre – aveva più patito il riassetto e meno legato coi "nuovi". Le letture behavioriste minimizzano sempre il libero arbitrio: tendono ad aggirare il problema del male rendendolo indistinto da ciò che male non è. Quello che conta, invece, è che architettammo un tiraccio, e che tra tutte – volendo giustificarsi: anche qua inevitabilmente, dato che in un modo o nell'altro, avendo sviluppato certe doti da arruffapopoli come forma di difesa dalla svantaggiata condizione di genere e orientamento in cui la natura mi aveva gettato, e di cui ero già sotterraneamente consapevole, mi ritrovavo sempre a dettare la linea del gruppo – fui io quella che diede il maggior contributo alla progettazione. Da chi poteva mai venire, del resto, questa volontà di sorpassare a destra i maschi? Lo scherzo stabilito era di quelli noti a chiunque, visto che si veniva regolarmente ammonite dai genitori circa la sua pericolosità: la finta rapina, quella che se la vittima ha un'arma in negozio (o in casa) "finisce in tragedia", anche se nel nostro caso l'idea era di concluderla con il saccheggio dei vestiti infantili di Pia e conseguente sfilata.

Al mattino successivo, però, Pia non ti si presenta al bagno con due amiche mai viste prima? Venne fuori che erano due compagne di scuola che, essendo partiti i suoi, aveva deciso di ospitare. Per una decina di minuti la possibilità dello scherzo si eclissò: si poteva mica prender di mira gente esterna... Poi, quando sentimmo Pia strillare dalla cabina perché chiusa dentro proprio dalle sue ospiti, capimmo che esisteva un'opportunità. Capannello immediato con le due nuove, Vi va di fare uno scherzo alla Nandretti? Perché no, perché no... Finisce che si offrono di aprirci casa.

E in casa le entrammo, dal retro. Tutte bardate e mascherate, pantaloni lunghi e felpe e cappucci o cappelli, occhiali da sole e sciarpe, guanti e scarponi, e se eravamo solo un mucchio di ragazzine stecche e già indecise (ma chi fomentava le altre a procedere? Cleo, ovvio), lì al mare, in pieno agosto, quando tutti sono nudi e in ciabatte, vestita a quel modo fai comunque brutto, specie se hai delle mazze da golf (del padre di Cassia) e una scacciacani (del fratello di Marianna). Ci ammassammo in cucina dove ci aspettava una delle "amiche", era l'ora di cena e stavano mangiando di là, e quando quella rientrò e si sedette facemmo irruzione nella stanza, e tanta era l'adrenalina accumulata che dimenticammo che l'idea era di entrarle in camera e metterci i suoi vestiti... non eravamo ancora entrate che già urlavamo come baccanti; tanta era, che Silvia buttò giù una sedia, che Marianna fece altrettanto; tanta che Cassia mollò addirittura una mazzata a una vetrinetta, e in quel frantumio le amiche di Pia – Pia che aveva alzato la testa ed era rimasta paralizzata col cucchiaio in mano mentre una vera e propria squadraccia le entrava in casa – ci reggevano pure il gioco, una fingeva di panicare, l'altra gridava Oddio ci ammazzano!, ed ecco che Pia balzò in piedi di scatto, scappò nell'ingresso, per le scale... Era Marianna, bardata come un fondamentalista, a inseguirla, scacciacani in pugno... Già me la vedevo, Pia che cercava concitata nei cassetti della camera dei genitori, si voltava e in pugno aveva una pistola vera... Ma no, i genitori di Pia erano gente pacifica, niente armi in casa, figurarsi al mare, l'inseguimento infatti continuò al piano di sopra, si sentì lo scalpiccio delle due, Marianna, esaltata dalla caccia, strepitava come un rapace, Pia correva e basta, nel fittume mentale del terrore, riprendeva le scale, ce la ritrovammo davanti impazzita, noi che le dicevamo Ferma, ferma, ma lei che neanche ci vedeva, traversava di corsa il soggiorno, passava in cucina mentre le correvamo dietro gridando di fermarsi, imbucava il finestrone, arrivava in giardino, un piede era sul muretto, una mano sulla ringhiera, e la scavalcò di slancio, lei che manco sapeva battere a beach volley si produsse in una veronica aerea, propulsa dalla paura. Poteva durare?

No: l'atterraggio fu di muso, anzi di polso, visto che, superato l'impatto visivo del naso e della bocca sanguinanti, avremmo scoperto che se lo era rotto in due punti. L'anno successivo non si vide. Circolò la notizia che i Nandretti, tre generazioni e trentotto anni al Capodistria, avevano cambiato bagno.

Per quanto Pia non vivesse vicino a casa mia come il Mugnai, avevo un indizio, che mi era arrivato qualche anno prima tramite mio padre che, ignaro dei fattacci, ricordava la mia amicizia con lei e mi disse Ricordi la tua amica Nandretti, come si chiamava, Pia? Dice oggi fa la penalista a Roma...

Quante "avv. Pia Nandretti" potevano esserci a Roma? Una, scoprii. Non andai subito là, sia perché Laura, di fronte alla mia scostanza, aveva cominciato, non dico a pensare, ma almeno a scherzare sull'idea che potessi essermi fatta un'amante, sia perché poco più di un mese dopo ci saremmo potute andare insieme, dato che lei avrebbe avuto la Fiera della piccola e media editoria.

✵

Cosa ti è preso stavolta, non si sa.

Dici che non vengo mai alle tue cose, poi una volta che ci vengo, non ti va bene?

Ma no, mi fa piacere, scherzi? Ma tu non fai mai qualcosa senza che abbia uno scopo.

Questa dovevo ancora sentirla. Be', mi faccio un giro a Roma, è dai tempi dei collettivi che non ci vengo... Poi non vedevo l'ora di farmi un bel pranzo al Mac...

Ghigna pure, ma attorno al palacongressi è davvero il posto in cui si mangia meglio, disse Laura mentre avanzavamo dentro a quella che già prendeva forma come una palpabile nuvola di odor di fritto. E ci potevo credere, invece, che in questa assurda periferia, già quartiere ideale del fascismo e ora macroarea urbana a diversi gradi di sviluppo, dalle macerie alla "nuvola di Fuksas" passando per il modernismo olimpico, il miglior locale fosse il McDonald's: intorno si vedevano solo improbabili cocktail bar finto lussuosi con sciapi tramezzini ad ammuffire sotto ai vetri, e di tale superiorità era del resto testimonianza la folla che riempiva l'interno, si ammucchiava alle macchinette per ordinare, ritirava il pasto da interfacce umane obbligate a indossare delle corna da renna o dei minicappelli da Babbo Natale, cercava posto in veranda in un frullio di marmocchi e piccioni impestati. E ne eravamo testimonianza noi, con Laura che addentava tutta allegra il suo McChicken... Laura era sempre felice quando veniva in fiera: nonostante la crisi, la precarietà, i pochi soldi, l'overtime, il Procione, nonostante tutto, aveva la soddisfazione di essere parte di qualcosa che reputava dotato di senso. Fare i libri: ci vuol poco a sentirsi speciali, a sentirsi un presidio rispetto al Nulla, e magari sì, magari lo erano pure, sarebbe stato cinismo, forse, dirsi che anche i libri non erano che prodotti, che l'editoria non era che un'industria, e pure più pezzente di altre...

E non fare questa faccia, mi disse abbracciando con lo sguardo la veranda, gli adolescenti che fumavano abbarbicati l'una sull'altro, i tabbozzi svegli dalla sera prima, le famiglie in tuta col bimbo che scappa e il babbo che lo riacchiappa...

Che faccia?, dico intingendo una patatina nel cheddar, e intanto un rumore come di bowling annunciava l'uscita di una ragazzotta di non men che sedici o diciassette anni dal tubo del castello-gioco di Ronald McDonald, l'amica che la prende per il polso e la aiuta a uscire ridendo, come feci una volta io con Emma, una volta che tornando ancora su di giri da un rave fuori Bologna ci trovammo in un giardino attrezzato, e le giurai che saremmo state insieme per sempre...

A volte mi sembra che tu viva in una realtà tutta tua.

Solo a volte?, dissi, e mi allungai per darle un bacio sulle labbra unte.

Mentre la accompagnavo verso la "Nuvola", Laura mi raccontava di questo o quella che, pubblicata da questo o quell'editore, brigava per questo o quel premio, un gossip di settore che avevo imparato a capire a forza di sentire cognomi e marchi, e intanto guardavo per terra e al lato della strada, sotto le paratie metalliche del cantiere di un altro palazzone c'era un greppio di pietracce che avrebbero potuto essere antiche e che ora nascondevano rifiuti di ogni tipo, bottigliette, fazzoletti sporchi, sacchettini azzurri con dentro la merda del cane, stagnole macchiate di nerofumo, tappi tappini e cotton fioc, e poi, girato l'angolo, sul muretto che adesso emergeva, direttamente i sacchetti della spazzatura, e sulle paratie solo scritte tracciate a mezzo, come se non ci fosse più neanche la forza o la voglia di finire un graffito, e cartelli o meglio fogli dentro a buste di plastica da schedario che dicevano ATTENZIONE VUOTO RETROSTANTE ALTEZZA 10MT, e quando spiai dall'apertura non vidi solo i dieci metri ma anche, in fondo, un'accozzaglia di moduli prefabbricati con scale e ringhiere e passaggi, a cui scattai una foto col cellulare perché ebbi l'impressione che il mondo, le cose, mi annunciassero qualcosa, sebbene la loro lingua fosse incomprensibile...

Che te fotografi? Annamo, mi disse Laura; aveva questa cosa di prendere in un attimo l'accento del posto in cui si trovava, Sto già in ritardo, il turno allo stand in teoria me comincia alle quattordici..., e la accompagnai fino all'esterno del palacongressi, mentre arrivavano da più lati coppie, individui e gruppetti, alcuni venivano fermati da ragazzi africani che tentavano di appioppargli libretti africani, più miti i testimoni di Geova stavano in piedi sul marciapiede coi loro espositori pieni di pamphlet con titoli come *Dio pensa mai a me?* o *Cosa dice veramente la Bibbia?* e copertine con immagini oleografiche di uomini e donne di tutte le razze che vivevano in armonia con le belve... Io mi sentivo come in un vortice, in una vertigine.

Vabbe' Laura, dissi, io allora prendo la metro, andrò a vedere la mostra che c'è alle Scuderie del Quirinale...

✵

Eccomi, invece, nel viale Giulio Cesare dove aveva sede lo studio, eccomi suonare al campanello "Studio Legale Tramonti" del civico 232, chiedere dell'avv. Pia Nandretti alla segretaria, attendere in piedi che arrivi...

Come allora era un poco più piccola e un poco più pallida di me, e il sorriso che mi tirò riconoscendomi era un sorriso sincero, mite ma solo perché mite era lei, e sincero fu il modo in cui venne ad abbracciarmi, anche se vidi poi un'ombra nel suo staccarsi, ma sia l'ombra che lo staccarsi potevano venire dal fatto che io non avevo alzato le braccia, le avevo tenute dritte lungo i fianchi mentre lei mi stringeva.

Cosa c'è, Cleo, ti serve una consulenza legale?

Sono venuta a chiederti perdono. Dissi così, "perdono", virando all'ultimo dallo "scusa" che avevo immaginato di pronunciare ma che sul momento mi sembrò inadeguato.

Perdono? Mi guardò come si guarda una stramba. In fondo alla sua iride, però, nell'incavo di una cripta o di una lacuna, captai il vibrare di un riconoscimento.

Per quello... Scherzo del cazzo... Che ti facemmo.

Ma saranno passati...

Vent'anni, sì. Ventidue, mi sa.

Sei venuta qui per questo? Davvero?

Che effetto ti fa? Non so perché mi uscì questa domanda, quando avrei dovuto dire solo "Sì"; lei, che aveva conservato quel tratto riflessivo che aveva da piccola, una capacità di adombrarsi e poi parlare in un modo in cui l'amor di verità precipitava in un'ingenuità che poteva apparire curiosa in una bambina per lo più introversa e viziata, e che però, come tali tratti, le veniva forse dall'anzianità dei genitori e dall'estrema anzianità dei nonni, dal sospetto che il mondo non sarebbe mai stato capace di volerle bene nel modo in cui era stata abituata, ci pensò un po' e disse:

Mmm... Che tu voglia metterti ancora una volta al centro dell'attenzione?

Io, gelata. Lei che aggiungeva un Dico per dire eh, tutto di timidezza. Che fare, allora? Ma prima ancora, che dire? Bisbiglio uno Scusa.

Figurati.

No, davvero, scusa.

Ma figurati!

Scusa!

Ma scherzi?

Avremmo potuto continuare, forse. Così dissi: Vabbe'. Quello che dovevo dire l'ho detto. Senti, allora, io vado.

Mi ha fatto piacere rivederti.

Ora però era lei a tentare un numeraccio (ne era capace? Ma sì, perché no), un sorpasso sulla corsia della maturità. Che si poteva fare? Poco: Anche a me. Ciao.

❋

Quella sera, a cena con Laura, parlavo poco, cincischiavo, guardavo nel piatto, come oppressa da inintelligibili presentimenti:

Non ti sembra decadente?

Cosa?

Fai il conto: un granchio. Poi uno, due, tre, quattro... Diciotto cannolicchi io, sei mazzancolle giganti tu... Il polpo dell'antipasto. Ventisei esseri viventi.

Ti ricordo che è il nostro anniversario, o quasi.

Ventisei, ce ne siamo mangiati. Mentre in mare non c'è più un cazzo.

Cleo... Dài. Se adesso vuoi diventare vegana diventalo, ma non rovinare anche questa serata.

In che senso, *anche*?

Ma non lo vedi che sono settimane che sgravi?

Che... *sgravo?* Adesso farsi qualche domanda sul male è "sgravare"?

Il male, il male. Quanto la meni ultimamente con questa storia del male. E al male che fai a me, ci pensi mai?

Ne tengo conto, Laura, ma...

Ne tiene conto! Che poi, se vogliamo parlare di "male", al concorso ci hai pensato?

Che concorso?

Al concorso truccato con cui hai vinto il posto da ricercatrice.

Guarda, non era truccato nel senso che intendete voi.

Noi?

Nel senso di gente non dell'università. Cioè – ok, era truccato se vuoi vederlo così, ma non è che hanno falsificato i voti o la prova.

Chissà cosa ne pensano quelli che aspiravano a quel posto.

Ma non ci sono persone che aspiravano a *quel* posto, solo a *un* posto. I concorsi sono tutti più o meno prestabiliti, ma non è qualcosa di illegale, perché è il concorso che viene creato sul candidato.

Il che è un trucco.

Vedila come una forma di cooptazione mascherata. Del resto, oh, se un professore che segue determinati temi vuole intorno la gente con cui ha già lavorato, cosa fai, gli dai tutt'altra persona?

Mi ha raccontato Irene – sai, la nostra ufficio stampa? – che all'università di non so dove c'è un corridoio con lo stesso cognome su tutte le porte.

Ora non mettermi su quel piano, ma è vero che quando

vuoi qualcuno, lo prendi: progetti una griglia di valutazione su chi deve vincere, fai valere di meno delle esperienze di didattica o di più certe pubblicazioni, che ne so metti che le pubblicazioni italofrancesi valgono doppio – o la metà, secondo i casi –, oppure metti un limite a dieci pubblicazioni così ridimensioni quello che ne ha cento, poi metti su una commissione di amici... Tutto pulito, infatti anche se uno fa ricorso, al massimo vince per vizi di forma, mai per sperequazioni o peggio. Così va a finire che quelli validi neanche si iscrivono se non è "il loro turno". E se a farlo con un candidato solo viene troppo losca, mettono uno sparring partner farlocco.

Quindi, era truccato.

Non nel senso che intendi tu... Certo, fu mio zio a raccomandarmi a Franca Pertini, ed è vero, come dice sempre lei, che chi è "dentro" in genere non è uno sprovveduto, *ma* non è stato scelto per la sua competenza.

Quindi...

Se ti dico che era truccato, sei più contenta?

✷

Sapevo che il mio concorso era truccato, che all'occasione lo sarebbe stato? Sì. Pure, partecipai. E fui ben contenta di vincere! Feci male? Feci bene? Cosa voleva dire, poi, fare il bene? *Si poteva* vivere senza fare il male, rimanendo fuori da quel reticolo di cause ed effetti – quel reticolo squisitamente *karmico* – in cui anche il solo posizionamento implica un privilegio e quindi una colpa? Mi marinavo in questi dubbi, lasciando che si elevassero dallo specifico all'assoluto, dal pratico al filosofico, e di certo dovevo essere entrata in quella che la gente chiamava *crisi*, se è vero che qualche giorno dopo quella cena romana mi scoprii a varcare la soglia della Badia, la vecchia chiesa fiorentina col campanile esagonale che spunta dai tetti del centro. Andare in chiesa, poi, che cosa ridicola, pensavo canticchiando *Stopped into a church / I passed along the way / Well, I got down on my knees (Got down on my knees) / And I pretend to pray (I pretend to pray)*, ma intanto varcavo quella prima soglia, superavo atrio e chiostro, avevo già la mano sulla porta interna, e quel vago odore d'incenso chiamava ricordi d'infanzia...

Sono tutte stupidaggini, ma vacci, che tua nonna ci tiene. Diceva così mio padre, il che era un po' ridicolo visto che mia nonna era già consumata dall'Alzheimer e manco ci riconosceva, ma io ci andavo, non perché mia nonna ci tenesse, ma perché tutti ci andavano, e non andare "a dottrina" avrebbe costituito un ulteriore fattore di differenza per chi già non passava l'agosto a Cascina Vecchia. Ricordo la prima lezione: dovevo averne saltate alcune, se non un intero semestre, dato che quando arrivai don Alfio mi prese con sé per "spiegarmi la confessione" e mi indicò un'immagine della Madonna in una delle cappelle laterali. Di fronte a quella fredda icona, io, bimba sospettosissima, non potei fare a meno di chiedermi se davvero costui vi vedesse un *potere* o se mi ritrovassi catturata in una messinscena di cui non comprendevo le premesse. Con un giro di parole mi portò a dire che (boh?) mi pentivo di aver "ogni tanto" risposto male al babbo e alla mamma, cosa peraltro falsa dato che a mia mamma, che aveva finito il quarto ciclo di chemioterapia, rispondevamo tutti con la massima gentilezza, ma volevo tirarmi fuori da quella situazione che mi risultava spinosa e quindi mi lasciai mettere in bocca tutto quello che voleva e ottenni quella non richiesta "assoluzione" assieme al permesso di andare a giocare con gli altri... Avessi saputo com'erano i catechisti, avrei potuto rimanere col prete: almeno lui sapeva fare un discorso con un inizio e una fine, non come quegli adolescenti bollosi che a fatica ci ripetevano ciò che stava scritto in quei libricchioli sulla vita di Gesù, e che andarono in crisi alla prima domanda che feci:

In che senso, chiesi, è morto per noi? Il modo in cui si

guardarono, tra il sorpreso e il "ma questa bambina è una provocatrice!", il balbettio di lei, lui che diceva Uh, è... è una cosa che si farà l'anno prossimo, mi riempirono di disgusto. Imparai a mie spese che andare dal prete a chiedere spiegazioni era addirittura peggio: mi dovetti sorbire la storia piagnucolosissima e non poco controintuitiva della beata Imelda Lambertini, una bambina che voleva fare la comunione a tutti i costi ma era troppo piccola, ed essendo in fondo obbediente si mise in un angolo a pregare, finché non apparve davanti a lei una particola luminosissima: a quel punto il prete non poté fare altro che comunicarla e lei, raggiante, "spirò in un'estasi d'amore", ovvero, stando a quanto mi veniva riferito, fu liquidata da quell'ostia fulminante come la mia canetta dalla polpetta della vicina.

Non era la prima volta che entravo nella Badia Fiorentina: sarà stato il 2003, di certo era prima di Emma; rientravo un poco alticcia da una serata senza significato e nella luce soffusa e dorata delle candele, steso con le braccia a croce e il muso a terra, un frate. Proprio sdraiato bocconi lì davanti all'altare, su cui stava l'ostia nel ciborio. Con la testa a quel momento di dieci e passa anni prima spinsi il portone: dentro trovai un pretunzolo piccino così, che da dietro una statua mi guardava entrare e si spaventava già solo al mio avvicinarmi, per trasalire al mio Scusi, posso farle una domanda?, e quando al suo Sì, certo... attaccai con Guardi non so se ha presente il problema del male, sgranò gli occhi e una volta che finii di enunciare i miei punti balbettò: Uh... Bi... bisogna avere... fi... fiducia, ecco. Fiducia in Dio.

Chissà perché, poi, "fiducia" e non "fede", pensavo quando, dopo avergli dato il se' bona, mi indirizzavo verso San Miniato al Monte: lungi dal dissuadermi, l'inettitudine di quel pretunzolo mi aveva anzi motivata a trovarne uno migliore, e con una certa ingenuità – ma non vuole forse la fede ingenuità? Nah, l'ingenuità piaceva a Montesquieu... – puntai quel faro bianco che non smette mai di guardare Firenze, che letteralmente *la crea*...

Ero ormai sulla scalinata del Monte alle Croci, a sudare, perché si sudava, come capre si sudava, a farla con un po' di decisione... Ecco la chiesa di San Salvatore al Monte, austera, quasi arcigna, prodromo e contraltare dei marmi nobili di San Miniato; ancora una salita e un greppio; ancora un tunnel e poi, sì, la spianata di San Miniato con Firenze illuminata dal macrosegno luccicante e albedico della facciata... Facile, pensai trovando pure la messa nella cripta, con tanto di canto gregoriano, vedere Dio da queste parti: perché è facile, con la bellezza estrema (che però non è facile da creare), simularlo... Facile anche rompere l'incanto, se solo uno fa caso a chi c'è, ad assistere a quella messa, famigliole di buoni borghesi cagaduro, magari pure progressisti, in polo e maglioncino, meglio se non li guardo, meglio concentrarsi sul buio, sul canto in latino, sullo sfarfallio delle fiammelle, e pian piano arretrare e uscire... Sarebbe bello se ora, mentre sono alla balaustra, sentissi una mano sulla spalla e si rivelasse quella di un santo frate che mi chiede se cerco qualcosa...

Invece mi tocca localizzarlo da sola, il frate, all'aspetto, più che santo, frettoloso. Guarda come ciabatta veloce... Scusi... Scusi!

Dimmi, cara.

Già, avevo dimenticato che 'sti qua danno del tu a tutti... E avevo dimenticato che, se non sei abituata, è dura avere un'espressione normale davanti a un prete, anzi a un frate, anzi a occhio un abate, anche se è giovane c'ha una croce d'argento gigante al collo, e chissà che espressione gli faccio quando gli chiedo, se, insomma, potrei fargli un paio di domande sul *problema del male*.

Sbatte le palpebre. Vieni, mettiamoci lì, dice indicando una panchina al sole, e portandomici, mentre sussurra fra sé: Amartiologia, certo, soteriologia, argomenti non facili, non facili davvero... Ci vorrebbe un Tesauri...

Lo conosce?

È un teologo di rilievo...

Il nostro dipartimento – sa, sono, uhm, sociologa... – a volte collabora col suo, e... Come dire... Questa cosa dei suoi raduni spirituali è un po' una barzelletta, nel giro accademico...

Curiose iniziative, ride l'abate. Un po' sincretiche per il mio gusto, ma con indubbia attenzione ai grandi mistici cristiani. Del resto le sue curatele dei testi di Eckart, Silesius e Weil sono incontestabilmente importanti. Ma vediamo un po'...

Il frate attacca un discorso sulla bontà di Dio, poi a metà si illumina, si ferma, ciantella veloce verso un accesso laterale della basilica lasciandomi lì e dopo poco riappare dal portone principale con un libro verdolino in mano. Me lo consegna. *Diari*, Etty Hillesum. Puoi tenerlo.

✵

Così, scartabellando quel librone e incespicando sugli scaloni sconnessi, scesi giù dal Monte alle Croci e mi indirizzai verso il dipartimento, dove arrivai con due ore buone di ritardo. Franca mi riprese con bonomia e mi affibbiò un faldone di tesi. Quella stanzetta, dove attendere geologico il passaggio ad associata, che vantaggi mi aveva recato? Dalla scrivania mi occhieggiarono i titoli delle tesi da rivedere: *Indirizzi di legislazione sussidiaria per la paracostituzionalizzazione degli attori della società civile... Il terzo settore tra accountability associativa e publicness*... duh, e pensare che avevo cominciato col femminismo radicale... Non ero forse più felice mentre imparavo, che in quel luogo ottenuto con l'inganno, per quanto fosse un inganno comune e in qualche modo *accettato*? Pensiero infantile, lo so, quel petrarchesco *altro diletto che imparar non provo*; pensiero che non sarebbe mai arrivato se non avessi già cominciato a erodere le mie certezze con quelle piccole ricerche... Che avrebbe detto Laura se avessi tirato fuori l'idea di prendere una seconda laurea, che so, in Filosofia, o in Lettere? Oppure in Teologia, quando ero al liceo la buttavo là, suonava cazzuto fare Teologia...

A cosa mi era servito vincere quel concorso? A stare tranquilla, certo, in un'epoca in cui di tranquillità ce ne sarebbe stata sempre meno e per sempre meno gente. A smettere di imparare, anche. Da ragazzina leggevo molto e andavo bene in italiano, storia e filosofia. Avevo tuttavia abbandonato la mia idea iniziale di andare a Lettere perché sapevo che mio padre mi avrebbe rotto le palle, e mi ero lasciata convincere che in fondo mi piaceva più leggere romanzi che studiare la poesia antica; avevo scartato Filosofia per le stesse ragioni; avevo scartato Psicologia, che pure mi interessava, perché fui avvisata che se *davvero* mi interessava la psicanalisi avrei dovuto fare Medicina e poi specializzarmi. Alla fine aveva prevalso il mio impegno nei collettivi liceali (e i consigli di mio zio, che mi avrebbe preferita a Giurisprudenza, dove insegnava) e mi ero iscritta a Scienze politiche, che non era poi così lontana dall'essere, specie nel mio indirizzo, una versione facile di Filosofia, ma per qualche motivo mio zio, mio padre e in generale il mondo la ritenevano, a differenza di quella, una facoltà "seria". Che avevo imparato? Avevo forse già dimenticato? Mi ero seduta su quell'angolino di scienze sociali come un'ingenua, pensando che avessero pure valore? Che una qualche confidenza con Weber, Simmel, Durkheim, Horkheimer & Adorno mi avrebbe resa saggia? A mia discolpa posso dire che le scienze sociali mi divertivano, che erano quella che si dice un'*innocente passione*... Fu lì che ebbi un'intuizione: quanto era *scolastica* l'idea di sopperire al male fatto studiando? Viene da sorridere. Pure, la ebbi, perché ero ancora visceralmente figlia di quel mondo. Un mondo di parole scritte, come se le parole potessero servire a qualcosa, rispetto a quello che andavo cercando. O forse, chissà, non potendo emendare il male, inconsciamente pensai che potevo almeno emendare le scelte che non erano state veramente mie...

SECONDA PARTE

Che cazzo dici?!

(Laura l'aveva presa bene...) Dico quel che ho detto. Mi iscrivo a Lettere. Non cambia niente.

Non cambia niente?! Cambia tutto!

Cosa vuoi che cambi, invece di leggere i libri che leggo di solito, leggerò quelli dei miei corsi. Magari guarderò qualche serie in meno perché dovrò studiare, sei tu la prima a dire che stiamo troppo davanti alla tv...

Ma cosa c'entra? Non capisci, è un gesto...

Un *gesto*...?

Oh, vaffanculo. Lettere poi, ma che ti è preso, cosa c'entra?

Ho pensato che Filosofia sarebbe troppo vicino a cose che già so. E poi era quello che volevo fare ai tempi del liceo.

Con tutte le volte che ti ho regalato dei romanzi e li hai snobbati!

Così stavolta li leggerò!

Ma come ti è venuta?

Non so, Lau. Un frate mi ha regalato quel libro di Etty Hillesum...

Un frate?

Sì, questa mattina. Sono andata a San Miniato al Monte e...

A San Miniato? Ma stai bene?

Sono stata anche alla Badia, se è per quello.

Questa poi...

Non so Lau, quando poi sono scesa verso il dipartimento leggendo quel libro... Che ti devo dire, ho pensato che la letteratura magari sbroglia il problema del male meglio della religione, della filosofia... È un pensiero intuitivo? Sicuro! E quanto tempo è che non mi fido di un pensiero intuitivo? Forse l'ultima volta è stato quando ho lasciato Emma dopo otto anni per mettermi con una che manco conoscevo...

Laura mi sorrise come a dire Conosci i tasti giusti, ma non mi freghi. Poi disse: Ma sei seria? E quando risposi di sì mi guardò con quella che sembrava preoccupazione. Poi vivaddio mi baciò, si mise i tappi, la mascherina e il cerotto nasale (Laura, come in una sorta di meditazione passiva e opposta negli obiettivi, riusciva a prendere sonno solo tappandosi occhi e orecchie e aprendo i seni nasali) e si addormentò.

Cominciai sotto tali auspici. Pure, cominciai bene. Fare l'università quando l'hai già fatta – quando ci hai *insegnato* – è facilissimo, al primo appello diedi tre esami (due 30 e lode e un 27 dicendo roba a caso) e poi avevo già le misure di tutto, anche di dove andare: invece di stare a studiare sottobanco in dipartimento, come avevo pensato di fare all'inizio, me ne tornai, come ai tempi in cui studiavo per la prima volta, in Brunelleschi. Alla sede di Lettere, lì in centro, anzi lì nell'unico posto rimasto vivo in quel centro che mi costava sempre più fatica riconoscere dopo *anni di svendita al turismo più deteriore*, come diceva quella che avevo votato alle ultime amministrative e che aveva preso l'1,8%... Tutto svenduto, tutto in mano a gruppi con sede a Londra o Amsterdam o a prestanome della 'ndrangheta che controllavano sessanta appartamenti su Airbnb ciascuno, ma ancora *non* Brunelleschi. Grazie, si potrebbe dire, al SerT e a quegli anziani tossicodipendenti radunati a fumare eroina in stagnola sui cartoni stesi attorno al portone del metadone, che mantenevano l'area in uno stato di provvido degrado, sufficiente a far preferire l'investimento in immobili ubicati tre passi più in là. Così, superato il cancello, il secondo accesso con la guardia prima del chiostro e poi l'orrido tornello, non ostanti queste misure che scoprivo sopravvenute, la buona vecchia sede di Lettere in piazza Brunelleschi si mostrava, e si dava, come sempre. Si dava nei corridoi polverosi e rivestiti di legno fino a metà parete, nella sala studio detta "acquario" per i finestroni a vetri che guardano al giardino in fondo; nei cortili di cotto defilati dove non va mai nessuno e nei pilastri delle scale dove ancora fanno capolino adesivi di vecchie elezioni studentesche e tag di gente che se n'è andata dalla città da vent'anni; si dava, e mi si dava, nei dipartimenti di Germanistica e Slavistica del primo piano, in cui venivo a studiare già agli ultimi anni di Scienze politiche, perché quando c'era da studiare davvero, nei nostri corridoi di via Laura non potevo stare, con tutta quella gente che attaccava discorso, che imbastiva assemblee... I miei anni nell'acquario, quando guardavo le ragazze e mi inorgoglivo pure degli sguardi che a volte mi tirava qualche ragazzotto, e poi qua sopra, ai tavoli nascosti dietro le librerie alte fino al soffitto e piene di monografie in tedesco o in russo che mai, mai vidi qualcuno (a parte Morelli: ci arriveremo) tirar fuori e consultare...

Fu in quel periodo che le cose cominciarono a sembrarmi strane. Quali, mi chiedi? *Le più banali. Soprattutto gli oggetti inanimati. Che cosa mi sembrava strano in essi? Qualcosa che non conoscevo. Da dove* diavolo *proveniva quella nozione di* qualcosa? *Sentivo che era lì, che* esisteva. *Produceva in me un effetto, come se cercasse di esprimersi. Mi sentivo ogni volta esasperata, come se avessi guadagnato un senso in più, ma che non si era sviluppato completamente*... Erano stati i libri, quel rinnovato, tardivo contatto con parole potenti? Il mio mondo *si era riempito di voci silenziose*. Significava che stavo diventando una veggente, o un'allucinata? O, peggio che mai, una *suggestionata*?

Abbracciavo Laura, nella notte. Lei sul momento si scostava, poi mi accoglieva. Era una cosa da niente, o meglio qualcosa che accadeva ogni notte, più spesso con lei che abbracciava me, ma non è quello il punto. Il punto è che la abbracciavo e mi passava l'ansia che sentivo montare. Come sempre, anche qua come sempre. Pare sia l'ossitocina. O è quella cosa che diceva John Lennon, che non importa quante persone potresti avere, quando sei solo nel punto più profondo della notte, l'unica cosa che conta davvero è poter abbracciare qualcuno che ti ama, e che ami. Per la prima volta, però, sentivo qualcosa di egoistico in quell'abbraccio, un prendermi l'ossitocina senza averne più diritto. Se infatti, pensavo stretta al corpo tiepido di Laura, con quei tendini tesi anche nel sonno, rivendicavo la mia libertà di seguire chissà quali fole (e quindi implicitamente ammettevo di non cercare solo redenzione, e inconsciamente preconizzavo che quella balzana iscrizione a Lettere era solo l'inizio di qualcosa), di non prendere come *risultato finale* quello di avere un lavoro legato a ciò che avevo studiato (ancora a quei tempi eravamo legati a certe – quelle sì che lo erano! – *fole*, non era ancora andato tutto a gambe all'aria, pensavamo davvero che si potesse costruire qualcosa, avere "una carriera", trovarvi del senso, e forse era anche per quello, per lo scollamento che iniziavo a sentire rispetto a Franca e al dipartimento, ancor prima che rispetto a Laura, che quella notte ero angustiata dall'ansia) e una relazione perfetta – perché, diciamolo, Laura era intelligente, era sensibile, gentile, colta, faceva schiantar dal ridere, mi amava ed era pure bella, almeno più di me. Se affermavo tale diritto, se ostinatamente, forse stupidamente mi incaponivo a strapparlo, non perdevo forse tutti gli altri? *Chi si sottrae ai propri doveri terreni può giustificarsi soltanto assumendosi la responsabilità di una famiglia molto più vasta*, e io che responsabilità mi stavo prendendo? Di chi? Baciavo Laura sulla nuca, e da un sogno lei mi sorrideva. Non è forse intrinsecamente egoistica, una ricerca che sia esclusivamente interiore?

Non era diverso il modo in cui mi sentivo in dipartimento: un'usurpatrice. Era perché avevo preso una diversa coscienza della natura truffaldina del mio ingresso là dentro, o perché sentivo già che dovevo andarmene? Nel dubbio continuavo a fare come se niente fosse: a fare le veci di Franca, a portare avanti il mio progetto di ricerca sul terzo settore, che faticava sempre più a trovare la mia attenzione, a ricevere studenti e visitatori. E un giorno ne ricevetti uno, di quei visitatori, che non aveva niente a che fare col dipartimento.

È rimasto un po', quello, mi disse Franca quando lo vide uscire. È una nostra tesi?

No, figurati. V. era da noi, sì, ma ai tempi in cui studiavo anch'io. Sta scrivendo un libro sulle feste...

Sulle feste?

Nel senso di rave, sai, "free *party*"... Sta facendo un giro di interviste a gente che aveva partecipato al movimento...

Tu ci avevi fatto la tesi, no?

Sì, infatti è venuto per intervistarmi su quegli anni. Era tanto che non ci ripensavo, li consideravo giusto una coda del periodo precedente, quello dei collettivi, delle occupazioni... Ma parlandoci ho pensato che davvero non era solo *quello*, almeno dal mio punto di vista. Nel senso, non sono stata solo io a dire delle cose a lui, ma anche lui, nello scegliere me tra tante persone che avevano partecipato a quella stagione, che avevano organizzato le "72 ore" e le street parade e i festoni nella Piana, è venuto a dare un messaggio *a me*. Sono passati più di dieci anni, ma è come se fosse venuto a dirmi che la cosa più significativa che abbiamo fatto, che ho fatto, è stata organizzare quelle feste. Ai tempi, al di là del godermi, politicamente, quell'effetto valanga che avevano ogni volta, e che credo fosse dovuto anche alla loro *attualità storica* – tanto difficile era portare tre gatti a un dibattito, tanto facile portarne migliaia a un free party, se impostavi bene inneschi e premesse –, vedevo la loro importanza per lo più nel fatto che vi si poteva vivere liberamente ogni identità di genere non conforme; forse ignoravo *apposta* i loro altri aspetti...

Siete anche la generazione di Genova 2001.

Appunto! Una disfatta. Anzi, una serie di disfatte. E poi tutto quel girare in tondo... A volte penso che sia stata più sveglia gente come un Bube, non so se lo ricordi, era nel Collettivo di facoltà... Lui dopo Genova fece un figlio, due. Tutti a dire Ma come farà, dovrà rinunciare a tutti i suoi progetti... Oggi quei marmocchi sono quasi adolescenti e non è che sta peggio di me, dei nostri coetanei... Nessuno ha combinato niente perché niente sembra lasciare il segno, si va tutti comunque a rotoli e la velocità del processo dipende solo da chi c'ha una famiglia che le para un po' il culo e chi no... Almeno, quando abbiamo messo su le feste, abbiamo creato qualcosa di nostro, abbiamo mobilitato migliaia di persone, abbiamo creato bellezza e rilanciato pure la trascendenza. Ora stanno tutti a parlare di "Rinascimento psichedelico", ma se non ci fossero stati i rave a portare la fiaccola, non è che qualche neoaddottorato in Inghilterra o in Svizzera si sarebbe rimesso a studiare l'LSD...

Sai che una mia amica, una del giro del Tesauri, adesso va a fare la terapia con gli psichedelici?

Ci posso credere, Franca. E ci mancava solo di darli in mano agli psicanalisti!

Ma lei la fa con lo sciamano.

Peggio mi sento.

A chi vorresti darli?

Ai sociologi, no?

Ridemmo, ma era solo una battuta. A nessuno andavano dati in mano, andava solo creato l'ambito giusto per il loro utilizzo e a quei tempi ci stavamo riuscendo. Alla fine, forse, partecipare a quel movimento era stata davvero l'azione *politica* più significativa che avessi mai intrapreso. Che dire, però – pensai mentre Franca attaccava a parlare di sociologi e quindi subito di questioni dipartimentali – dei festival? Già nel tardo periodo con Emma, di party ne facevamo meno, la tekno pativa una repressione bella severa, e per gente che andava per i trenta, anche solo vedersela coi posti di blocco era una fatica eccessiva, così meglio i festival goa: andavi lì, pagavi il biglietto e avevi quel che serviva, un posto tranquillo in cui assumere psichedelici ed entactogeni e ballare per giorni... In effetti, l'ultima volta che Emma mi scrisse, fu per dirmi che voleva venire in Italia per un progetto artistico sui festival... Lo avrà fatto davvero, poi? O era solo la vecchia tattica di dire che vai da qualche parte nella speranza di tirare dentro la persona che ti piace (o con cui vuoi tornare assieme) quando poi senza di lei non ci andresti mai?

✵

Così, rientrate le tensioni in casa e al lavoro, passò un anno. Cercavo risposte nei libri – la conoscenza contro la colpa? Quindi, la conoscenza come bene in sé: aristotelico, se non altro – senza considerare che la chiave si infila solo laddove è stata realizzata prima una serratura. E tuttavia quella sospensione, data dal vivere una vita tutta proiettata nei testi, incurante dello scorrere del mondo fuori e attorno a me, stava aprendo qualcosa. La ferita si faceva cruna? Certo qualcosa c'era, da leggere, sul problema del male... Leggevo *Amleto* e *Lear*, Milton, Goethe, De Sade, su tutti Dostoevskij, l'unico forse che lo mette al centro della sua opera (pure Kafka, volendo, anche se in ultimo il suo problema è quello della *realtà*)... Quando volli spingermi avanti nel tempo, la professoressa più sveglia non seppe far altro che consigliarmi il Pasolini di *Petrolio*, finché non intervenne Laura, proprio lei, che mi vide arrabattarmi tra quei libri e sfoderò la competenza letteraria che aveva sempre avuto – una competenza che ai tempi del nostro innamoramento avevo ammirato, e che avevo in qualche modo dimenticato – e mi mostrò, davvero, il Novecento, nel suo rapporto col male: il Mann del *Doctor Faustus*, Bernanos e Mauriac, che proprio non conoscevo, Kraus e Canetti ma anche Lovecraft e King, Camus che invece a suo tempo avevo letto, l'*Arancia meccanica* di Burgess, George Steiner sul rapporto tra male e potere, *Le benevole* di Littell e *American Psycho* di Ellis, *Meridiano di sangue* di McCarthy, *La trilogia della città di K.* della Kristóf, fino alla *Stella distante* e al *2666* di Bolaño... In qualche modo Laura aveva stabilito che quella mia balzana iscrizione a Lettere non era un modo per andare a "conoscere ragazzine" (come se non avessi potuto farlo già nella nostra facoltà!) e nemmeno un allontanamento, ma anzi un modo per ritrovare un contatto profondo con lei, coi suoi interessi. Ipotesi sbagliata tanto quanto la prima accusa, ma che non volli smentire. Così su sua indicazione mi leggevo *A sangue freddo* di Truman Capote e *La freccia del tempo* di Martin Amis e *Body art* di Don DeLillo e *La palude definitiva* di Giorgio Manganelli... Ossigeno, visto che non ostanti le mie integrazioni in tal senso al programma universitario, col *Paradiso perduto* di Milton facevo fatica, mentre lo Strindberg della *Camera rossa* mi aveva turbato: *Ma il sole pendeva sopra il Liljenholm e scagliava fasci di raggi verso il levante. Essi passavano tra le fumate di Bergsund, s'affrettavano oltre il Riddarfjard, s'arrampicavano poi fin sulla croce della chiesa di Riddarholm, si spandevano sul tetto ripido della Chiesa Tedesca, illustravano le finestre della Dogana Marittima Centrale, rischiaravano i boschi dell'isola di Lidingö e si perdevano entro una nuvola rosata laggiù in fondo, dalla parte del mare. E di laggiù veniva il vento e rifaceva, a ritroso, lo stesso cammino, per Waxholm, oltre il Forte e oltre la Dogana Marittima; sfiorava l'isola di Sikla e si ficcava dietro Hastholm facendo una punta tra le ville; ne usciva tosto per proseguire e raggiungere Danvik...*

Non ero andata oltre pagina 1. Quel libro parlava di me: quanto tempo avevo passato con Emma, lì a Stoccolma? Anni! Quei nomi, e quei luoghi, mi erano più che familiari: li conoscevo bene. Liljenholmen, Riddarholm, Danvik – perdio, a Lidingö con Emma ci abitavamo! Ma l'effetto, nel ritrovarmeli davanti, fu quello di impressionanti fantasmi: chiuso che avevo quel capitolo della mia esistenza, anche la sua *ambientazione* pareva appartenere più al sogno che alla realtà. Quanto poco sapevo, allora, di cosa è sogno e cos'è realtà... Ma quella così facile riduzione a spettri di luoghi vivi e vissuti non confermava forse una mia pessima postura morale? Che una simile *rimozione* fosse all'origine del senso di colpa che mi aveva portato fin lì, senso di colpa che continuava anche adesso che mi ero più o meno convinta che non era così importante che fosse Emma quella del video, e che avevo, se non altro, trovato una linea su cui lavorare? Il problema del male cominciava infatti a sembrarmi solo l'ingresso, un ingresso evidentemente spropositato, attraverso cui arrivare alla questione del *bene* – ovvero, se il male era inevitabile, alla questione dell'espiazione, della redenzione, della purificazione, della liberazione, dell'autoablazione dalla ruota del dharma, della *risoluzione*. Da Strindberg passai a Lovecraft, che pure era stato capace di rinvenire un male più grande di quelli che conoscevamo, e leggevo: *io non vivo altro che per catturare qualche frammento di quel mistero nascosto e quasi irraggiungibile che è proprio dei sogni, e che tuttavia io sento di aver conosciuto da vicino in lontanissime ere perdute prima della mia nascita, prima della nascita di questo o di qualsiasi altro mondo. Esiste da qualche parte – dice la mia fantasia – una città meravigliosa, con strade antiche e colline e giardini e terrazze di marmo, nella quale un tempo ho vissuto per intere eternità, e alla quale dovrò tornare per trovarvi il finale appagamento. Non conosco il suo nome né so dove si trovi – ma di tanto in tanto un riflesso ne risplende sui sentieri percorsi dall'uomo. Di questa città enigmatica e gloriosa, molte città della Terra custodiscono ancora vaghi ed elusivi simboli, che si manifestano per un breve istante e poi scompaiono di nuovo... La mia è una così perfetta e compiuta vita di sogno che induce quasi a un'inazione orientale, in cui la visione si sostituisce all'agire...* Che il bene fosse per definizione un sogno, un approdo possibile al massimo nei ricordi, identificabile solo quando si era già dissolto?

✻

Ogni volta che cercavo di indirizzare le mie letture dal male a questo ineffabile "bene", finivo in tre possibili territori: quello del ciarpame educativo, da scartare subito; quello del misticismo; quello della denuncia sociale. E in effetti non avevo sempre sovrapposto l'idea di bene a quella di bene comune, non l'avevo sempre *buttata in politica*? Salvo poi mollarla pure, la politica... Stavo leggendo di quando ad Allen Ginsberg apparve William Blake, o meglio di quando gli si manifestò la voce di Blake, che leggeva *Ah! Sun-flower*, *The Sick Rose* e *The Little Girl Lost* e allora Allen guardò le ringhiere della scala antincendio e pensò che una mano le aveva forgiate, e guardò il cielo e pensò che anche il cielo era stato forgiato da una qualche mano, che forse era esso stesso quella mano, e che Dio non era altro che l'esistenza medesima, e si risvegliò, infine, in un universo a un grado di realtà più profondo rispetto a quello in cui era esistito fin lì... Immaginai allora di sentirla anch'io, una voce. Anni dopo, studiando il buddismo tibetano, avrei saputo che quello che stavo facendo, o meglio che stavo creando, aveva un nome: *tulpa*, forma-pensiero manifestata.

Il senso di colpa si combatte solo con la pratica della virtù, sussurrò, da uno dei corridoi formati dai vecchi libri di germanistica nei loro scaffali di metallo, una voce dall'accento francese. Era un frutto puro della mia immaginazione e quindi diceva semplicemente ciò che immaginavo, o, come nei sogni, o come quella tulpa che è il Mr Tuttle di Don De-

Lillo, elaborava frasi già dette, frasi che avevo pronunciato o conoscevo senza ricordarne la fonte? Cercai quella frase su Google. Comparve un fantasma.

Non era un fantasma solo: dietro di lei nella foto, di certo scattata da un fotografo assai men che provetto, c'era una passante; sullo sfondo si potevano distinguere almeno altre due persone. Era quindi un piccolo portale su un momento e un luogo, la primavera del 1941 e Marsiglia (mi comunicava il motore di ricerca), da cui lei mi aveva parlato. È vero che, sentendo già il bisogno di integrare la letteratura con la filosofia, avevo pensato di riprendere i suoi scritti, a suo tempo li avevo letti, ricordo che mi dava fastidio il modo in cui tutti cercavano sempre di nascondere il suo anarchismo, di farne un santino buono per tutti i colori politici – una miliziana della Colonna Durruti! –, ma dall'altro lato mi ero sempre arenata di fronte al suo fervore cristiano... Bisbigliai *Simone!* verso il corridoio; nessuno rispose.

⁂

Quando gli eventi si mettono in moto, possono accadere più cose nella stanza inutilizzata di una biblioteca che per le strade di una metropoli. Fu lì infatti, mentre preparavo il decimo esame in un anno (un altro anno, sì: la sospensione del tempo doveva essersi estesa, per mio tramite, anche a Laura e a Franca, la cui disapprovazione iniziale iniziava a prendere contorni vaghi, per quanto sedimentasse comunque al suolo, nell'aria, rendendo il clima, soprattutto in dipartimento, un po' meno ospitale) che conobbi Morelli. Lo notai perché prese un libro da uno scaffale, il secondo volume di uno studio di Politzer su Kafka, e si mise davvero a consultarlo.

Ricordo che mi chiesi se fosse un'apparizione, al pari della voce di Simone Weil. Sentendo che lo guardavo, alzò il viso e mi fece un piccolo sorriso cordiale. Doveva avere più di settant'anni, forse più di settantacinque, chissà magari pure ottanta portati bene, ed era vestito come si sarebbe vestito un professore universitario in pensione che negli anni '60 si era sentito vicino all'idea rivoluzionaria, se non per un dettaglio che stonava sul resto, come un regalo che non poteva non mettere, un orologio Panerai che sembrava enorme nel suo spuntare dalla manica della giacca in tweed un po' troppo corta e prima dal polsino della camicia verde scuro, sull'osso sottilissimo che era il suo polso.

La prima volta fui io a parlargli: vedendo che stava di nuovo su Kafka, gli chiesi se avesse letto *K.* di Calasso. Lui mi guardò con quegli occhietti benevoli e disse: No, è di valore?

Il giorno dopo, anzi quello ancora successivo, perché Morelli non veniva mai o quasi mai due giorni di seguito, fu lui a parlarmi. Aveva notato che stavo leggendo il *Pedro Páramo*:

Non avrei detto che i programmi di questa facoltà si spingessero fino a testi così moderni. Non vedo che studenti alle prese con Nonno di Panopoli... Sta facendo il dottorato in ispanistica?

Gli dissi che, no, non facevo alcun dottorato perché il dottorato ce l'avevo già, in sociologia, bleah, ma mi ero solo messa a prendere una laurea in Lettere (e lui: Perché "solo"?), e che ora che mi ero sgranchita un po' avevo cominciato con percorsi di lettura miei...

Facemmo amicizia, se si poteva chiamare amicizia quel trovarsi nella stessa stanza una o due volte la settimana, sebbene per molti mesi, a ripensarci; quel dirsi tre, massimo quattro frasi nell'intera giornata (una volta che lo invitai a prendere un caffè giù, alle macchinette, capii subito che era in qualche modo *troppo* e che venne solo per non essere scortese, tant'è che già dopo la prima rampa di scale eravamo in imbarazzo...) – ma, sì, poteva dirsi tale, perché c'era affetto, perché ci stavamo dando qualcosa; così poco da essere impercettibile, eppure comunque con uno squilibrio: perché io gli davo solo quel minimo di compagnia che lui non avrebbe mai ammesso di gradire, mentre Morelli, oltre a integrare i miei percorsi di lettura con suggerimenti meno aggiornati, ma più radicati nel rapporto tra letteratura e filosofia di quelli di Laura, mi avrebbe lasciato qualcosa di molto più importante.

✵

Entrai nel terzo anno accademico con gli esami già quasi finiti: li davo con la stessa facilità con cui da studentessa saltavo le lezioni, e nelle mie giornate di studio avevo ormai cominciato percorsi tutti miei e composto, grazie a Morelli, che aveva preso a chiamarmi Cléo dopo avermi raccontato della sua giovinezza a Parigi (e del fatto che ancora, a volte, sognava Parigi), un canale filosofico a fianco di quello letterario, a partire dal facile filo Platone → Plotino → Agostino → Leibniz → Kant → Nietzsche → Arendt, più un Hegel difficile da non includere, ma su cui facevo fatica come ai tempi del liceo, mentre le mie giornate diventavano sempre più astratte, sempre più simili a quelle di qualcuno che vaghi in un giardino con statue e panchine e labirinti di siepi: ogni volta si aprivano nuovi fronti di studi da affrontare, di libri da leggere o rileggere o mettere in comunicazione tra loro, e la cosa mi pacificava, perché mi dava l'illusione di aver trovato una direzione, uno scopo, forse anche una risposta (ancorché dinamica e quindi incompleta: un *avvicinamento*) a quel "problema del male" che mi aveva assillato all'inizio (di certo non pensavo quasi più a Emma, e ancor meno al Mugnai o alla Nandretti: erano diventati solo *esempi* su cui costruire il lavoro teorico che li avrebbe archiviati, se non disciolti), sebbene a ciò corrispondesse una corrosione ormai critica dei miei rapporti con Franca. Laura in qualche modo andava avanti, era contenta di suggerirmi libri su libri e si era spiegata la faccenda con – parole sue – *una mia fuga da ferma dettata dalla paura di andare avanti*, ovvero, nella sua mente, di mettere in cantiere uno o più figli; Franca aveva solo visto un crollo, e non tanto quello della mia produttività: quello della mia presenza in dipartimento (nessuno è produttivo nel nostro dipartimento, ma se non ti presenti neanche, ecco che la *tua* improduttività d'un tratto si nota) e se per un po' si era limitata a tenere un atteggiamento teso, e poi a sparar frecciate sempre più ad alzo zero, ora mi aveva addirittura convocata.

Allora, dottoressa Mancini (il passaggio da Cleo a "dottoressa Mancini" era ironico, non avevamo da troppo tempo quella distanza che avrebbe permesso una mossa del genere; pure, nella sua ironia, quello significava: che se fossimo state meno intime, se non fossimo state, dopo tutti quegli anni di lavoro insieme, *amiche*, quella mossa l'avrebbe fatta), mi disse, ci siamo un po' arenate? Forse vuoi cambiare un po' il focus del tuo progetto di ricerca? Sarebbe un problemino, ma...

No, no, *si figuri professoressa Pertini*, risposi subito, non ci penso neanche...

Allora *si muova*, mi disse con un sorriso al livello di gelo a cui poteva arrivare con me, cioè comunque un sorriso da amica: sapeva bene che era la mia unica responsabile e che se anche mi fossi messa a non fare letteralmente un cazzo avrebbe avuto una possibilità di manovra pari a zero, se non al massimo un domani, rispetto alla mia carriera... Quale carriera, poi?

Il resto dell'anno, in quell'aula di Germanistica, ci furono due apparizioni, oltre a quella costante di Morelli, a cui sempre più spesso confidavo le preoccupazioni teoriche che i miei studi sollevavano – in quel momento, su tutto, il rapporto tra il problema del male e l'etica (il problema del *bene*, se vogliamo) – e sempre lui sapeva suggerire un testo, uno stralcio, a volte proponendone di troppo facili, cosa che un po' mi irritava, più spesso fornendo consigli ben a fuoco (quanto teneva a Nietzsche, a una sua rivalutazione, ai commenti di Colli...) e dando anzi l'impressione di averne altri di riserva, come se un Morelli futuro mi stesse già aspettando sornione al prossimo crocicchio.

La prima apparizione, in qualche modo attesa, fu quel fantasma che già aveva occhieggiato da una foto. Di nuovo mi parlò dai corridoi:

Il male, il male... E basta, con questo male. Solo il male immaginario è romantico: il male reale è tetro, monotono, desertico, noioso.

E il bene?, azzardai ad alta voce, sentendomi un po' fuori di brocca a parlare da sola in una stanza vuota.

Il bene immaginario? Noioso. Il bene reale? Sempre nuovo, meraviglioso, inebriante.

Avevo l'impressione, adesso, che vi fosse una presenza lì tra gli scaffali, che da quella foto si fosse ora coagulato là dietro un ectoplasma in grigio e nero; non osai alzarmi per tema di farlo sparire, foss'anche stata un'apparizione che aveva luogo solo nel palco della mia mente, ma parlai: Non è un pensiero un po' cristiano... *Simone*?

Lo è. Per questo non mi è mai venuto in mente di poter *entrare* nel cristianesimo: avevo l'impressione di esserci nata!

Di certo ci sei morta, dissi ancora.

Pace. E bene. Se mi sono sempre proibita di pensare a una vita futura, ho sempre creduto che l'istante della morte fosse lo scopo della vita.

Sai che Steiner non aveva tutti i torti a definirti perversa?

Parlava solo della mia lettura dell'*Iliade*. E poi, da un borghese compiaciuto come lui? Motivo di vanto.

Ci interruppe il rumore della porta che si apriva; rumore che, essendo le 15:00, indicava l'arrivo di Morelli:

Oh, oh. Si parla da sole, qua?

No, io...

Non vergognartene, lo faceva anche Goethe.

O Whitman: *contengo moltitudini...*

Non intendeva quello, ma onore al tentativo. Come procedono gli studi?

Non so.

Buon segno!

Vero?

Erano quei piccoli sketch, forse, a confortarmi, più delle letture, degli studi... Forse, mi dicevo a volte, scacciando poi con furia quella psicologia spicciola, mi mancava solo del *confronto*, pativo – sì, la pativo nonostante non avesse nulla, proprio nulla, di noioso, e non capivo perché – la stabilità domestica raggiunta con Laura, la vita senza sorprese al dipartimento (ok, quella invece noiosa lo era), volevo solo buttare dei sassi nello stagno e commentare con qualcuno i cerchi; oppure era l'opposto, riuscivo solo a passare da una sedentarietà all'altra, da un porto più che sicuro all'altro, e oggi chiamo *tulpa* un'amica immaginaria che, come accade ai bambini, è solo il frutto di esplorazioni del mondo ancora mancanti, o dell'anelito già abortito a esplorazioni future...

Morelli c'era già, invece, quando fece la sua concretissima apparizione Laura. Stavamo parlando di quanto fosse stato facile inquadrare un "male" ai tempi in cui erano tutti in un modo o nell'altro marxisti, quando sentii, nel consueto silenzio del piano, il rumore di una serie di porte che venivano aperte e chiuse e poi la sua voce, che chiedeva a qualcuno se sapeva dove studiava una ragazza mora, coi capelli corti...

Chiesi scusa a Morelli e uscii per andarle incontro. Laura mi guardò con una sorta di furia soddisfatta, mi superò, sbirciò nella stanza, e passò a un'espressione un po' delusa ma anche confortata, come se avesse visto che con me non c'era nessuno – o che c'era un vecchietto in tweed, ma di certo non una ragazza.

Tutto questo non le avrebbe impedito di continuare a essere gelosa, più gelosa del solito: ammetto che al di là delle nostre rinnovate chiacchiere letterarie, il mio piglio ondivago e assente desse adito a simili timori – e non sapevo quanto, ancora, dovevo dare in tal senso.

✵

Un giorno a Lettere riconobbi qualcuno, o meglio fu lui a riconoscermi: Cleopa', ciao, mi disse con quell'aria sonnolenta che c'aveva addosso. Non ricordavo come si chiamasse: era un tipo lungo e stordito che faceva parte dei collettivi quando facevo politica anch'io. Poi aggiunse: Comincia l'incontro, vieni?

Così, come se fossimo... Quanti, quindici anni prima? Davvero per costui, fuoricorso eterno o studente-lavoratore a cui manca da sempre *un esame più la tesi*, o forse chissà approdato dopo lunghissima attesa su un assegnuccio di ricerca, era normale che io fossi lì, il suo tempo era il 2001 come oggi, nessuna differenza o distinzione, *niente è cambiato*, e lo seguii, curiosa di vedere cosa facessero, oggi, i collettivi, e vagamente rallegrata dalla conferma della loro protratta esistenza...

Esistenza sì, ma sotterranea: il Collettivo di Lettere, un tempo padrone del complesso, dopo chissà quanti scismi, intuibili dalle diverse bacheche alle pareti del chiostro via via ridipinte e rinominate con nuove sigle, aveva ora sede in una stanza al piano -1, per raggiungere la quale si doveva arrivare fino in fondo a uno dei corridoi più limitrofi, che recava ai bagni per disabili e a una scala che scendeva fino a una sotto-ala di cui neanche sapevo l'esistenza, e da lì continuare nell'umido del corridoio seminterrato che dava su aule in disuso, fino a una porta mezza scassata con la scritta ★ COLLETTIVO ★ in rosso, dietro alla quale mi sorprese trovare almeno una ventina di persone – erano entrati da un qualche accesso sotterraneo pure a me ignoto? – e un dibattito, anzi una presentazione, in corso: dal banco dei relatori penzolava una drappella triangolare verde e gialla dell'YPG, le Unità di protezione popolare del Rojava, e un tipo dall'aria provata stava parlando con un accento del Nord, forse piemontese...

Al nostro ingresso alcuni si voltarono e mi beccai un altro saluto (un sorriso a mo' di saluto) da un'altra tipa di cui non ricordavo il nome ma che pure apparteneva all'arcipelago umano della politica universitaria di tre lustri prima. Pure per lei, nessuna sorpresa nel vedermi. Anzi, il suo sorriso aveva una nota in più rispetto al saluto monocorde di chi mi aveva guidato fin lì e andava a sedersi su una poltroncina libera della seconda fila. Era il sorriso di qualcuno che ti tiene in considerazione: che riconosce ancora in te una capa. Lo ero stata, in effetti, in quegli anni, nel dopo-Genova che portò sì il riflusso ma solo alla fine di una coda lunga che a Firenze diede qualche soddisfazione, con la saldatura tra la sopravvenuta cultura free tekno e le nuove occupazioni, quando ancora non era arrivato l'autoritarismo a bassa intensità dell'ideologia del decoro... E in effetti nella prima metà degli anni Zero, oltre a Bube, la capa percepita di questa rete ero io, avevo un talento per la delega, per la mobilitazione, per il discorso pubblico... Stavo forse sprecando, o meglio avevo già sprecato questa mia vocazione? Mi ero *buttata via*? Ma che sbocchi avrebbero potuto mai esserci? Mica si era negli anni '70 o '60, i cui movimenti avrebbero formato la classe dirigente a venire: avessi continuato, al massimo sarei potuta finire nel Movimento di lotta per la casa, diventare una vecchia gloria brizzolata di questo o quel centro sociale... Mancava il contesto, *la congiuntura storico-sociale*: pure, avevo un talento, per il quale ancora dopo quindici anni venivo riconosciuta. Stavo sprecando, ancora adesso, le mie capacità, lì a sublimare una tensione potenzialmente fertile in un'inutilissima seconda laurea?

Chi si rivede! La comandina!

Mi voltai e vidi una faccia butterata, scavata, in fondo alla quale, dietro a due grossi occhiali quadrati, brillavano due occhi neri e spiritati. *Comandina*? Mi chiamavano così?, pensai, e però dissi soltanto: Oi Carme. Come va?

Come va? Come vuoi che vada, Cleo? Male va, porca madonna. E poi che domanda di merda è, come va. Tutti questi "come va", "come va", sembriamo un branco di malati terminali che si provano la febbre a vicenda, *che confrontano le buste di piscio su una stadera*. È socialità, questa?

Intanto, eccoci.

'Sti grandissimi cazzi, Cleo, non venivo qua sotto da anni, sono tornato a stare in Valdarno, tanto a Firenze non c'è più un cazzo, e sono venuto solo perché mi interessava sentire quel tipo, finiranno bombardati ma almeno potranno dire di aver provato a fare qualcosa. Noi, qua, che facciamo? Che cazzo fa 'sta gente?, disse, e fece un movimento delle braccia che pareva artigliare il pubblico ma in realtà andava oltre, *questa gente sta rabbrividendo insieme e la chiama socialità* o addirittura politica.

Dimenticavo di star parlando col Carme.

Ambè Cleo, una volta le avevi, le parole. Le hai perse pure tu?

Va bene, dissi strizzandogli l'occhio, è vero che... *Il mantenimento dell'io in uno stato di semirovina e semismarrimento permanente è funzionale all'imposizione della flessibilità ultimativa.*

Brava... Al potere, oggi, serve un io debole, depresso, autocritico, virtualizzato e pronto alla medicalizzazione del proprio dissenso. E infatti sai qual è l'antinomia letale?, disse il Carme col ghigno di chi stava al gioco, Quella tra Io e mondo, perché *siamo* solo in quanto sistema aperto e dinamico di relazioni. E lo sai quale fu il nostro vero crimine, quello imperdonabile per *loro*, e che è stato imperdonabile da parte nostra abbandonare? Organizzarsi oltre il lavoro, mostrare vitalità, motivazione e *disciplina*, sì cazzo, disciplina, all'interno di uno stato di disiscrizione e smobilitazione non negoziabile.

Mah, ai tempi dicevi che il flagello del movimento era stata l'adesione alla cultura rave. Lì non mancavano disiscrizione e vitalità – e nemmeno la disciplina, almeno quando c'era da montare di notte da sconvolti...

Ih ih, mi ricordo quando volevi a ogni costo convincere il Pisu a prendere un acido.

Facevo male?

Chi può dirlo? La vostra nouvelle vague psichedelica era appunto calata all'interno di un movimento che era comunque politico nella gratuità, nella pratica dell'occupazione, nella rivendicazione del nomadismo, nell'organizzazione di un tempo fuori dalla diade lavoro/ricreazione. La vostra "esperienza psichedelica", come quella degli hippie, fuori da un contesto di radicale messa in discussione della società, avrebbe avuto lo stesso impatto? No, sarebbe stata solo una forma avanzata di edonismo.

Be' ma il Pisu si era buttato sulla meditazione, dai, ore e ore nel cesso per ottenere in vent'anni quello che si può ottenere in mezz'ora con un paio di cartoni.

Il trascendente come stato di coscienza? Mi piace. Materialista. Riduzionista.

Negalo.

Non me ne intendo, ma ho l'impressione che non tutti quelli che fanno yoga facciano ricerca interiore. E poi, non eri tu quella che meditava?

Ho fatto un corso una volta...

Posso dirti però che io, tanto per vedere, vi diedi retta, e a parte un paio di serate divertenti non ne ho tratto chissà che cambiamento.

Perché al massimo ti sei preso un mezzino. Prenditi 400 microgrammi di LSD, mettici sopra uno 0.2 di md...

Il trascendente come questione di dosaggio! Meglio ancora! E poi, che ti piglia, Cleo? Non ti facevo così triggerata sugli psichedelici.

Ho incontrato V., un po' di tempo fa. Mi ha intervistata su quegli anni.

Ah, be'. Uno di quelli che veniva al Collettivo solo per conoscere ragazze. *Tipico* edonista controrivoluzionario.

Però mi ci ha fatto ripensare. A volte... Non so, a volte facevamo delle vere e proprie esperienze mistiche, ma non le pensavamo come tali, sarà stato il contesto, o il fatto che quell'aspetto non ci interessava... Comunque, il problema è che il Pisu era plagiato dalla psicanalisi.

Quello, tutti. Pure senza andarci. Senti come parliamo: "ansia", "paranoie", quello è "complessato", quell'altra "nevrotica"... Forse è lì che bisogna rompere. Andare a stanare quei preti così furbi da *farsi pagare* per spacciare sistemi mitologici che si fingono scienza per avere appeal in una società secolarizzata.

E se il punto fosse impossessarsi dei sistemi di organizzazione simbolica, invece di pensare a come distruggerli?

Oh, finalmente. Sai, a ripensarci, cosa mi piaceva di te, Cleo? La capacità di prendere tutto controcorrente. Come quella volta in cui andasti a trattare col sindaco... Ricordi, dopo lo sgombero del Bandone? Tutti a sputarti addosso, a darti di venduta, me compreso. Invece stavi facendo a modo tuo, contro le convenzioni fissate dai vecchi del movimento, dei *militonti*, come li chiamavi.

Mi fa piacere che tu lo riconosca. Comunque anche quella storia finì, come tutto.

Domani sera qua fanno assemblea. Se vuoi passare...

Ci penso, Carme, gli dico con la faccia di chi non ci andrà mai.

✷

In realtà un poco ci pensai, sebbene fosse stato altro, nel discorso del Carme, a colpirmi. Andare controcorrente... Era vero, poi? Certo non *rispetto a adesso*: quanto tempo era che la corrente la seguivo, la assecondavo, me ne accontentavo al punto di non accorgermi neanche di essere piantata in mezzo a una bonaccia? E una volta che qualcosa mi aveva dato la scossa, che avevo captato un refolo di vento, mi ero andata a ficcare in Brunelleschi, il luogo dove più che in ogni altro il tempo si era cristallizzato... Tra le letture che stavo facendo, ormai tutte fuori programma, oltre a Simone Weil mi colpiva in quel momento Thomas Bernhard, pure lui me lo aveva suggerito Laura, che nonostante la mia distanza e i suoi sospetti non smetteva di vedere in questo mio sopravvenuto interesse per la letteratura contemporanea una possibilità, un segno di riavvicinamento... Avrei potuto fermarmi lì, tenere per buona *quella* bonaccia?

Nella *Cantina*, Bernhard scrive di aver avuto la sensazione di essere scampato a *una delle più grandi assurdità umane* sfuggendo al ginnasio, e una volta assunto come garzone in una bottega, invece, sente dentro di sé che la sua esistenza è di nuovo *un'esistenza utile*... Io volevo andare *nella direzione opposta*, pensava già questo, Bernhard, da ragazzino, e con una pervicacia quasi mistica, viene in mente proprio Weil che si butta in fabbrica... Avessi avuto un analista, una persona addestrata a deproblematizzare qualunque cosa, pagata per obnubilare deproblematizzando, mi avrebbe detto magari che esageravo a costruire un castello di speculazioni a partire da così piccoli sensi di colpa, che il male che avevo fatto era in fin dei conti minore di quello inflitto da tanti a tanti; che il mio percorso umano era in fin dei conti coerente, battagliero quasi. Quante balle... Anche ai tempi in cui eravamo più puri, non c'era reale adesione e i nostri fallimenti lo dimostravano, un morto al G8 e ci spampaniamo: essendo in ultimo piccolo-borghesi, ed essendo la piccola borghesia una non-classe, alla prima batosta ci siamo dispersi... Meglio i raver, guarda, se non addirittura i goani: parto naturale in acqua, psichedelia, veganesimo, ammucchiate – pardon: riti tantrici –, magari un tocco di pseudoscienza, fitoterapia, linee di Ley, bischerate così: almeno c'è, o prova a esserci, un'*adesione integrale*, un'idea di mondo... Ci dicevamo rivoluzionari ma la nostra adesione alla rivoluzione di integrale non aveva niente, fossimo almeno andati dagli zapatisti o, appunto, nel Rojava, e pace se ci avrebbero messo a lavare i piatti come Simone in Spagna... Ci batteva persino la generazione di Morelli, che almeno a suo tempo ci aveva creduto... Certo, facile rispondere che l'adesione integrale era oggi incarnata da un Carme, che viveva in un bugigattolo occupato e mangiava, destreggiandosi tra un processo e l'altro, dando lezioni di greco e latino agli studenti del ginnasio... Ma se invece di un solo Carme ce ne fossero stati cento, mille, in ogni città? E poi, a chi ha un percorso di adesione integrale, importa qualcosa di ciò che accade fuori? Magari, in quella sintesi, l'etica personale soddisfatta basta a sé... In questo mi batteva anche Emma, che si era salvata dandosi all'arte (certo, in un contesto socioeconomico come quello svedese, che non fa di un passo simile a trent'anni un salto nel vuoto), e mi batteva Laura, che almeno nell'alta missione culturale dell'editoria letteraria ci credeva davvero, sebbene in quei casi il punto fosse la dimensione di comunità di quelle attività, la possibilità di un riconoscimento reciproco... Be', non esisteva forse una comunità delle scienze sociali? Viene da ridere solo a dirlo. Meglio allora il Carme come ipostasi della politica che me o Franca, o Sabina, della sociologia... Bof, mi dicevo, forse sto solo idealizzando un disadattato, uno che ha sublimato in ideologia dei problemi di relazione col prossimo evidenti fin dalla giovinezza, era alle medie in una classe vicina alla mia e quando, in gita scolastica con loro, si era addormentato e io e altre ragazze gli scrivemmo "W il papa" su una gamba con un pennarello e svegliandosi lo vide, ci rincorse cercando di bastonarci con una delle doghe di quel lettuccio...

Pensierosa?

Te prego, Simone. Sto studiando.

Et-ty Hil-le-sum... Cos'è?

Una più matta di te.

Ti credi arguta? Cos'ha fatto, sentiamo.

Be', si è lasciata deportare in un lager senza prendersela neanche un po'.

Uh.

Invidiosa?

Lo sai. Sei tu che hai sottolineato più volte quella frase... *Ogni volta che penso alla crocifissione di Cristo pecco d'invidia.* Lo pensavi veramente?

Lo pensavo e lo penso. Per chi vive come si conviene, la morte è l'istante in cui per una frazione minima di tempo penetra nell'anima la verità pura, nuda, certa, eterna. Posso dire di non avere mai desiderato per me altro bene.

Non ti pare... Non so... Limitante? Dico, una visione che

gira e rigira prevede l'accettazione della sofferenza? Anche politicamente...

Tutt'altro. La grandezza del cristianesimo viene dal fatto che non cerca un rimedio sovrannaturale contro la sofferenza, ma un *impiego* sovrannaturale della sofferenza. Accettando l'ingiusta condanna, l'abbandono del Padre e la morte, Cristo ha realizzato il perfetto autosvuotamento, diventando l'archetipo di ogni attività decreatrice: eliminando la divisione tra la volontà propria e quella divina, ha aperto l'accesso al trascendente.

Non so, Simone. Mi sembra consolatorio, da un lato; e dall'altro – perdonami – un po' perverso, sì. Ciò che è sottomesso alla sofferenza non è forse per definizione *meno* dell'assoluto? Accettare il male è quindi "meno" di identificarsi con l'assoluto. E chi ha detto che per arrivare alla santità deve esserci per forza il martirio, uno stato d'eccezione come quello di Hillesum nell'Olanda occupata?

Stai studiando gli indiani, eh?

A dire il vero, no: sto leggendo i *tuoi* appunti sugli indiani. Forse dovrei, inizio a pensare che l'unica cosa rilevante che ho fatto nella mia vita è stato aver conosciuto il trascendente...

Non è poco, se è vero, dice Simone, e le brillano gli occhietti sotto a quei culi di bottiglia.

Un tempo era moltissimo, certo. Prima dell'era della riproducibilità tecnica dell'esperienza mistica bastava averne *una*, per *sapere* di essere speciale – per poter stare in cattedra.

Vuoi stare in cattedra, dunque?

Era solo un esempio.

Esempio eloquente, però.

In realtà mi chiedo proprio l'opposto. Pensa che ai tempi neanche mi ero accorta di cosa stessi esperendo, davo quasi solo interpretazioni politiche. Potremmo dire che le mie esperienze mistiche sono diventate tali solo adesso che le inquadro sotto un simile frame.

Esperienze mistiche! Teofanie, dunque? Raccontami.

Teofanie... Non so, per Emma, la ragazza con cui stavo a quei tempi, era tutto molto semplice, per lei ogni esperienza psichedelica più intensa era un'esperienza mistica, e bona l'è. Applicando le sue categorie ne posso isolare... Tre.

Sentiamo.

Deità al Link di Bologna, sarà stato il 2001. *Candyflip*, cioè LSD e MDMA; neanche lo avevo fatto troppo carico, ma in mezzo a una fase di trance dovuta al ballo continuativo, nel campo visuale degli occhi chiusi si manifesta una testa divina, un geode frattale cangiante e multiforme, a tratti dotato di volto e sospeso nel buio, che pare rimandare a un intelletto, o almeno a un senso, superiore.

Campo spirituale al teknival di Pinerolo, 2007. Mattina, a naso le nove o le dieci, per quanto in contesti del genere la percezione del tempo se ne vada giù per lo scarico del lavandino del Leprotto Bisestile: già belle piene di acido, facciamo una botta di ketamina. Ecco che lì avviene qualcosa di ragguardevole. La perdita dell'ego causata dal dissociativo e favorita dal ballo, a un soundsystem deserto per l'ora, si combina con l'espansione di coscienza dell'LSD e... Come si fa a descrivere un campo multidimensionale, radiale e raggiante in cui flottano, a mo' di occhiuti calamari, entità violacee senzienti? Di certo a sentirsela dire così, la si derubricherebbe ad allucinazione; a esserci dentro, ha il peso di una rivelazione, perché al di là delle visioni, quel campo non recava in sé soltanto uno stato di beatitudine di natura e grana diversa dal semplice "piacere", ma anche il seme dell'assoluto – di quella dimensione che risulta, anzitutto, "più vera del vero". Un'*ontofania*, potremmo dire, l'anticamera di qualcosa che appariva indubitabilmente reale – la coscienza cosmica o come vuoi chiamare (sapevo assai, ai tempi) ciò che sta oltre i veli di Maya: si annunciava come tale, e non meno – e io, nei momenti in cui riapparivo a me... be', l'espressione più appropriata che trovai fu: Sto respirando miriadi di bodhisattva. Così dissi a Emma, che mi sorrise come il sole-neonato dei Teletubbies e rispose solo: Bene.

Paradiso indù allo Stellaris Festival, su a Badia Tedalda, in fondo all'Appennino toscano. La base era sempre un candy-flip, ma con un carico di LSD più solido, e all'alba, proprio mentre il sole sorgeva piano dietro alla semplice tenda della chill-out, dove stava avendo luogo un live set di un duo greco downtempo con in tutto 68 follower su Soundcloud (avrebbe scoperto il giorno dopo Emma a casa), 0.2 grammi di ketamina insufflata. Di nuovo lei: la perdita integrale dell'io... Il contesto aveva una specificità non irrilevante: ultima festa con Emma, solo un mese prima del giugno ignobile in cui andai a recidere il nostro legame. Già incrinate, anzi spezzate, ma ancora capaci di concederci un festival, certo per scopi diversi: lei tentando un'ultima ratio per riunirci, per mostrare a quella cretina di Cleo quanto grande e sacro era quello che avevamo; io perché incerta, o ancora incapace di fare lo strappo, o perché inconsciamente desiderosa di un'uscita di scena memorabile. Cose che contano poco quando entri nel piano divino. Perché, sì, distese su quelle stuoie sotto tende di stoffa arancio e porpora e cannella, assieme alle altre sparse dieci o dodici persone che, pure distese, godevano di quel set, esperimmo quello che appunto non saprei definire in altro modo che come un paradiso indù.

Svargaloka o *Satyaloka*?

E dai, Simone, ci siamo capite. Ora, se da un lato, per il solo fatto di aver frequentato per una decina di anni certi ambienti, possedevo un bagaglio di *conoscenza noetica* da stracciare diversi mistici del passato, dall'altro condividevo tale sapienza con diverse centinaia di migliaia di persone, e non si vedeva chissà quale progresso nella coscienza collettiva. Si era visto magari negli anni '60 in America, quando *milioni* di persone erano state esposte a dosaggi *molto forti* di LSD (dove avevo letto che Timothy Leary valutava in quattro milioni di persone la "massa critica" per un rivolgimento sociale inarrestabile?); qua poco, anzi quasi niente, se non la sopravvivenza di un certo modo d'essere, di uno "spirito freak" che altrimenti sarebbe morto da chissà quanto... Il fatto è che il solo essere entrati nell'era della riproducibilità tecnica dell'esperienza mistica ne cambia la natura: il "livello mistico base", uscendo dallo stato di eccezione, è cambiato al punto che con *tre esperienze mistiche poderose* non mi sento neanche sicura di potermi considerare chissà cosa, laddove in altre epoche anche con una sola mi sarei già sentita legittimata a fondare una *scuola*... Senza contare, certo, la sindrome dell'impostore che, in quanto donna, mi porto dietro di default. Laddove, poi, si fosse arrivati alla liberazione con anni di ascesi o di quieto lavoro sul sé, è chiaro che quel picco avrebbe dato senso a un percorso lungo e faticoso: la mistica come *commodity* è ancora mistica o è qualcos'altro? Che forma avrebbe una vera società psichedelica? Forse solo ricentrata, fuori dalla dittatura dell'ego, ma non necessariamente più vicina al dio... Del resto tanti di quei pionieri dell'espansione della coscienza poi se ne erano andati in India o in Tibet per cercare qualcosa che desse struttura, direzione e *stabilità* a quanto avevano esperito... Esiste, insomma, un problema di integrazione.

E ti sfugge ancora la *torsione*.

Che torsione?

Quella tra nodo trascendente e nodo etico.

Ecco, sì. E quindi anche tra salvezza individuale e salvezza collettiva.

Avresti dovuto conoscere il mio amico GG.

GG?

Giuseppe Giovanni. Giuseppe Giovanni Luigi Maria Enrico, in realtà. Più famoso come Lanza del Vasto. Uno che nel comunitarismo non solo ci credeva, ma ne aveva fatto una ragione di vita.

Arrivata a casa me lo cercai su Google. Trovai un sant'uomo, naturalmente in barba e sandali, che aveva conosciuto Gandhi e Shivananda (l'India, oh: sempre) e lottato contro il militarismo, le torture francesi in Algeria, il nucleare... Un attivista, più che un mistico. Simone, mi vuoi dire qualcosa? Non c'era moltissimo, per capire meglio il suo pensiero: mi toccò rispolverare il francese e quello che cavai era che negli anni '90 le sue "Comunità dell'Arca" si erano per lo più disciolte per dissidi interni, e non restavano che degli account Twitter di "amici di Lanza del Vasto" con qualche decina di follower.

Quella notte sognai una ragazza che cercava di vuotare il mare con un pentolino da campeggio.

✵

Cominciai a espandere la mia biblioteca filosofica, a cui già Morelli aveva dato un bell'impulso, con i *Quaderni* di quel Lanza del Vasto, e da lì verso Oriente. Alcuni di quei libri li avrai visti su in biblioteca, tra quelli di Kumari, della mia povera Kumari, e di Antonio, un altro a cui arriveremo. Quel giorno mi limitai a saccheggiare le sezioni a tema di tutte le librerie del centro di Firenze, sezioni che peraltro andavano crescendo, che erano discretamente fornite. Sai, i libri delle Edizioni Mediterranee e della Ubaldini, quelli di Alan Watts, cose così. Quando lessi *La filosofia perenne*, che avevo sentito nominare agli incontri del Tesauri, vidi che Huxley aveva già fatto, molto meglio, quello che stavo facendo io. E tuttavia sul letto di morte non aveva chiesto alla moglie di leggergli il *Libro tibetano*, ma di somministrargli 100 microgrammi di LSD... Dall'altro lato, scoprivo leggendo invece *Be Here Now*, un Richard Alpert, che di µg ne aveva ingollati migliaia, era andato a fidarsi di un guru avvolto in una copertaccia su nell'Himachal Pradesh... Misticismo! Lo avevo rifiutato, i piedi ben piantati nel materialismo storico e nel femminismo socialista, quando cominciò a filtrare qua e là quell'ecofemminismo d'impronta spiritualista che mi pareva quantomai sospetto, e adesso eccomi qua... Ma torniamo a noi: le carte di Morelli, anzi *le dispense di Morelli*, arrivarono una settimana dopo la seconda convocazione ufficiale da parte della Pertini, in cui il tono era stato invece paternalistico – Vedi cara mia Cleo, Cleo mia, capisco che magari sei in un momento difficile a casa... –, e alla quale avevo risposto con un misto di rassicurazioni e temporeggiamenti.

Si trattava di una serie di fotocopie, ingrandite, con triangoli neri sui lati e lo spessore del libro visibile, insomma in stile dispense scolastiche fatte alla meno peggio da un prof un po' imbranato:

... Nessuno mi negherà che il problema dev'essere impostato in termini collettivi, non nella semplice salvezza di alcuni eletti. Uomini realizzati, uomini che hanno fatto il salto fuori dal tempo... Sí, suppongo che ne siano esistiti e che ne esistano. Ma questo non basta, io sento che la mia salvezza, supponendo che la possa raggiungere, deve essere anche la salvezza di tutti, compreso l'ultimo degli uomini. E questo, caro mio... Non siamo nelle campagne di Assisi, non possiamo piú sperare che l'esempio di un santo semini la santità, che ogni guru sia la salvezza di tutti i discepoli.

Uhm...

Dobbiamo spalancare le finestre e gettare tutto in strada, ma soprattutto dobbiamo gettare la finestra e noi con essa. È la morte, oppure uscire volando. Avere il coraggio di entrare nel piú bello della festa e mettere sulla testa dell'abbagliante padrona di casa un bel rospo verde, dono della notte, e assistere senza paura alla vendetta dei lacchè.

Che intende qua? "La vendetta dei lacchè"... Forse è una citazione, un riferimento a qualcosa che non ho letto...

Cos'è quella conciliazione senza la quale la vita non è che una grandissima presa in giro? Non la conciliazione del santo, perché se nella nozione di ricominciare dal cane o dal pesce o dalla sporcizia o dalla bruttezza e dalla miseria e da qualsiasi altro disvalore, sempre è insita come una nostalgia di santità, potrebbe sembrare che si abbia nostalgia di una santità non religiosa (e a questo punto comincia l'insensatezza), uno stato senza differenze, senza santo (perché il santo è sempre in un modo o nell'altro il santo, e gli altri non-santi), vale a dire che se esiste conciliazione deve essere un'altra cosa che lo stato di santità, stato escludente senz'altro...

Difficile capire che libro fosse. Poteva anche essere qualcosa che aveva scritto lui, e allora avrei fatto prima a cercare su Internet tutti i libri di Morelli; a quel pensiero mi resi conto che dopo tutto quel tempo, di Morelli non conoscevo il nome.

Scusa Laura posso cercare una cosa sul computer?

Hai anche il tuo eh, dice, e mi dà un bacio sulla tempia.

Sì ma è di là. Dài, non farmi alzare, dissi ricambiando il bacio.

Uff. Tieni.

Cercai solo "Morelli" su IBS. Ce n'era una schiera: Marco, Ugo, Giovanni, Giampaolo, Maurizio, Gianni, Gabriele, Eugenio, Gaetano, Vittorio, pure un Alamanno Morelli che avrebbe fatto un bel contrasto con il carattere mite del mio Morelli, uno Iacopo "erudito e bibliotecario" del Settecento... Certo si potevano escludere Daniela e Marina, così come il Raffaele di *Solo la mente può bruciare grassi*, ma per il resto bisognava spulciarli tutti, certo avrei fatto prima a chiedere, il giorno successivo, a Morelli stesso, eppure sentivo che quel post-it sul primo foglio, con scritto sopra a penna, nella calligrafia inclinata di Morelli, "Cara Cléo, forse le può interessare leggere qua", equivaleva a un addio, e infatti il giorno dopo, e quello dopo, e quello dopo ancora, in Brunelleschi Morelli non ci sarebbe stato. Nessuno, neanche tra il personale della biblioteca, lo conosceva o anche solo capiva chi intendessi: "Passa così tanta gente..."; "Anziano? sono tutti anziani, i professori...". Chi poteva del resto dire di conoscere me, o uno qualunque dei ragazzi che ogni giorno studiavano lì o nell'acquario o nelle altre aule?

Ebbi l'impressione che quei giorni, in cui mi dicevo sacrificata ma che in realtà mi godevo, quei giorni belli nella loro confusione ideale e regolarità pratica, in cui pranzavo al bar della Rotonda e poi mi rinchiudevo in sala Germanistica a studiare tutto il giorno, potessero finire, col congedo di Morelli; rivelarsi *vezzo*. L'unica speranza di ritrovarlo me l'avrebbe data il tornello: ci sarebbe voluto l'intervento di un'assistente di Filologia classica che conoscevo dai tempi del Collettivo per poter spulciare il computer dei custodi e scoprire, proprio sotto di me – Mancini, prima di Martini, Meroni, Morini e Morino... – che non era entrato alcun Morelli quella settimana, sebbene ci fossero anche tre "Altri accessi" che, mi spiegò il custode, corrispondevano a tessere in bianco che usavano alcuni membri dello staff e i visitatori legati a vario titolo alla facoltà.

Mi misi a fare l'unica cosa che potevo: studiare quei frammenti. Una sera, quando Laura si era già messa i tappi e il cerotto ma non si era ancora calata la mascherina, mi disse: È un Einaudi.

Sì?

È in Garamond, che è usato da Feltrinelli, Einaudi, Bompiani e Rizzoli (Mondadori usa il Palatino, che è poi il Garamond tedesco), ma Einaudi ha il vezzo di mettere l'accento acuto sulle i e sulle u. Guarda quel "Sí".

L'editore non bastò a capire che libro fosse, o forse fui io a smettere di cercare quando fui vicina alla soluzione: quel che contava era il nodo che Morelli riteneva di dovermi mostrare, ovvero, all'interno del rapporto tra misticismo e "bene", quello tra bene individuale e bene collettivo, sociale; non avevo ancora un'opinione in merito, ma rifletterci sopra mi rese un po' più digeribile il continuo rimando, nei testi orientali, alla necessità di trovare un maestro. Necessità che rifiutavo, ma che poteva aver senso una volta scalata verso il basso: un confronto, una sponda intellettuale, più che un insegnante. Ero arrivata a immaginarmene una... Questa riflessione, e trovare un commento del Tesauri a una raccolta di scritti di Simone Weil sulla "rivelazione indiana", mi persuase, secondo una logica sincronicistica che mi pareva sempre più accettabile, a considerare la possibilità di dare uno sguardo a quei suoi raduni. Non mi aspettavo niente ed ero già delusa: pure, andai.

✷

Arrivai tardi ed esplorai, stranita come spesso ero stranita in quel periodo, come tornata a uno stato ricettivo, infantile, in cui esperienza e sogno tracimavano continuamente l'una nell'altro, i corridoi lunghi e bui, decorati con poster incorniciati di vecchie mostre d'arte, della villa sede del Quartiere 2 che ospitava i seminari, finché non sentii quello che da fuori pareva un mormorio, anzi un ronzio. Aprii la porta leggera, da aula scolastica, da cui proveniva, e un uomo alto, secco e dall'aria severa, coi piedi scalzi, nodosi, simili a radici slavate da una piena a contrasto col completo di lanetta e la cravatta bordò, mi intimò uno "shhh!" silenzioso ma spietato, il dito sulla bocca e lo sguardo fiammeggiante. Era l'unico in piedi e lo riconobbi come Tesauri medesimo mentre supervisionava una quindicina di persone sedute: cinque-sei suoi coetanei e coetanee, pure vestiti con una certa dignità borghese ma resi goffi dai calzerotti lisi oppure colorati; un paio di signore sulla cinquantina in tuta; un giovane frate; un ragazzo a torso nudo, snello e tirato, coi capelli legati a crocchia sul capo e il tatuaggio di un mandala in mezzo al petto; tre ragazze e un ragazzo dall'aria più ordinaria, due delle quali avevo l'impressione di aver già visto in Brunelleschi; un ciccione con una t-shirt dei Blind Guardian e una donnina piccina così, coi capelli sale-e-pepe e gli occhietti luccicanti. Stavano lanciando un AUM, molti a occhi chiusi e ognuno col proprio ritmo, ma la vibrazione che ne usciva era piuttosto unitaria. C'era anche, seduto a una cattedra scolastica spinta in fondo alla sala, un uomo sulla sessantina che stava riguardando e glossando a matita delle dispense. Il Tesauri mi intimò di sedermi con un gesto brusco. Di certo non mi aveva riconosciuta come una del dipartimento di Sociologia, e forse era normale, di persona l'avevo visto solo un paio di volte... Alzai le mani come a dire di non spaccarmi troppo le palle e uscii di nuovo dalla porta, che accostai fino a farla scattare. Mi tornò alla memoria, sentendo quell'AUM, quando, tornata a stare a Firenze per l'università, mi iscrissi a un corso di meditazione, o meglio andai alle "prime tre lezioni gratuite", allo stesso modo in cui mi ero iscritta a svariate altre cose, un corso di teatro, uno di aikido, l'Arcilesbica, nella sola intenzione di conoscere qualche figliola; tuttavia, tra tutte quelle attività (a teatro smisi dopo una lezione perché non c'erano donne, l'aikido lo lasciai perché era troppo lontano da casa, all'Arcilesbica litigai subito perché erano delle cazzo di conservatrici) fu proprio la meditazione a lasciarmi qualcosa, nonostante fosse emerso già dalla prima lezione che tutta quella generosità non era disinteressata: regalavano ore di corso perché l'obiettivo era tirarti in mezzo alla loro organizzazione che faceva capo a non ricordo che santone dello Sri Lanka. Nonostante ciò, in tre lezioni confuse e piene di sovrapposizioni, un po' di tecniche me le passarono: i japa, qualche rudimento di vipassana e pranayana, le basi della visualizzazione e del chakra yoga; ricordo che continuai da sola, a casa, per almeno quattro o cinque mesi... E ricordo, sì, che quando una mia vecchia amica del liceo che ora lavorava in una palestra, incontrata per caso in centro una sera, mi chiese se conoscessi qualcuno in grado di insegnare yoga dato che il loro maestro si era trasferito, chiesi: Anche meditazione va bene?, ed ebbi la faccia tosta di offrirmi, e per tre mesi al lunedì e mercoledì andai a insegnare meditazione a Montevarchi rivendendomi quelle tre lezioni e integrandole con un po' di libri presi in biblioteca...

Quando sentii che l'AUM collettivo era finito, attesi ancora qualche minuto e rientrai. L'uomo delle dispense stava preparandosi a fare una sorta di lezione. Tesauri mi guardò con un sopracciglio alzato e la bocca tesa in una smorfietta irritata che si rilassò solo quando mi misi seduta in ultima fila, dove il ciccione e la donnina sale-e-pepe stavano discutendo sottovoce:

E Angelus Silesius dove lo metti? E Jeanne Guyon?

Ahem!, fece l'uomo alla cattedra. Poi cominciò: Quietismo ed esicasmo. Cosa li differenzia, mi direte?

Uscii da quella conferenza scuotendo il capo, perché in ultimo emergeva che la vera differenza tra quelle due dottrine – scoprivo – basate sulla *quiete fiduciosa dell'anima*, fu la ricezione, e quindi il contesto: ammirazione e accettazione per i Padri del deserto del sesto secolo; accuse di eresia e il "crepuscolo della mistica" che ne seguì, per chi ci riprovò un millennio più tardi. Al solito, un nodo politico. Quando arrivai a casa provai tre AUM e mi misi a meditare un po', cominciando dai chakra bassi, proprio come mi avevano insegnato secoli prima quei seguaci del guru singalese. Sentii Laura passare davanti alla porta della camera e soffermarsi. Poi disse: Ma guarda, allora ti riesce.

In che senso?, dissi aprendo un occhio.

A volte ne parlavi, quando ci eravamo appena conosciute, ma non ti avevo mai visto farlo.

✵

Presente quando fai una cosa e devi per forza dirlo a qualcuno o ti sembra che non sia avvenuta? Quando beccai Sabina al bar sotto al dipartimento, le dissi subito che ero stata dal Tesauri.

Era ora.

Come? Ah, no, non per la rivista, no. Sono stata ai suoi seminari...

Quelle cianfruscole? Bon, se ci torni digli che deve mandarci i materiali, e finché non lo fa è inutile che il suo assistente scassi... Ti vedo un po' svagata ultimamente, Cleo. Franca è una brava donna, ma senza di te qua va tutto in stramona.

Esageri.

Alla fine il dipartimento lo mandi avanti tu.

Non è vero, io sono su un progetto di rara inutilità.

A parte che il terzo settore è il tuo pàn, è che quando parli a nome suo... Non so, va a fini' che la gente dà più retta di quando parla lei direttamente. Così finisci per coordinare tutto.

Sei gentile, Sabina, ma è facile farlo quando c'è così poco da coordinare. Non hai mai l'impressione... Non so, un senso di irrilevanza?

Ma ti sè sbregà, Cleo?

La metto semplice: psicologia, individuo; sociologia, società. E in questa società individualizzata all'estremo, il paradigma dominante è quello psicanalitico, mentre noi sociologi ce ne stiamo zitti in un angolino.

Ma l'hai mai accesa una tv? Sicurezza, sempre sicurezza, siamo arrivati al punto che è difficile anche *dirlo*, che la sicurezza si ottiene con la giustizia sociale. E questa vuol esser rilevante, pensa tì.

Infatti, pensavo, un dipartimento di sociologia che funziona *davvero*, dovrebbe essere un covo di rivoluzionari.

Quindi il nostro non funziona! Ce ne faremo una ragione. Fammi un piasé, Cleo: fatti due parole con Franca, anche sulle tesi già che ci sei, e rimetti in moto 'sta barasciacca, ok?

L'unica cosa che rimisi, o meglio misi, in moto, fu la meditazione. E meno male col Carme l'avevo definita "ore e ore nel cesso": la verità è che ne feci un'attività quotidiana, integrando con libri, spunti che trovavo online e pure con qualche esercizio imparato lì dal Tesauri. Un'altra cosa curiosa fu che, per quanto tutto là dentro mi irritasse, ci tornai altre tre volte. Mi dicevo che era per il fascino che mi ispirava la condanna, tutta politica, dei mistici speculativi, quelli di cui parlava la prima lezione a cui avevo assistito e che, scoprivo, stavano più o meno al centro del discorso del Tesauri; mi affascinava *quella storia di roghi, incarcerazioni e torture che mise fuori dall'uscio della Chiesa la mistica e tutto quanto di eracliteo vi era in Giovanni, di plotiniano in Agostino, insomma quelle idee da cui scaturivano una libertà e un'uguaglianza – fra i sessi, fra padroni e servi, fra le religioni stesse – non idonee al ruolo di potere portato avanti dalla gerarchia ecclesiastica.* E non era solo questo. Mi colpivano alcune parole che echeggiavano in quell'aula, come il *Se cerchi dio per la pace, non è ancor bene: / Tu cerchi te, non lui! Figlio non sei ancora, ma servo* di Angelus Silesius; mi suscitavano slanci di curiosità le menzioni che a volte spuntavano di comunità mistiche – o che almeno pretendevano di esserlo, chissà – dai nomi evocativi: Zeitzé, Nomadelfia, Paradisino (io evocai la Comunità dell'Arca: mi confermarono che non esisteva più, e il Tesauri non mancò di dire che Lanza del Vasto era stato "un suo fraterno amico"); mi seduceva l'aperto sincretismo che le reggeva, per quanto antipatico mi risultasse Tesauri; mi erano utili, infine, le nozioni pratiche di meditazione che vi venivano trasmesse. Sublimai l'antipatia intervenendo nei dibattiti, studiando Eckart e Porete e Silesius, sfidando prima i vari accoliti e poi Tesauri stesso sui loro temi, proprio come facevo, una vita prima, all'università coi professori. Mi scoprii ad aspettarlo al varco per contestargli qualche affermazione. Non era troppo difficile dato che, restando cristiano, faceva salti mortali per ricondurre il discorso a una specifica dottrina, anzi a una *mitologia*.

Vede, professore, lei forse dimentica come il suo Eckart si spingesse addirittura a dire che i filosofi pagani erano più avanti di san Paolo, perché erano arrivati con l'esperienza laddove lui era arrivato solo per grazia.

Signorina, premesso che conosco assai bene quel passaggio, le faccio solo l'esempio del benedettino Henri Le Saux, che si recò in India, dove visse come un asceta ricercando il senso profondo di quella spiritualità: nel suo incontro con le Upanishad, scoprì che il cristianesimo ne possedeva già la sapienza.

A parte che un'affermazione del genere è una bella *colonialata* (qualcuno ridacchia, Tesauri inspira col diaframma), dissi, la tassonomia eckartiana dell'esperienza mistica resta inferiore.

Non occorre alcuna tassonomia! È il quotidiano a costituire il divino che si mostra al nostro sguardo, e ciò avviene senza sforzo, appena ci si distacca da noi stessi...

Lei dice così perché non ha mai avuto nessuna visione e nessuna rivelazione. Vuole solo sentirsi un mistico senza sbattersi.

Lei è un'impertinente! Dio—

Qualsiasi cosa tu dica di Dio è falsa. Eckart.

Lo segai con una citazione che avevo letto solo due ore prima, e per fortuna suonò la campanella che indicava l'arrivo delle 19:00 e dell'impresa di pulizie, dato che il clima nella stanza era diventato pesante. Uscii con l'adrenalina ancora in circolo, salvo poi rammaricarmi mentre camminavo verso casa. Avevo usato nozioni appena apprese come una mazza, contro qualcuno da cui comunque avevo imparato qualcosa – per tacere della spigliatezza con cui parlavo di cose come la "tassonomia delle esperienze mistiche", di cui tutto ciò che sapevo l'avevo sentito proprio lì dentro. Altro male? Forse, eppure era stato in qualche modo liberatorio.

✵

Era il terzo maggio in cui vedevo sbocciare le margherite nel chiostro di Brunelleschi. La combinazione tra lo spostamento di diverse facoltà in periferia e lo sgombero di ogni spazio sociale del centro aveva portato il chiostro ad assumere la connotazione di "zona temporaneamente autonoma" per il solo fatto di avere accesso e permanenza gratuiti. Così poteva capitare di incontrarci chiunque di quella legione di irregolari che restava vasta nonostante l'impegno delle istituzioni a scacciarla, ghettizzarla e nasconderla; legione che, in una città ridotta da anni alla più abietta delle necropoli – perché una necropoli vuota ha fascino e dignità, ma una necropoli che si vende è un verminaio che assomma lazzaretto e postribolo – corrispondeva pressappoco alla gente più interessante che potevi incontrare. Poteva allora capitare anche di scorgere due facce fricchettone in qualche modo familiari, che queste facce cogliessero nella tua il riconoscimento, e che, in quel pomeriggio mite, col solicello che passando attraverso i pini centrali faceva pezze d'oro sulla pietra dello scalino a bordo chiostro, smussata da innumerevoli chiappe prima monastiche e poi studentesche, ci mettessimo a parlare, e sì, erano proprio Sonia e Pinto, una coppia che con Emma avevamo conosciuto allo Stellaris Festival, su a Badia Tedalda, e che il giorno dopo ci avevano invitato a mangiare qualcosa nel loro bungalow, e poi avevamo rifatto festa assieme a loro la sera e, spiegando un poco goffamente che loro – insomma, presente, no? – erano *poliamorosi*, ci avevano invitate né più né meno a fare un'ammucchiata, e noi un bel po' in imbarazzo ma pure divertite dall'evenienza inattesa e resa più balenga dalla sbalestratura psichedelica che ancora ci pulsava addosso, avevamo declinato dicendoci comunque onorate (e chiedendoci, mentre lo dicevamo, se non fosse fuori luogo una simile precisazione; come usasse poi, in realtà, in questi casi: ché, insomma, anche le nostre conoscenti che si definivano a quel modo alla fine erano solo gente che stava in coppie lasse e scopava in giro, ma poliamorosi veri non ne avevamo mai conosciuti), e tutto era finito in un paio di shot di Amaro del Capo e tre risate, ma il giorno successivo, pur incontrandoli più volte in giro per il festival, e nonostante una di queste volte ci avessero invitato a ripassare a trovarli, lì all'ecovillaggio, a settembre o quando ci pareva, avemmo la sensazione che comunque ci si filassero meno, come se fossimo state un po' antipatiche o almeno scortesi a declinare, e la sera dopo, ormai a casa, forse per il calo di serotonina dell'md, avevamo pure scazzato, Emma che aveva detto che potevamo anche provare, io che le rispondevo Ah quindi ti piaceva quella Sonia, lei che mi diceva Be' anche a te, io Per niente e poi a te piaceva pure il tipo, Il tipo? Io? E giù a litigare, ma del resto era già l'epoca in cui mi ero segretamente innamorata di Laura...

Così, eccomi in Brunelleschi con quei due. Chiacchiere da poco, quasi di circostanza, ma quando lui mi chiese, E ci stai ancora con la rossina, come si chiamava?, sentii il cuore perdere un battito.

No, perché ci ha scritto, disse lei – e lui la guardò come dire Aspe' magari non sono più insieme, non far figure. Così io: In che senso, vi ha scritto?

Ci ha scritto una mail, ha chiesto se era ancora valida l'offerta di venire per un po' da noi. Però non ti ha nominata, anzi scusa se Pinto ha fatto una delle sue solite figure.

Ma quale figura, Sonia, oh, che, ora non si può manco chiedere, cioè chill, le avevamo beccate assieme...

Ma quando?

Boh, diversi mesi fa...

E voi?

Noi niente, cioè le ho risposto vieni quando vuoi. Anche tu eh, vieni quando vuoi! O ancora meglio vieni per le Metagitnie, cioè dopodomani, che si fa un party un po' diverso al Giardino... Che ci fai poi a Firenze?

Be', ci abito...

✵

Due giorni dopo, a casa:

Mi raccomando, fatti male.

E dài, Laura. Vuoi che ti porti a fare un giro?, dissi, e soffiai via un po' di polvere dal contachilometri della vecchia Suzuki GS 500, compagna di poche ma amabili avventure tra i ventuno e i ventiquattro anni. Poi mi ero fatta male e mio padre mi aveva comprato *all'istante* da un suo cliente una Renault Clio 1900 turbodiesel, immaginando, credo, che la potenza sproporzionata dovesse compensare le emozioni di una moto, come se un'auto potesse mai farlo. E se nel minuscolo garage di Firenze ci avevo portato la moto e non la macchina, lasciata là a Montevarchi, non era solo questione di spazio, anche se poi non l'avevo usata mai...

La stai tirando fuori per questo? Per farmi fare un giro? Ho un sacco di lavoro, oggi. E comunque non mi ci hai *mai* portata.

Quando ci siamo conosciute mi ero sfasciata il ginocchio da poc—

Quando te lo sei rotto, a venticinque anni?

Ventiquattro.

Quindi? Che ti prende?

Ma niente, ho voglia di fare un giro.

Un giro dove?

Vediamo... A Fiesole? O, che ne so, a Badia Tedalda.

Badia Tedalda? Ma è in culo.

Ecco cosa significa non essere abituata a mentire: ti sbottoni subito. Ma infatti, dico, mi sa che vado verso Fiesole...

Quando arrivo al curvone di Badia Tedalda, la giornata volge a un primo crepuscolo. E c'è da ricordare qual era il bivio per salire all'ecovillaggio...

Lo trovo al secondo tentativo; pare deserto. Non un'anima in giro, le finestre dei bungalow quasi tutte chiuse... Poi capto il rumore di un rastrello. Metto il cavalletto alla moto, scendo, risalgo quel suono. C'è un omino canuto e pieno di monili d'argento, con due braccette muscolose, che rastrella foglie secche da uno spiazzo.

Tu se' arrivata tardi, mi fa. Son bell'e tutti al Parco. Se ti mòvi, arrivi prima che accendano i fòchi.

Ah, sì, giusto... uhm... e com'era la strada precisa?

Come! Gl'è facile, tu sali fino a Montebotolino, poi giri al Cascinale del Nibbio...

TERZA PARTE

Capii che c'era qualcosa dalle voci, un po' come quando, nel buio di qualche forra, indecisa se far manovra e tornare indietro (a Laura avevo scritto che avevo avuto un problema con la moto, e che avrei tardato un po'), capti il rave dal battito dei bassi. E dal buio di una forra si apriva il luogo della "celebrazione", un parco di statue mostruose di sapore ariostesco che, mi avrebbero spiegato, secoli prima un nobiluomo un po' strambo aveva fatto costruire per il proprio diletto e, dicevano, per certi riti di marca neoplatonica: lo capii quando le persone da cui provenivano le voci accesero un gran fuoco nel punto più sgombro di quella profonda radura e come in un sogno febbrile comparvero figure colossali, più astruse che minacciose (ma nondimeno minacciose): draghi, naturalmente, o meglio viverne; olifanti con baldacchini sulla groppa; colonne assommitate da grugni bifronti; una Tanit con tanto d'anfora sul capo, melusine dalla coda bifida, volti di medusa incoronati e una grande bocca d'orco con una stanza all'interno; e nella stanza, come qua e là sui grossi blocchi rettangolari di pietra che erano sparsi in giro e potevano essere sedute come sarcofagi o altari, scoprivo, via via che i miei occhi, ormai del tutto abituati al buio e di nuovo capaci di captare i dettagli grazie al barbaglio ora scarlatto ora aranciato del fuoco, c'erano persone, alcune nude, altre in costume, chi con maschere inquietanti alla veneziana, chi con più buffe tute di peluche, da dalmata o draghetto o ancora da "orsetto del cuore", simili a quelle che indossavano i ragazzi ai rioni del carnevale di Viareggio, e non c'era dubbio che molte di esse fossero impegnate in amplessi: dentro la bocca dell'orco, in particolare, palpitava e si agitava un grosso groviglio di carne, di corpi... Come non pensare, non immaginarmi, alla vista di un caschetto di capelli rossi (ma potevano essere biondi, o anche bianchi, rossi solo per il riflesso della pira), che vi fosse anche Emma, in mezzo a quell'orgia che, nello stupore, non sapevo giudicare se perturbante, spaventosa, o solo grottesca, forse ridicola o addirittura *ironica*...

In un deliquio del genere, chi si nota subito è sempre chi si aggira sbigottito, e infatti ecco un Ehi tizia! TIZIA! che pare diretto a me. Sono Sonia e Pinto, i due goani, lei con una tuta da orsetto, lui con un perizoma da Neanderthal: Weeeee! Allora! Sei arrivata!

Ammetto che non potei fare a meno di chiedere subito se poi Emma ci fosse andata, lì da loro; se quella mail avesse avuto un seguito.

Chi? Ah, la tizia... Cioè, la tua ex tizia? No, non si è vista, vero Sonia?

Ma che ti frega poi, mi dice Sonia, visto che bello qua? Vuoi un cartone?

Uh, è da tanto che non...

Non fare complimenti, dice Pinto mostrandomi la lingua su cui sta una strisciolina di *cinque* quadratini di cartoncino colorato.

Ma sì. Anzi... non è che ne hai un paio da vendere?

Tieni, dice Sonia, e da una tasca corrispondente alla pezza ventrale dell'orsetto tira fuori un contenitore ovoidale da sorpresa Kinder, da cui estrae e svolge un rotolino di domopak che a sua volta nasconde un foglietto da una ventina di acidi. Ne stacca quattro e me li porge:

Offre il bungalow. Gamma Goblin, i meglio oggi come oggi. Questi sono da 205 microgrammi.

Li riposi nel portafoglio come una ragazzina, poi vidi che mi guardavano con quello che pareva disappunto, così ne staccai uno, lo misi sulla lingua e dopo aver bevuto e fumato un po' con loro, che mi parlarono di un imminente raduno di tutti gli ecovillaggi italiani nei boschi sopra Pistoia, presso la comunità dei cosiddetti "Folletti", mi unii alle celebrazioni, che, passata l'ammucchiata, prendevano un carattere, ancorché sempre dionisiaco, a me più familiare, quello del rave, e ballando attorno a nuovi fuochi ora che partiva il battito primordiale dei 4/4, ripensavo a quel frammento di Colli, da *Dopo Nietzsche* – certo, passatomi da Morelli... *Guardandosi allo specchio, il dio vede il mondo come propria immagine. Il mondo dunque è una visione, la sua natura è soltanto conoscenza. Il rapporto tra Dioniso e il mondo è quello tra la vita divina, indicibile, e il suo riflesso. Quest'ultimo non offre la riproduzione di un volto, ma l'infinita molteplicità delle creature e dei corpi celesti, l'immane trascorrere di figure e colori: tutto ciò è abbassato a parvenza, a immagine in uno specchio. Il dio non crea il mondo: il mondo è il dio stesso come apparenza. Quella che noi crediamo vita, il mondo che ci circonda, è la forma in cui Dioniso si contempla, si esprime di fronte a se stesso. Il simbolo orfico ridicolizza l'antitesi occidentale tra immanenza e trascendenza. Non ci sono due cose, riguardo alle quali si debba indagare se sono separate o unite, ma c'è una cosa sola, il dio, di cui noi siamo l'allucinazione...*

Soltanto dopo più di un'ora, quando ero ormai bella allucinata, mi ricordai di Laura, del fatto che avevo detto solo che avrei ritardato un po'. Botta d'angoscia e colpa, amplificata dall'acido. Scrissi un messaggio pasticciando con la tastiera e senza disattivare la modalità aereo; la disattivai, con un tremito, solo il tempo dell'invio, nell'intenzione di riattivarla subito, ma il tempo bastò per far filtrare uno, due, tre, quattro, cinque messaggi, l'ultimo dei quali era un DOVE

CAZZO SEI – e niente, eccomi sotto a un albero, costretta a chiamarla mentre le luci diventavano liquide e i suoni colori e un demone possente mi saliva e scorreva lungo la spina, a spiegare che, sì, ero a un rave, che no, *ovviamente* non era previsto, che no, non potevo tornare perché non sarei stata in grado di guidare la moto per almeno sette ore... Che pasticcio... Che stupida che ero stata... Che grandissimo casino... Ecco laggiù Sonia e Pinto che mimano ridendo il mio stare al telefono, che mi lanciano dei "cazzo fai?" con le due mani... E come diceva Nietzsche, se l'armonia dell'anima è perduta... bisogna ballare.

✷

Furono giorni di scazzi e musi lunghi, e ci potevo fare poco, dato che avevo torto. Va da sé che dopo una notte in bianco non ero in condizione di farmi in moto i cento e più chilometri di curve da là a Firenze, senza contare che al mattino, quando dopo un *chai* e una fetta di crostata e un altro *chai* mi ero quasi decisa a partire, si era messo pure a piovere. Non potei che rientrare all'ecovillaggio con Sonia e Pinto, dormire lì qualche ora e rincasare alla sera di quella domenica funesta.

Funesta anche perché, pensavo, tutto era in qualche modo cominciato per il male che avevo fatto a Emma *per poter stare con Laura,* e adesso stavo mandando tutto a gambe all'aria con lei – *stavo facendo del male a lei* – proprio a causa delle mie fole... Si poteva *non fare il male*? Era quello, mi chiedevo all'ennesimo tornante mentre ormai faceva buio, il *peccato originale,* l'impossibilità di non fare del male a qualcuno una volta che si entra in un sistema di scelte? A quanti anni, dunque? Sei, sette? Cascina Vecchia o il bagno Capodistria, o semplicemente la tarda infanzia e la prima adolescenza come campi scuola di un male che non ci avrebbe più lasciato?

L'unica pezza che potevo metterci consisteva nello stare più vicina a Laura, e pensai anche che fosse il caso di passare più spesso in dipartimento. Ammetto però che quando il giorno dopo ci andai e vidi che la porta di Franca era chiusa, provai qualcosa di simile al sollievo. Non era l'unica eccezione. Nell'armadietto, assieme a un mucchietto di corrispondenza inutile (quant'era che non lo aprivo?), c'era un libro arancione. Il libro di V. sulle feste, ma guarda. Era uscito o stava per uscire, quindi. In effetti era passato diverso tempo... Andai a vedere se aveva usato le cose che gli avevo detto e mi stupii un po' nel trovare un intero capitolo, anzi una *parte* a me dedicata, con tanto di titolo:

CLEO - L'INTELLETTO

Che significava? Andai in stanza e mi misi a leggere. Scoprii così che V., nel tentativo di campionare un riflesso dell'anima della cultura rave, aveva utilizzato tre figure che riteneva addirittura paradigmatiche, una per "i sensi", una (io!) per "l'intelletto" e una per "lo spirito". La mia figura, la meno narrativa delle tre, serviva a inserire al centro del libro una serie di considerazioni e citazioni storico-sociologiche. Il ritratto che ne emergeva, per quanto fosse al servizio di tali scopi, mi inquietò. Era un caso che quando V. venne a intervistarmi fossi vestita con la vecchia felpa di inventati.org e gli anfibi – che fossi così *inizio anni Zero* –; pure, fissata su carta a quel modo, mi sentii *ferma*; ma ancor più perturbante era la mia sovrapposizione a uno sguardo intellettuale, analitico, rispetto alla cosa *più spirituale* a cui avevo contribuito. E se fa male, vuol dire che ha preso il nervo.

C'era poi un passaggio, *Scusi, eh, scusi se abbiamo custodito la tradizione del viaggio iniziatico e l'abbiamo portata a quel caprone di suo figlio, pigliandoci pure le pedate nel culo dagli sbirri per farlo, e cristianamente incassandole...*: questa frase non era attribuita a me, ma alla tipa a cui nel libro aveva assegnato la "dimensione spirituale"... MA GLIEL'AVEVO DETTA IO! Forse proiettavo un'immagine talmente netta nell'altra direzione che V., elaborando i materiali, aveva addirittura *creduto* che gliel'avesse detto l'altra tizia? Certo, era vero che, al di là di quella considerazione, per me il nodo centrale era sempre stato la dimensione di classe: d'un tratto la festa più figa di tutte non era nella villa di qualche riccastro ma in un luogo impensato, stabilito da un rizoma sotterraneo... E però, se adesso mi trovavo a ragionare di fatti dello spirito, non era forse perché lì, e solo lì, ero stata parte di una comunità sacralizzata e sacralizzante? Si fa presto a dare il merito solo al sacramento...

Sarebbe facile dire che ero circondata da un deserto spirituale. Ma non sarebbe stato del tutto vero: era più una *wasteland*, un panorama devastato in cui ancora si nascondevano sparute presenze: in cui ancora si imbastivano, con scampoli di tecnologie perdute, malcerte tattiche di sopravvivenza. I più erano quelli che si erano affidati al *puer sacer*: fai un figlio, metti al mondo qualcuno più importante di te e, se non altro per dovere e sopraggiunta responsabilità, punti tutto lì. Evoluzione della tattica della "nazione a due", ora assediata da ogni lato, minata, più che nelle fondamenta, nella durata. La politica, intesa come ideale e quindi afflato dello spirito, era finita, ricacciata in nicchie minuscole oppure mutata in attivismo sui singoli temi, non sempre sufficienti a farne un moto totalizzante dell'anima... C'erano poi i "monaci casalinghi", quelli che a un certo punto prendevano ad alzarsi presto, a uscire pochissimo, a non provarci nemmeno, a trovare del senso fuori, e si dedicavano solo ai propri interessi. Loro parenti stretti erano gli stacanovisti o *workaholics* che dir si voglia (Laura non era forse così?)

e chi stava meglio tra di essi erano gli artisti, a prescindere dal grado di realizzazione: facevano la fame quasi tutti, quelli che se la passavano benino era grazie al privilegio borghese di una casa di proprietà, ma avevano qualcosa in cui credere, e tanto bastava. Anche quelli che fallivano, una loro nicchia con un pugno di interlocutori se la creavano... Finisce che la persona più vicina a una condizione benedetta, tra chi conoscevo, era proprio Emma... Prima che *qualcuno* rovinasse tutto, certo.

Ciò su cui non c'erano grossi dubbi era il fatto che nella nostra epoca lo spirituale si era per lo più sublimato in altro, e a ciò era corrisposta una sua delegittimazione sociale: anticamente, se un figlio si voleva far prete ci si congratulava; oggi ci si preoccupa, si cerca *uno bravo*... Eppure, mi dicevo dopo l'esperienza di quello strambo rito dionisiaco, dopo quel giorno di permanenza in quell'ecovillaggio che era comunque un luogo d'armonia e coesione (per quanto basate sull'alterità rispetto a un mondo desacralizzato, depoliticizzato e scollegato dai tempi della natura), gruppuscoli e comunità potevano costituire delle eccezioni, magari ce ne erano altre che, per quanto balenghe – o *proprio perché balenghe* – avevano sviluppato strategie spirituali plausibili, senza arrivare a quell'istituzionalizzazione che allontana sempre dalla verità. Non che mi aspettassi effettivamente delle *verità*: al massimo speravo in qualche segnale, una freccia, magari mal costruita o fraintesa dalle stesse persone che l'avevano eretta, che indicasse però una direzione... Questa riflessione si incrociò con un evento casuale – una coincidenza che mi parve notevole, giacché a quei tempi non sapevo che la sincronicità dipende dalla predisposizione, e chi cerca segni e connessioni le troverà ovunque, mentre chi le rifugge non noterebbe il più clamoroso degli incastri. E se io balenghi cercavo, balenghi trovai. Dei più classici:

Ciao amica (*amica?*), hai mai sentito parlare di questo libro?

✵

Mi fermò alla stazione mentre rientravo da Montevarchi: un "arancione", come li chiamava mio padre. Tunica rosa, sandali, benedizione sulla fronte, il codaccio sulla nuca così che Krishna ti possa acchiappare dal cielo quando tiri la buccia o come diavolo era la leggenda.

Be', certo che ho sentito parlare della *Bhagavad-Gita*. Ce l'ho anche, a casa.

Scommetto che hai l'edizione Adelphi.

Ci mancava l'Hare Krishna esperto di editoria. Cos'ha che non va, sentiamo.

Devi capire che si tratta di un testo molto antico. Senza interpretazione lo si può fraintendere. Vedi, questa è *La Bhagavad-Gita così com'è*... – disse, e mi piazzò sotto il naso il libro, effettivamente molto più grosso di quello che avevo sfogliato ai tempi in cui Laura mi aveva passato la fissa per gli Adelphi... Anche la copertina era decisamente più pacchiana, con un olio che raffigurava una qualche divinità indiana, forse Krishna (ai tempi non lo sapevo distinguere, ma reputai logico fosse lui) su un carro da guerra, che si lancia verso sterminate schiere nemiche – ... perché ha il commento di Sua Divina Grazia Abhay Charanaravinda Bhaktivedanta Swami Prabhupada.

Ma scusa, non sarebbe logico che la *Bhagavad-Gita* "così com'è" fosse quella *senza* commenti?

Non se chi commenta è il fondatore dell'Associazione internazionale per la coscienza di Krishna.

Aspe', dissi aggrottando le sopracciglia, vorresti dire che di Krishna si può avere *coscienza*? Noi, dei semplici umani?! (Mi era sempre piaciuto cazzeggiare con i Testimoni di Geova quando negli anni '80 passavano a casa nostra: con questo poteva essere anche più divertente...)

Esatto!, disse tutto giulivo. Nel nostro ashram...

Avete un ashram?

Certo!

E dov'è?

A Fiesole!

Però, mica male.

È *bellissimo*. Lo vuoi il libro? Chiediamo solo una piccola offerta per coprire i costi di stampa.

Vanno bene cinque euro?

Sorella, ma costa dieci a noi!

Lo guardai, lui ricambiò lo sguardo con gli occhiucci sgranati, tondi, tra l'assertivo, il fin-troppo-disponibile e l'ipnotizzato.

Facciamo così. Io te ne do dieci ma tu mi porti a vedere l'ashram.

Vengono a prendermi alle diciannove col pulmino...

Ti porto io, adesso, in moto.

✵

Hare Krishna Hare Krishna
Krishna Krishna Hare Hare
Hare Rama Hare Rama
Rama Rama Hare Hare!

Ok, poi?

Hare Krishna Hare Krishna
Krishna Krishna Hare Hare
Hare Rama Hare Rama
Rama Rama Hare Hare!

Va bene, ma come continua?

Hare Krishna Hare Krishna
Krishna Krishna Hare Hare
Hare Rama Hare Rama
Rama Rama Ha–

E fermati un attimo, perdio!

Ehi, sorella, calma. Forse non sai che... (Sì, me le enumerò tutte) cantare Hare Krishna risveglia l'amore di Dio; cantando Hare Krishna si diventa liberi da tutte le ansie; cantare Hare Krishna purifica non solo te, ma tutti gli esseri viventi intorno a te; una persona che canta Hare Krishna sviluppa tutte le buone qualità. Non sono necessarie qualifiche particolari per cantare Hare Krishna. Anche se non si capisce la lingua del mantra, funziona comunque! Cantare Hare Krishna è gratis! Tutti i mantra vedici sono inclusi nel canto del mantra Hare Krishna, quindi, solo cantando questo mantra, si ottiene il beneficio anche di tutti gli altri. Cantare Hare Krishna è facile: e se il metodo più efficace è anche il più facile, perché renderci la vita difficile? Krishna stesso è pienamente presente nel suono trascendentale del Suo nome: più canti, più te ne accorgi.

È chiaro che a quei tempi non conoscevo la *Kali-Santarana Upanishad*, un testo vasnaivita minore d'ispirazione vedantica che contestualizza così: *Al termine dello Dvapara Yuga, dopo aver percorso tutta la Terra, Narada si recò da Brahma e gli chiese: «O Signore come posso attraversare questo oceano detto Kali Yuga?». Brahma rispose: «Dalla tua domanda trarrà beneficio tutta l'umanità; ascolta il segreto nascosto nelle Shruti: cantando i nomi della Persona suprema si può attraversare il mondo del Kali Yuga». Narada chiese ancora: «Quali dei santi nomi dobbiamo noi cantare?». E Brahma rispose* (indovina un po'): *«Hare Krishna Hare Krishna, Krishna Krishna Hare Hare, Hare Rama Hare Rama, Rama Rama Hare Hare...».*

Di certo però, avendo frequentato da ragazzina il giro punk, avevo già una *mia* regola: lo straight-edge è sempre sospetto – e quelli, mi aveva spiegato l'amico durante la visita, non usavano nessun tipo di droga, manco una birretta, e neanche scopavano fuori dal matrimonio. Sospettissimi.

Vedi, sorella, cantare Hare Krishna contrasta l'atmosfera peccaminosa del Kali Yuga, l'età attuale della discordia e dell'ipocrisia... Quando canti Hare Krishna, Krishna stesso danza sulla tua lingua... Quando canti Hare Krishna, Krishna è davvero soddisfatto! Insomma, più si canta Hare Krishna, meglio è.

Se', bona. Bof, non mi ero accorta che sono già le sei... Grazie per la visita, sei stato anche troppo gentile.

Non vuoi cantare un po' con noi? Almeno un po'?

La mia risposta istintiva, ai tempi del giro punk, sarebbe stato un pedatone anfibiato attraverso la tonaca, ma che valore può avere la posizione critica di chi non fa esperienza diretta di qualcosa? E così...

Hare Krishna Hare Krishna
Krishna Krishna Hare Hare
Hare Rama Hare Rama
Rama Rama Hare Hare...

Mentre, alle otto passate, risalivo in moto e partivo per Firenze sperando che Laura non si incazzasse troppo, c'erano almeno tre cose che mi davano da pensare. La prima era questo *Kali Yuga*. L'era della distruzione. Concetto da approfondire. Quegli svitati non ne erano forse a loro modo un segnale?, ridacchiai sotto il casco. La seconda era *quanto* si doveva essere svitati per immaginare che a Krishna possa importare qualcosa se una canta o meno "Hare Krishna" (non più di quanto lo si debba essere per credere che a Cristo importi della confessione, certo...) – eppure, vista la profondità squisitamente *tecnica* delle dottrine indiane che avevo cominciato a capire leggendo i commenti di Weil e poi i primi testi, di certo la faccenda aveva un'origine non risibile. La terza, e più importante, è che tutte quelle bubbole mi ricordavano qualcosa, anche se non sapevo bene cosa... Ci arrivai quando parcheggiai a casa, non troppo in ritardo ma con una Laura infuriata, anzi *esasperata*, ad aspettarmi seduta sul muretto fuori. Stava leggendo un romanzo della sua casa editrice, ma quando la vidi lì così, mi sovvenne uno dei primi libri che mi aveva regalato quando ci mettemmo insieme: *Franny e Zooey*, che trovava *in-cre-di-bi-le* non avessi letto: non c'era forse di mezzo anche lì qualcosa da ripetere in continuo?

Alla buon'ora, eh.

Ricordi dove ho messo *Franny e Zooey*?

Cosa?

Franny e Zooey. Salinger. Il libro che mi regalasti...

Pensavo che con la narrativa avessi già smesso. Gli ultimi libri che ti ho passato non li hai neanche aperti...

Va bene, ma sai dov'è?

Sarà tra la tua roba. Se non l'hai perso, come perdi tutto quello che ti regalo.

Ohi ohi, dài Lau...

Ti informo che sono quasi le nove. Avevi detto che saresti tornata verso le otto.

Be' sono le *otto* e cinquanta... sette...

Manco un messaggio, mi raccomando. Dove sei stata, poi, non si sa. O meglio, da chi sei stata.

Ero dagli Hare Krishna.

Mi guardò come si guarda una che dice di essere stata a giocare a calcetto e non si è portata manco il borsone.

Il mantra – quello delle lamentele e dei rinfacciamenti – continuava dentro, mentre io cercavo quel libro. Cominciavo a sentirmi come in una caccia al tesoro, in cui però gli indizi potevano essere illimitati e nascosti ovunque, ma scartabella scartabella lo trovai, e sfoglia sfoglia seppi che la prossima cosa che avrei dovuto cercare erano i *Racconti di un pellegrino russo*, Rusconi 1973, a cura di Milli Martinelli, introduzione di Cristina Campo.

✵

Il giorno dopo, recuperato il libro in Biblioteca Nazionale (e scavato fuori il poco che ricordavo di greco dai tempi del liceo), eccomi che procedevo verso Brunelleschi borbottando tra me *Κύριε Ἰησοῦ Χριστέ, Υἱὲ Θεοῦ, ἐλέησόν με τὴν ἁμαρτωλόν*, ovvero *Signore Gesù Cristo abbi pietà di me peccatrice*, la preghiera, o forse era più corretto dire il mantra, proposto dal *Pellegrino russo* e su cui era andata in fissa Franny Glass, curioso che due tradizioni così diverse dopo pagine e pagine di commenti a testi sacri ponderosissimi arrivassero alla stessa conclusione, ovvero ripetere una frase senza sosta come dementi, fino *a sperimentare la condizione tra tutte al mondo deliziosa:* non pregare la Preghiera (o intonare il mantra), *ma dalla preghiera essere pregata* (o dal mantra essere intonata)... E così mi vidi, come da fuori, mentre uscivo dalla facoltà e il tizio del collettivo mi invitava a un'altra assemblea ma non lo sentivo veramente parlare perché stavo ripetendo dentro di me Signore Gesù Cristo, figlio di Dio, abbi pietà di me peccatrice come un'esicasta, e continuavo anche il giorno dopo, e quello dopo ancora, e pure il successivo in dipartimento:

Come?, mi fece Franca dalla sua stanza pensando che avessi detto qualcosa a lei.

Niente...

Ma hai detto qualcosa, no?

Parlavo da sola.

S'andà bene!

Rimasi in silenzio per qualche secondo, un pensiero che mi si agglutinava in fondo alla testa e cominciava a venire a galla; mi alzai e andai di là: Senti, Franca...

Dimmi, *Cleopatra*.

Ho pensato a quella tua idea.

Quale "mia idea"?

Quella di cambiare progetto di ricerca.

Cioè di... cambiare un po' il focus?

No, magari... Ecco... Di cambiare proprio progetto.

Scherzi?

Sono seria, ti spiego. Pensavo... Pensavo, qualcosa sulle comunità indipendenti di ricerca spirituale... *Intese come organizzazioni socialiste di base* (questo faccio in tempo ad aggiungerlo vedendo l'espressione che le appare sulla faccia). Sai, sono stata a un paio degli incontri del Tesauri...

Bòno quello. A proposito, glieli abbiamo mandati i materiali per la rivista?

Aspetta, fammi finire: lì mi hanno solo parlato di un paio di posti, roba cristiana per lo più, sai Nomadelfia, Zeitzé... Qualche giorno fa sono finita a un ecovillaggio di fricchettoni, giù verso Badia Tedalda... E ieri, oh, non incappo in un Hare Krishna? Sono stata a visitare la loro sede. Non guardarmi così, dài. Era tutto molto ingenuo ma... Interessante, ecco. Ho pensato che a quelli si potrebbe aggiungere la comunità dei Folletti, presente quelli che vivono nei boschi sopra Pistoia? Ci sarà un raduno degli ecovillaggi proprio lì, quindi magari sarà occasione per scoprire altre realtà simili... poi sempre dal Tesauri mi hanno parlato di una specie di comune, il Paradisino, verso Vallombrosa...

A quel punto mettici anche Smeralda... No, *Esmeralda*.

Cos'è?

Ci andava sempre il Natalini di Scienza politica, sicuro ci era entrato in contatto per i suoi giri di loggia. Penso si definiscano "comunità neopitagorica" – non chiedermi cosa intendano, ma quello che è interessante è che hanno un tempio sotterraneo enorme. Stanno su in Liguria, sotto l'Antola...

Quindi... Posso?

Che ti devo dire, Cleo. Mi preme più la tua salute.

Non esageriamo.

Non esagero, ti ho vista scossa. Vai, vai, fai. Per i sindacati ci sarà tempo.

Sì, ma i protocolli...

Intanto vai!

Poteva andare peggio. Sarebbe stato più difficile con Laura, visto come una sola sgravata era stata sufficiente a smantellare il "riavvicinamento da letteratura" (il che era anche normale visto che il riavvicinamento esisteva solo nella sua testa), mentre qua, anche distribuendoli e distanziandoli, c'erano in ballo un bel po' di giorni fuori casa... Me l'avrebbe passata?

✷

Cosa. Cazzo. Stai. Cercando. Di. Fare.

Te l'ho detto.

Mettiamo che non mi stai raccontando cazzate.

Mettiamo.

Andresti lo stesso? Senza di me?

Ohi ohi... È un progetto di ricerca, mica vado a divertirmi.

E perché avresti cambiato, sentiamo.

Perché... Uhm, perché non mi trovavo più con quello che stavo facendo, era una situazione... Paludosa, ecco.

Come la nostra?

Ma che c'entriamo noi?!

Quella sera, spinte dalla voglia, dalla necessità di far pace, andammo a cena fuori in una delle nostre trattorie preferite; quando ci sedemmo, Laura tirò fuori un pacchetto. C'erano tre libri: i *Quaderni del viatico* di Lanza del Vasto, *Come per lucido specchio* di Hildegard von Bingen e *Notte oscura* di Giovanni della Croce.

Per i tuoi studi, mi disse, e mi sorrise con tutta la bontà di cui era capace. La bontà e l'intelligenza, visto che erano libri assai a fuoco, anche se l'ultimo sapeva un po' di frecciata e pure il côté interamente cristiano del regalo aveva un che di ironico. Era amabile – e infatti la amavo. Perché non le parlavo di più, meglio, della mia ricerca?, potresti chiedermi. Penso che la risposta sia che mai, durante la mia ricerca, e specialmente durante i suoi momenti più proficui, più *veri*, sapevo – da un punto di vista intellettuale, che è poi l'unico comunicabile – cosa stessi facendo e perché.

Quando arrivò il primo, che erano pici al ragù d'agnello, provai un disgusto simile a quello che mi avevano cagionato conchiglie e crostacei a Roma, tre anni prima. Il che era ridicolo, dato che nel frattempo avevo sempre mangiato carne e pesce senza problemi, sebbene fosse vero che la carne rossa era pian piano scomparsa dalla nostra spesa. Tuttavia mi trattenni e mangiai il primo. Chiesi a Laura di tollerare questa mia nuova uscita. Lei disse che la stava già tollerando. Andai in bagno e vomitai.

Quella notte sognai un mantra. Cominciava come tanti dei miei sogni. In uno dei miei luoghi onirici, che erano poi iterazioni dei luoghi della mia giovinezza o della mia infanzia: quella in cui mi trovavo era una strada bianca, la strada per Cascina Vecchia, magari, o una delle tante che ancora quando ero piccola si dipartivano da direttrici sotto ogni aspetto urbane per mutare rapidamente in campagna, prima con qualche pollaio e deposito di attrezzi in mezzo a un orto, poi con uno sprazzo di vigne e da lì subito al bosco. Ero su quella strada, e mentre la percorrevo, in una giornata buona di sole, mi veniva trasmesso (da dove? non era dato saperlo) un mantra, e cominciavo a cantarlo. E il mantra era Om Namah Shivaya. Shiva, curiosamente, invece di Krishna. Om Namah Shivaya, Om Namah Shivaya, Om Namah Shivaya, cantavo e passavo accanto a qualcosa di arancione, assiso, all'inizio sembravano pietre coperte da muschio arancio, ma poi capivo che era un grosso orango, avevo un brivido ma continuavo a cantare, lo superavo e poi, dietro la curva successiva, ecco una schiera di sannyasin, o meglio di sadhu e sadhvi, uomini e donne, sdentati o coperti di cenere o col crine grigio ispido e irto di rovi, cupi e allarmanti eppure segno incontrovertibile, per quella sapienza noetica che è propria dei sogni, che il mantra era *giusto*, e giusto il mio cammino. Mi svegliai poco prima di accedere a una zona dove già s'intravvedevano statue avvolte di foschia...

Quando mi svegliai spippolai col cellulare, Laura fece finta di niente ma captai l'inizio di un'espressione: quella di chi becca, rassegnata, la partner a smessaggiarsi di notte con qualcuno. Invece, cercavo "Om Namah Shivaya" su Google.

Restai sorpresa quando trovai *dodici milioni e seicentomila* occorrenze? Non troppo: sul momento mi balzò lo stomaco a gola, ovvio. Del resto, chi non si esalterebbe all'idea di ricevere un mantra in sogno? Razionalmente, quelle 12.600.000 occorrenze dicevano altro. Dicevano che quel mantra era così diffuso – ... *is one of the most popular Hindu mantra and the most important mantra in Shaivism...* – che potevo averlo sentito ovunque, la mia mente poteva averlo registrato e adesso me lo riproponeva in sogno: perdio, potevo averlo sentito dentro a qualche pezzo psytrance ai festival a cui andavo con Emma... – ... *has three main meanings: "O salutations to the auspicious one!","Adoration to Lord Shiva", and "Universal consciousness is one"...* – sì, capacissimi quei folgorati di infilarlo in una traccia... Però, diavolo, un mantra in sogno! Il mio personale *In hoc signo vinces*! Il difficile era non crogiolarsi nella presunzione... Leggiamo... Aspè, cos'è questo... *In the film* Eat, Pray, Love: One Woman's Search for Everything Across Italy, India and Indonesia *(2007), Elizabeth Gilbert explained that the first chant provided by her guru was "Om Namah Shivaya".* Urgh. Che imbarazzo. La profondità del mio inconscio arrivava a *Mangia, prega, ama*? Poi mi dissi: e se fosse una prova? Spensi il cellulare e cominciai a cantare il mantra tra me e me. Mi sa che dopo poco cominciai a cantarlo ad alta voce perché Laura si svegliò di nuovo, e stavolta la faccia diceva più qualcosa del tipo: Cos'è quest'ultima stronzata?

✷

Zeitzé: la solita zuppa di preti, a prima vista. Per capire la differenza – la differenza anche, toh, dalla Cascina Vecchia dove andavo da piccola – era necessario entrare un po' nel merito, cosa che feci mentre quel fratuccio pallido pallido, quasi traslucido, dopo avermi fatto parcheggiare la moto dietro a un capanno degli attrezzi mi mostrava le strutture e gli spazi, vasti e tutti connotati da quell'estetica colorata, chiassona, buonista che caratterizzava il cristianesimo da quando lo conoscevo io (dal Concilio vaticano II?). Era curioso, a pensarci, che l'istituzione che aveva dettato il fronte d'onda dell'estetica occidentale per ottocento anni si fosse ridotta a spacciare striscioni gialli, scritte pastello, angioletti, murales inneggianti all'AMICIZIA e arcobaleni; forse, al di là del fatto che aiutavano a far dimenticare i roghi e le sale di tortura, c'era di mezzo un discorso non banale, nella prospettiva della chiesa, quello della *riconciliazione* tra le varie fazioni cristiane...

Il fratuccio mi portò in una specie di bungalow. Mi lasciò entrare e restò sulla soglia, come a dire Guarda, guarda! Io sbirciai un po' in giro, era buiccio e polveroso e c'era roba accumulata ovunque, per lo più libri e risme di opuscoli mai spacchettate. Sulla parete, una serie di foto inquadrate: dei frati qui a Zeitzé; dei frati a Zeitzé assieme a un cardinale nero; gli stessi frati con due lama; altri frati assieme a una ragazzina indiana bellissima, davanti a uno sfondo di palme e un cartello che diceva SHAKTIVILLE; una foto di Wojtyła con dedica autografa a Zeitzé; uh guarda, c'è anche Lanza del Vasto, inconfondibile con quella *mise* da anziano di un villaggio da film di fantascienza di serie B che aveva anche nella bandella del libro che mi aveva regalato Laura... Il frate ora era accanto a me, guardava i quadretti e annuiva, poi mi porse un pamphlet dove figurava una citazione, apocrifa almeno sulla copertina: "Per spiegare quello che avviene a Zeitzé bisognerebbe essere santo o pittore o bambino".

Per poco non avevo un conato, mentre quello, forse vedendomi perplessa, mi spiegava che nella settimana di Pasqua del 1971 si ritrovarono lì oltre seimila giovani di quaranta diverse nazionalità; l'anno dopo sarebbero diventati sedicimila, e così negli anni successivi, finché, nell'agosto '74, quando venne indetto il Concilio dei giovani, ne arrivarono oltre trentamila. Uno spettacolo commovente, commovente! Capace di far esplodere il cuore di gioia!

Lei di che anno è?

'76, perché?

Chiedevo. E quelli? Indicai un tavolone da pic-nic, in fondo alla sala, pieno di libriccini inconfondibili – almeno, inconfondibili per me, che avevo fatto catechismo negli anni '80: *Vangelo e atti degli apostoli,* con una copertina con un sole rosso su un deserto blu che sarebbe stata più adatta a *Solaris* o *Dune*.

Un fondo di magazzino che abbiamo recuperato per i giovani, sarebbe stato peccato mandarlo al macero, no? La Parola non invecchia di certo!

Posso prenderne uno?

Certo, certo! Scherza? Prenda pure. Ah, guardi che bello, mi dice indicando un movimento di gente fuor da un edificio poco distante, stanno cominciando ad allestire per il pranzo, vuole farci compagnia?

Certo, mi dissi biascicando la pasta scotta alla conserva e guardando quel centinaio di ragazzi, più i frati-guardiani, che pranzavano in fin dei conti allegramente... Un comunitarismo che non offre nulla può solo fondarsi sulla fede: ce ne vuole, a renderlo "valore in sé"; e se qua ci voleva un poeta o un bambino, allora chi avrebbe potuto spiegare Woodstock, lo Human Be-In o anche solo un teknival? Di fatto questi fratonzoli di sinistra si erano beccati l'eco delle grandi mobilitazioni di massa, la coda della coda della Summer of Love e del '68, e ci avevano costruito sopra una loro mitologia. Eppure c'era qualcosa, qualcosa che mi sembrava *buono*, rispetto all'orrore che mi aveva ispirato il pubblico borghese di quella messa in San Miniato: era il comunitarismo? O ero cresciuta in un contesto troppo secolare – anzi, anticlericale – da non poter credere, da non poter *struttu-*

ralmente credere, che ci fosse ancora in giro qualcuno capace di prendere sul serio la parola di Cristo?

Che poi, sapevo assai io della parola di Cristo...

✵

Il vangeletto me lo spesi al ritorno con Laura, ovviamente scettica sulla reale destinazione dei miei giri e, sì, finii per studiarlo. Lo dovevo quantomeno al Tesauri, visto come l'avevo preso a pesci in faccia.

E a me!, mi disse il giorno dopo Simone, spuntando tra gli scaffali della sala di Germanistica. Ah, guarda! Hai anche il libro di GG!

Sì, me lo ha regalato Laura. Un simpatico dilettante. Sotto sotto ossessionato dal sesso.

Ma cosa dici, Cleo.

Dài, Simone. Non guardare al fatto che era tuo amico.

E Hildegard?, disse indicando il suo libro. Dilettante pure lei?

No, anzi. Troppo "pro". Mi viene impossibile relazionarmici per eccesso di distanza storica, umana e teologica.

Ma se era pure lesbica.

Provochi?

Per niente. *Amava dolcemente* la sua assistente Richardis von Stade.

Be' io un'assistente non ce l'ho. Sono sola, in questa ricerca.

Potrei offendermi.

Non sopravvalutare la tua consistenza. O meglio, non farla sopravvalutare *a me*, che di questi tempi ho già l'impressione di star per dare di brocca... Sono sola, ed è per questo, forse, che a parlarmi di più è Giovanni della Croce: *Per poter spiegare e far comprendere questa notte oscura, attraverso cui l'anima deve passare per giungere alla luce divina della perfetta unione con Dio, per quanto possibile in questa vita, occorrerebbero una scienza e un'esperienza superiori alla mia. Difatti sono tante le difficoltà e così dense le tenebre, spirituali e tempo-*

rali, che ordinariamente le anime fortunate sogliono attraversare per raggiungere questo sublime stato di perfezione, che non bastano né la scienza umana per comprenderle né l'esperienza per descriverle. Solo chi passa per questa prova potrà darne una valutazione, ma non parlarne...

Saranno state tutte quelle cristianate, ma adesso mi spiaceva un po' per la *Preghiera del pellegrino*, dato che nel frattempo avevo cominciato a recitare tra me e me il mantra: decisi allora che avrei continuato con entrambi, *Om Namah Shivaya* e *Κύριε Ἰησοῦ Χριστέ, Υἱὲ Θεοῦ, ἐλέησόν με τήν ἁμαρτωλόν*, e così feci.

✵

Trovare i Folletti fu un po' più complicato, dato che sapevo solo che stavano nei boschi tra Pistoia e l'Abetone. L'ultima volta che ne avevo visti era stato a un festival psytrance, con Emma: presenze ricorrenti, si portavano dietro un fornetto a legna e facevano delle pizze deformi che parevano uscite dalla preistoria. Speravo che, essendo i giorni in cui a detta dei goani c'era il raduno degli ecovillaggi, avrei trovato qualche gruppetto a cui aggregarmi.

Forse sopravvalutavo la portata dell'evento. Mi fermai a Pistoia per mangiare: fricchettoni non se ne vedevano. Chiesi un po' in giro, del raduno non sapeva niente nessuno ma i Folletti li conoscevano tutti: c'era chi diceva a Sambuca, chi a San Marcello, chi di prendere la strada per l'Abetone. Ripartii sulla SS66, ma arrivai nei pressi di Pavana, l'ultima località prima di sbucare in Emilia, a Porretta Terme, senza incontrare un solo segno. Di sentieri che dalla strada si gettavano nel bosco ce n'erano quanti ne volevi, da una parte e dall'altra, ma erano tutti uguali e i due che provai, rischiando pure di rimanere intoppata nel fango, portavano a spiazzi o casupole abbandonate, o a cancelli di chissà che proprietà. Tornando indietro incrociai un pullman che si fermava in un punto anonimo della strada, praticamente in mezzo al bosco. Dallo specchietto vidi che scendeva un tipo dinoccolato con dreadlock biondi, pantaloni da harem e una bisaccia a mezzaluna. Invertii la rotta e diedi gas per raggiungerlo prima che sparisse in un sentiero nel sottobosco:

Ohi, te! Vai dai Folletti?

✵

Sei fortunata, sorelli', appena in tempo per il workshop sulla gestione dei conflitti!, mi dice un ragazzone con la barba rada, ridanciano come un buddha, mentre il tizio con la bisaccia a mezzaluna va in cerca di cibo.

Oh guarda, mi dissi procedendo verso un rado boschetto di aceri dove erano stati sistemati stuoie e cuscini, ci sono anche... Come si chiamavano, già? Sonia, tipo? E...

Ciao tizia!

Ciao Sonia. Ciao...

Pinto mi sa che non ti sente! Vieni... Pinto, guarda, c'è la tizia... Sai, la tizia che cercava l'altra tizia?

Bly bly bly.

Ma che ha?, dissi abbassando un po' il viso per vedere meglio quello di lui: pareva quasi addormentato, ma un occhio era mezzo ribaltato sotto la palpebra socchiusa, e la bocca continuava a fare quella specie di *bly bly bly*...

Ha voluto per forza prendere l'Amanita pantherina...

L'Amanita pantherina? Ma... Uhm, non è la muscaria quella – eventualmente – psicoattiva?

Anche la pantherina, solo è un po' più forte e tossic— Ehi Pinto, ma che fai?

Quello si alzò, superò il cerchio di gente seduta passandoci in mezzo, colpì una borsa col piede e fece cadere un bicchiere e una tazza, arrivò al muro dell'altro edificio, si sbottonò la patta e si mise a pisciare. Lo fermarono in contemporanea Sonia e un vecchio hippie che sembrava il buttafuori di una bettola di marinai.

Bly bl— uhh scusaaatecioè... pensavo... mmm pensavo di esserencasa..., disse mentre Sonia lo riaccompagnava al suo posto.

Qualcuno mi passò un bicchiere di terracotta, dentro c'era una specie di *chai*. Mentre ci soffiavo sopra per freddarlo si alzò una megera bella energica, coi capelli grigi lunghi fino ai piedi e una salopette rosa, e sbatté le mani come fossero piatti da orchestra: Su su, riprendiamo, riprendiamo. Il bastone della parola è alla facilitatrice, ascoltiamo la facilitatrice.

Tutti si voltarono verso una tipa snella, coi capelli a crocchia e le mani tatuate, leggings neri con sopra un vestitino corto, pure nero:

Allora, allora, cerchiamo di isolare un po' di *case studies* paradigmatici, va bene? Qualcuno? Tu? Come ti chiami?

Marchino.

Da?

Uh... Ecovillaggio Antares. Provincia di Taranto.

Bene, Marchino, benissimo: vuoi raccontarci un problema con cui vi siete dovuti confrontare?

Ma niente, la mia donna, lei cioè, e indica una tipa che ride e dà un sorso a una tazza di *chai*, è andata con uno, ma quando eravamo andati a stare nella stessa casa si era detto che si interrompeva il discorso, no... il discorso... di andare ognuno con chi gli pare...

Capisco, e gliene hai parlato?

Sì, ma lei c'è andata di nuovo.

(Risate.)

Mi alzai. Sgranchii le gambe girando attorno all'assemblea. Poi scorsi una bambina che si gingillava da sola seduta a un tavolino della sua misura, realizzato mettendo un disco di lamiera su un ceppo:

Ciao.

Quella mi guardò diffidente.

Che bello zaino!, dico.
Visto? Ha l'arcobaleno.
Io mi chiamo Cleo, tu?
Lilitha.
Ciao Lilitha. Vivi qui, tu?
Sì.
Mi porteresti a fare un giro per il villaggio?
Perché?
Perché non voglio disturbare i grandi che stanno facendo... Un incontro molto importante.

Va bene, disse lei, e mi porse la mano. Io ero un po' in imbarazzo a prenderla, lei la scosse come a dire Hai chiesto di fare il giro, adesso muoviti, ciccia; io la presi e mi voltai verso il cerchio, nessuno faceva caso a noi, salvo una donnona bionda con le gote rosse che ci sorrise tutta contenta.

La bambina tirava, pareva indirizzata verso luoghi precisi.
Dove mi porti, Lilitha?
Alla capanna sudatoria.
Però, che parole difficili conosci, dissi. Lei annuì, mi mostrò questa specie di iglù di cuoio con motivi geometrici a grossolane pennellate bianche, ne aprì la tenda pure di cuoio e mi mostrò l'interno, che non era buio perché la sommità della cupola aveva un foro circolare. Sotto di esso, un cerchio di sassi con in mezzo il segno di un falò.

Ci sei mai stata quando è acceso?
Sono troppo piccola.
I tuoi... genitori?
Una volta sì. Prendevano anche il soma.
Il *soma*...?
La bevanda magica. Ora non più. Sudano ancora, ma solo per stare con gli amici. Sono diventati complottisti.

Certo che tu...
Cosa?
Parli bene, per essere così piccola.

Faccio la scuola Montessori. Ci sediamo lì, Cleo? E mi indicò, accanto a due tavoli di legno da pic-nic, una sorta di tavolino per bambini, fatto da quattro piccoli ceppi colorati attorno a una specie di fungo, con tanto di cappella a pallini. Appena mi misi a sedere su uno di quegli sgabellini mi cadde il telefono di tasca e si illuminò lì tra l'erba. Una chiamata persa di Franca, due di Laura. Lo misi in modalità aereo e me lo ficcai nella tasca davanti.

Non è comodissimo, così curvo, dissi a Lilitha poggiando le mani sulla semisfera.

Per mangiare è scomodo. Ma per leggere è comodo, disse, e tirò fuori due librini. Uno era della Pimpa, e lo appoggiò sul tavolo davanti a sé. L'altro me lo porse.

Fra Dolcino e Margherita, di Tavo Burat... Guardo Lilitha: Leggi queste cose?.

È della mamma. Se preferisci ne ho un altro sempre della Pimpa. Leggiamo?

Così lessi un po' quel libro, assieme a quella strana bambina, chiedendomi anzi, a guardarla mentre passava sulle consunte pagine di quell'avventura della Pimpa e lo faceva come una bambina *normale*, se non fosse semplicemente addestrata a prendere in giro gli adulti, se non avesse sviluppato certe routine solo per il continuo stare più coi grandi che con i coetanei, se non fosse insomma una specie di recita, come quei bambini dei new age traveller che si incontravano alle volte ai primissimi rave e che avevano un repertorio di trovate per impressionare gli intrippati... *Essere "neodolciniani" significa riaffermare in Dolcino e nel suo movimento il simbolo di una civiltà decisa a resistere all'omologazione di un falso progresso che altro non è che la prosecuzione del colonialismo... Battersi per il diritto alla "diversità", mai dimenticando che Margherita è emblema del riscatto delle donne e degli uomini vivi e liberi, creature di una madre-terra da difendere da chi intende profanarla e violentarla...* Ecco una spiritualità decisamente politica, pensavo, anche se nel quadro che andavo formandomi in testa la natura c'era davvero poco... C'entrava il fatto che ero partita dal male, e quindi dall'etica? Chiusi il libro, tenendo il segno col dito.

E così i tuoi genitori sono diventati... *complottisti*, eh?

Guarda, Cleo, uno strazio, mi dice senza togliere gli occhi e il ditino dalla pagina in cui Pimpa voga su un kayak assieme al suo amico leprotto. Sono convinti che Donald Trump sia buono e sia tutto preso in una lotta contro un fantasioso Stato profondo che protegge un circolo di persone che fa cose orribili alle bambine come me... Ti dico solo che ho dovuto chiedere a mia nonna di farmi il vaccino per il morbillo di nascosto.

Mi veniva il dubbio, a sentirla parlare, che ci fosse dell'Amanita pantherina, o chissà cos'altro, anche nel *chai* che avevo bevuto poco prima.

Se vuoi puoi tenerlo, mi disse mentre riponeva nello zaino il librino della Pimpa e ne tirava fuori un secondo.

Non so, io...

Mia mamma non lo ha mica letto. Mi dispiaceva vederlo nel bagagliaio della nostra macchina, tutto sporco, così l'ho salvato. Tu cercavi qualcosa, così ora hai trovato qualcosa.

Non ricordo se fu lei ad andarsene e lasciarmi lì o se fui io a salutare; fu una – come dire – *transizione* un po' strana. Fatto sta che dopo un'oretta ero di nuovo di là, il workshop era finito e si erano riformati vari gruppetti facenti capo, si poteva immaginare, ai vari ecovillaggi, mentre un gruppo più grosso, quello dei Folletti, ora cominciava ad arrabattarsi dentro e fuori in vista di una tavolata da metter su, di una cena da servire.

In quell'acciottolare, spostare, vociare, mi avvicinai a un tipo con una fascia azzurra sul capo che aveva appena finito di sistemare la gamba zoppa di un tavolo con un cartoncino piegato in quattro e gli chiesi se gli potevo fare alcune domande.

Che domande? mi disse con un sorriso più che ironico,

un sorriso appunto da folletto, come se fosse assurdo farne, o aspettarsi delle risposte.

Ma, niente, vedi, sono una sociologa...

Ah no, ah no, fece alzando le mani e cambiando subito piglio in un misto di stanchezza e irritazione. Basta sociologi. Avete rotto il cazzo, lo volete capire?

Perché, ne è venuto uno prima di me?

Eh!

Ma quando?

Ah boh, tipo nel '94.

✵

Oddio. Uh Madonna.

Hrumpf... Che c'hai?

Ho fatto un sogno... Incredibile.

Con Emma?

Ma cos'è 'sta fissa, Laura? Cioè, ti dico che ho fatto un sogno e la prima cosa che pensi tu è che sia con la mia ex. Ma ti rendi conto di quanto è irritante 'sta cosa?

Non sono certo stata io a tirarla spesso fuori, ultimamente.

L'ho tirata fuori?

È nell'aria da un po'. Negalo.

Se c'è, non è per le ragioni che credi.

Quindi, c'è.

Diciamo che l'inizio delle mie riflessioni sul male avevano anche a che fare con il male fatto a lei.

Ah però.

Be', prima l'ho tradita e poi l'ho mollata là a Stoccolma. Per stare con te, ti ricordo. Comunque non ho sognato Emma.

E cos'hai sognato, sentiamo.

Ero... Ero arrivata a casa di Annette e...

Annette? Chi è adesso Annette?

È... Era una ragazzina di cui ero innamorata da piccola...

Vedi? Una tua ex, ghigna Laura.

Macché ex, non abbiamo mai fatto niente. Avremo avuto undici anni. Andavo da lei al pomeriggio, stava in campagna, sua mamma era francese... Ho sempre pensato che anche lei fosse innamorata di me, ma forse mi immaginavo solo le cose. Sai quando ripensi a qualcuna e ti dici Diamine, se solo avessi provato a baciarla...

Quindi stai a rimpiangere di non averla baciata?

A parte che è una roba di venti e passa anni fa, cosa sarebbe cambiato? Certo, sarebbe stato meglio se fosse andata a quel modo, sul momento, ma oggi non cambierebbe niente.

La tua vita però sarebbe cambiata. Magari vi sareste frequentate per un po', e quindi poi avresti fatto cose diverse, conosciuto altra gente...

Mah, non so. A suo tempo ci soffrii, questo è ciò che conta. Ma nel sogno arrivavo a casa sua, che nel mondo onirico è trasfigurata in una specie di enorme baita su un'altura, circondata dal bosco...

Quindi la sogni spesso, *casa di Annette.*

Ma ti pare? E poi non è questo il punto. Vedi, da dentro a quel sogno ripensavo a un altro sogno, e *da lì* poteva essere sia un ricordo "reale" che il ricordo di un sogno.

Va bene. E che sogno era?

Ma niente, una nostalgia, l'eco di una ragazza strana, forse una specie di Annette adulta...

Ah, bene!

Ma esisteva solo nel sogno! Una che avevo frequentato in-un-sogno, capisci?!

Bah.

Bon, questo pensiero in qualche modo qualificava il sogno in cui mi trovavo come più solido di altri – un sogno da dentro al quale, a sua volta, si può sognare. Così, arrivavo a casa di Annette, parcheggiavo la moto ma non osavo poi salire, temevo forse che fosse con altre sue amiche, che mi prendessero in giro... Stavo per rimontare in moto quando una voce mi chiamava da sotto.

E...?

Ed era proprio lei, in un vestito rosso, un'Annette *vera, reale*, a differenza della ragazza del sogno che mi sovveniva poco prima, e mi invitava a venire lì e mi stendevo con lei sul prato, dove era stesa altra gente e tutto era in armonia...

Pfah.

Poi cominciava a piovere, prima delle specie di lustrini e poi caramelle e toffolette, ma via via sempre più misti a pioggia, e però la gente si metteva a raccoglierli nel fango e io mi rendevo conto di aver perso le chiavi della moto e la pioggia aumentava al punto che l'albero sotto a cui si era messa Annette non bastava più a ripararsi, e io cercavo di tirarla via ma era come se fosse divenuta inerte...

Sembra un *classico* sogno.

Aspetta. Il punto è che quando è svanito, sono riapparsa qua.

Ma guarda.

Nel senso: era vivido *come una realtà*. E quando è svanito, era come se non fosse mai esistito, proprio come l'altro sogno, quello "di secondo grado", diciamo, all'interno del principale. Che però si è rivelato un sogno a sua volta. Da questa posizione diventa facile immaginare come questa realtà a cui ci aggrappiamo possa essere una specie di sogno a sua volta...

"La vita è un sogno o i sogni aiutano a vivere meglio?" Cioè, siamo al livello dei programmi Rai delle due di notte. Lasciami dormire.

Vabbe' hai la sveglia tra venti minuti...

Appunto!

✵

Che potevo fare?, continuai. Nella mia mappetta appenninica restavano Esmeralda e la non precisata comunità del Paradisino, che comunque stava a Vallombrosa, un posto che come tutti i valdarnesi conoscevo abbastanza bene. Decisi quindi di togliermi quella che pareva più difficile, sperando, a giro finito, nell'avvento di un periodo di tranquillità con Laura. Captai qualcosa, una sorta di autocondizionamento morale un po' forzato, in quel pensiero. Poi andai a mettere benzina alla moto.

Trovare la "Federazione di comunità" di Esmeralda era più facile che trovare quella dei Folletti. Entrarci, più difficile. Dovetti compilare una "dichiarazione di responsabilità" e attendere la loro risposta, che arrivò dopo tre giorni, e solo perché tramite Franca chiesi al Natalini di Scienza politica se poteva interessarsi coi suoi conoscenti là dentro.

Mi fecero lasciare la moto all'ingresso e venni invitata dalla persona seduta dietro a quella specie di garitta di legno, come all'ingresso di un festival, ad aspettare il pulmino. Sulla giacca aveva un badge con le enigmatiche parole Fícus Ematíte. Quando arrivò il pulmino, a bordo del quale c'era già una famigliola di quattro, a occhio americana, caricata presso qualche altro checkpoint di cui ignoravo l'esistenza, l'autista si presentò come Finferlo Allume, e quasi anticipando la mia faccia mi spiegò che quando si diventa esmeraldini, o *smeragdini*, si sceglieva un nuovo nome, composto da un vegetale e da un minerale, "onde riconnettersi con gli altri reami della natura". Dal suo racconto, che citava il fondatore Quercia Smeraldo, la sua prima compagna Vischio Topazio e l'attuale alto gerofante Tiglio Argento, intuii che i nomi fighi non potevano esser troppi... Ne ebbi conferma quando venimmo consegnati alle cure di Spirulina Calcopirite, la nostra guida. Ella, ci raccontava ridendo, era smeragdina da quattro anni e all'inizio trovava pure lei tutto molto strano. Quello che vedevamo dai finestrini, però, troppo strano non era: grossi edifici moderni, semplici, simili a scuole o mense, impressione rafforzata dai grandi graffiti infantili sui muri: fiori, animali, bandiere dei vari Paesi, gente di ogni colore che si teneva per mano.

Le cose cambiavano, cambiavano decisamente, poco dopo. Spirulina Calcopirite ci condusse attraverso un lungo passaggio illuminato da lampade protette da griglie, come nelle grotte, mentre ci spiegava che il simbolo della comunità era un *enneagramma fiorito*, che era anche il nome della loro moneta, e di suggerirci di cambiare un po' di euro in enneagrammi fioriti (dei gettoni di plastica colorata, scambiati 1:1) se dopo avessimo voluto fare acquisti nel "gift shop". Poi entrammo *nella collina*. Sì perché tra il '78 e il '92, Quercia Smeraldo, Vischio Topazio e la comunità originaria di duecento smeragdini liguri, toscani e piemontesi (più tre inglesi e un esule cileno) intrapresero un enorme e segreto scavo direttamente nella viva roccia della collina di cui ora Spirulina Calcopirite ci apriva la porta di sicurezza digitando un codice a nove cifre, finendo per realizzare il più grande tempio sotterraneo al mondo, come da ufficializzazione *Guinness World Records*, ci diceva ancora Spirulina con un bel sorriso. Eccoci allora dentro, in quei "9500 metri cubi di volume per sette sale principali, più tre ausiliarie e altre non menzionabili perché segrete".

Che dire di quel luogo? Ingenuo e inquietante, ridicolo e meraviglioso, tenero e tremendo... Sette sale, collegate da passaggi (e in un paio di casi da *passaggi segreti*), ognuna col suo nome altisonante, "Sala dei Solidi Platonici", "Sala degli Echi", "Salone delle Nebbie", "Proto-arca dei Simulacri", ognuna fittamente decorata, ora con imitazioni di affreschi egizi o etruschi, ora con figure umane muscolari e ispirate, impegnate in compiti rituali, un po' alla William Blake, ora con geometrie ricorsive da cui spuntavano rune, ideogrammi e scritte in greco antico. Il tutto in uno stile ogni tanto ardito e più spesso dilettantesco, tale da ricordare qualcosa a mezzo tra le scenografie della *Montagna sacra* di Jodorowsky e certe illustrazioni dei primi moduli-avventura di *Dungeons & Dragons*... Si potrebbe dire molto, di quanto fosse a un tempo adorabile e perturbante la Sala dei Simulacri, piena di piccole statuette, una specie di Esercito di Terracotta minuscolo e naïf creato dagli esmeraldini, o smeragdini: ogni smeragdino, in effetti, al completamento della sua iniziazione, doveva creare il proprio simulacro in argilla e posizionarlo in quell'assurdo presepe, i muri della cui sala raccontavano "vicende di exopolitica", Pleiadiani contro Rettiliani, creazione del Dna, caduta di Atlantide e altre amenità... Per tacer del fatto che uscendo, quando chiesi cosa fosse una saletta in cui si intravvedevano spirali di rame a misura d'uomo e cabinette di legno, Spirulina Calcopirite mi spiegò che era l'*infermeria*, poiché a Esmeralda ci si curava con l'energia orgonica, Conoscerà Wilhelm Reich... O per tacere anche del gift shop, tra i cui articoli sono da annoverare certi *accumulatori di mana* "realizzati a mano dalla dott.ssa Camomilla Argilla" – costo del più piccolo: 290 enneagrammi fioriti, un po' troppo rispetto ai 15 euro che avevo cambiato, ma siccome, mi informò Spirulina Calcopirite suggerendomi un'orgonite simile a un anal plug a soli 70 enneagrammi fioriti, una volta scambiati gli enneagrammi fioriti non possono essere riconvertiti, mi indirizzai verso il bookshop, dove tra vari Blavatsky e Crowley e molti improbabili volumi firmati da Quercia Smeraldo e dai suoi accoliti, dopo aver considerato l'acquisto di una copia bootleg di *Magick*, scovai un'edizione dello *Yogasutra* di Patañjali a 13 e quella presi. Ci si potrebbe soffermare su tutte le balordaggini viste lì dentro, ma a che varrebbe prendersela con degli ingenui esoteristi, con degli assurdi cascami di teosofia? Sarà stato un pensiero da sociologa, ma trovavo più interessante capire come si inquadrava e sviluppava il senso del sacro in un luogo sincretico come quello; come, al disincanto della contemporaneità, Esmeralda contrapponesse un suo incanto, così come alla *Gesellschaft*, alla società, anonima e impersonale, contrapponesse una *Gemeinschaft*, una comunità, ancorché basata su un'antroposofia farneticante. E anche se in realtà non ero lì per fare una ricerca sociologica, da Esmeralda portai via quello. Quello, e un forte *senso delle cose*. Abbiamo fatto qualcosa, c'è, ci crediamo, ci siamo: passava questo da quegli assurdi affreschi e da quelle sale stile *D&D*, e non era poco. Non era davvero poco.

✵

È una di quelle cose che succedono sempre agli altri, no? Così, quando succede a te, assume subito una luce che va oltre il surreale: che potremmo dire paradossale.

Da un certo punto di vista, la visita ai neopitagorici di Esmeralda aveva le stimmate di un finale; della conclusione, se non delle mie ricerche, di quel *ciclo* delle mie ricerche: cerchi la trascendenza, ti propinano gli accumulatori di mana... Invece, mi scoprii a pensare che proprio l'inconsistenza delle loro credenze desse valore alla loro fede e al processo collettivo che la sosteneva. Se andai via prima, senza trattenermi due notti come avevo messo in conto di fare, era perché volevo covare quell'intuizione, e solo quella, senza lasciare spazio alla sociologa che inevitabilmente, parlando con gli smeragdini, *raccogliendo testimonianze*, sarebbe venuta fuori. Meglio lasciar emergere l'imprevisto da quella suggestione, mi dicevo, senza poter prevedere quanto un simile pensiero sarebbe stato ironico di lì a pochissimo.

Qualcosa infatti trovai, rientrando a casa con due giorni d'anticipo, già con la testa ai bagagli da fare, dato che, stando agli adepti del Tesauri che c'erano stati, al Paradisino dovevi portarti sacco a pelo, materassino e pure la tenda se c'era parecchia gente, rientrando in quel pomeriggio di luce chiarissima, quasi invernale nonostante la stagione. Sotto quella luce paradossale, salii le scale del soppalco (ero così silenziosa? ero *diventata* così silenziosa?) e trovai Laura, la schiena nuda di Laura che se la sghignazzava a letto con qualcuna, e la prima a vedermi – non mi ero ancora tolta il cappotto! – fu proprio quella ragazza coi capelli neri e corti e un po' ritti e le tette divergenti: sì, in quello scenario *assurdo*, del tutto *paradossale* adesso che mi ci trovavo in mezzo, notai che i capezzoli di quella ragazza puntavano uno a destra e uno a sinistra, e lei pareva più in imbarazzo di me, mentre spostava lo sguardo di lato e intanto sfiorava il fianco di Laura con l'indice piegato ma lei non capiva che le stava dicendo di girarsi, e continuava a ridere, cosa c'è, le diceva, poi alla fine si voltava verso di me...

All'apparente radice della realtà, avrei capito anni dopo, giusto un passo prima della verità, non ci sono del resto paradossi? Così, una botta secca di realtà può ben risultare paradossale, come il gatto nella scatola: finché non l'avessi vista, Laura era e non era lì a letto con quella, e adesso la realtà, pur coagulandosi, portava con sé una sfrangiatura, una grana come di simulato...

✵

Mai capitato di finire in un eremo? In solitaria dico, non come qui. Questo è un ashram, anzi un ex ashram – fa un po' pena, eh? Con tutti quei padiglioni bruciati... –, non un eremo. Pensare che là dove ero andata (perché, sì, ripartii subito: del resto quell'evento inatteso me ne dava l'occasione), neanche troppi chilometri a sud da dove ci troviamo, lungo la chiostra degli Appennini, un tempo di eremi ce n'erano stati diversi. Una punteggiatura di eremiti, di cui il "circuito delle cappelle" non era che l'asse principale, Vallombrosa come l'Himachal Pradesh, uomini che si prendevano una caverna, che si costruivano una baracca o una casa sull'albero, parte di una popolazione oggi senza storia se non in miti dal senso distorto come quello di Robin Hood, e che tuttavia conservavano in seno un mito più grande e profondo, quello della comunità ribelle: la foresta di Nottingham, Mompracem, la Repubblica di Nassau, i dolciniani; la comunità dei reietti e dei briganti: di chi è *passato al bosco*.

Si poteva dunque parlare di eremiti, per quegli uomini che imitavano i padri del deserto ma nella foresta, visto che afferivano a una sia pur lassa comunità? Lo si poteva mai dire per me? Eccomi che prendevo possesso dei quattro muri di sassi di Macinaia già rabbrividendo per il freddo, ed era solo autunno.

In realtà, come ti ho già anticipato, non ero andata per quello. La mia lista prevedeva ancora una comunità, quel "Paradisino" di cui sapevo poco, se non che prima aveva avuto sede in un paesino di vallata chiamato San Donato in Fronzano, e che poi, a quel che mi avevano detto dal Tesauri, era stata rifondata da qualche parte a Vallombrosa. Né la motivazione era calata, tutt'altro: mi sentivo nervosa, sì, ma come qualcuno che ha perso qualcosa che *sa* esistere e finora ha solo cercato nel luogo sbagliato. Oppure ero solo stranita per quello che avevo visto, e non volevo ammetterlo.

Avevo preso un alberghetto, quello più economico a disposizione (ed era *davvero* economico: Saltino, l'ultimo paese prima della montagna, aveva conosciuto una qualche gloria un secolo prima, e di hotel ne aveva ancora una mezza dozzina, tutti vuoti. Così, nel peggiore dei sei, l'hotel Abetina, una camera doppia uso singolo poteva costare diciotto euro ancora nel 2016) e l'intenzione era quella di far base lì per poi cercare il Paradisino e incontrare la sua gente, visto che, a quel che mi avevano detto, non prevedevano alcuna ospitalità per i visitatori. Ci avrei pernottato una sola notte, perché già quella sera avrei trovato Macinaia, seguendo un cartello di legno in stile rustico, col retro ancora dotato di corteccia, che diceva "Paradisino" ma anche, sotto, "Secchieta", "Consuma", "Massa Nera", "Metato", nomi che non riuscivano a essere montani fino in fondo, come se avessero sempre un'ombra di rurale addosso, e, sì, "Macinaia". Un vecchio rifugio per cacciatori che non usava più nessuno, scoprivo ritrovandomelo davanti dopo aver posato la moto a bordo strada, attratta da un sentiero fitto di rovi ma ancora visibile, e quella baracca di pietre, che ricordavo vagamente da una passeggiata di gruppo ai tempi di Cascina Vecchia (quella baracca *che avevo visto da bambina*), mi pareva adatta: ascesi sì, ma con un tetto sul capo, e un paese vicino casomai succedesse qualcosa...

Troppo moderata? Be', non diceva forse Buddha che la troppa ascesi, pure, allontana dalla verità? Almeno, lo diceva Hesse in *Siddhartha*, e di certo lo diceva Morelli... E poi, non c'era una dimensione di serendipità nel trovarla così, sul sentiero; nel ritrovarla? No, forse era solo che mi ero fermata alla prima baracca, ma è facile, quando si è soli e in *cerca*, suggestionarsi, ma una serendipità c'era stata, prima, proprio all'hotel Abetina: arrivo in questo albergo praticamente smesso, alla reception c'è una vecchia con la cannula nasale, dietro operai che portano via roba, e quella mi dice Guardi signorina, ci crede che oggi è l'ultima settimana? Basta ospiti. Ho chiuso: vendo a una cooperativa, dice ci mettono i profughi... Almeno loro andranno in pari...! Non ci credevo quando ho visto la prenotazione, è dal '98 che non prenotano in un feriale autunnale, se non ci fossero stati i lavori neanche avrei aperto... Domani le preparo la colazione, sì? Caffellatte e Gocciole, non si aspetti altro, c'avevo giusto due tedeschi domenica, che dovevano aver pure sbagliato posto visto quanto han fatto veloce a scappare...

Lì, nella "sala colazioni", in quel locale spoglio e sbiadito con metà dei pochi tavoli con le sedie rovesciate sopra, su uno degli scaffali ai lati di un caminettucolo che non doveva esser stato acceso da chissà quanto, nell'unico di quegli scaffali che contenesse qualcosa – una bottiglia di liquore ripulita dall'etichetta con due spighe di mazzasorda infilate a mo' di fiori, una piccola riproduzione della *Chimera di Arezzo* tutta impolverata e quattro libri di numero –, lì, accanto a un vecchio Harmony, a una raccolta di Alan Ford e a un *I pilastri della terra*, un titolo più strano: *Viveka... chu... damani.* Lo presi in mano: *The Vivekachudamani by Shankara, the Crest-Jewel of Discrimination, is the capital text of the Advaita Vedanta tradition...*, non-dualismo, quindi... Dove lo avevo sentito? Forse dal Tesauri... Un *Vivekachudamani*, all'hotel Abetina. Curioso no? Pure annotato... Mi resi conto che avevo con me, nel baule della moto, solo i sei libri che avevo raccolto nelle mie visite e subito prima: i *Diari* di Hillesum, i *Racconti di un pellegrino russo*, la *Bhagavad-Gita*, i *Vangeli*, *Fra Dolcino & Margherita*, lo *Yogasutra*. Ora arrivava il *Vivekachudamani*. Muoversi per segni: quanto di più stupido e primitivo si potesse immaginare. Pure, quello bramavo, ormai.

Così, dopo la colazione (e dopo aver meditato, dato che nel frattempo avevo preso a farlo ogni giorno, e dopo essermi ficcata in tasca quel libro, di nascosto dalla vecchia), tornai alla baracca di pietra che avevo trovato la sera prima. Tanto poco era in uso che un alberello vi cresceva anche all'interno: si era fatto strada attraverso due lastroni sconnessi e ora veniva su snello e un po' storto in direzione della finestra più vicina, da cui prendeva la luce.

Scesi in Valdarno e comprai una coperta termica, un telone cerato, fiammiferi e accendini, esche, bende, cerotti, alcol, farmaci di base, una valigetta da pronto soccorso, filtri a carbone attivo, due torce elettriche, un grosso coltello da boscaiolo, una cassetta di utensili, un carico di cibi in scatola, una scopa di saggina, un'ascia, due pentole, una borraccia termica e due zaini da campeggio per riportare su in moto tutta quella roba, ridacchiando fra me per la mia totale incompetenza circa l'utilizzo di quegli oggetti.

Quando poggiai dentro il carico, cominciava a far freddo. L'aria aveva un odore di funghi e muschio e resina, più altri aromi sottostanti, che non conoscevo. Dal bosco giunse un rumore altrettanto ignoto. Mi chiesi se davvero volevo fare una mattana simile. Mi risposi di sì, e mi risposi di sì perché sentivo di non avere paura. Le mie perplessità non venivano dai cinghiali (o forse lupi? Avevo letto che erano tornati sugli Appennini...) o dalla possibilità di essere colta da sola da malintenzionati, né dal buio, dal freddo e dalla solitudine che quella baracca prometteva: venivano tutte dal timore di star facendo qualcosa di stupido, o assurdo, o ridicolo, e quindi dal "cosa avrebbero pensato di me". E se a bloccarmi era solo quello, era già una buona ragione per farlo, mi dissi, cominciando a spazzar via ragni e polvere e foglie secche e forbicicchie dal suolo.

*

Il problema principale, a Macinaia, erano gli spifferi, più che il freddo in sé, dato che distraevano. Avevo tappato i buchi più significativi e da qualche settimana riuscivo a raggiungere, avvolta nella coperta come un Neem Karoli Baba (e, credo, altrettanto storta: ma anche la postura, stavo iniziando a capire, contava il giusto), degli stati abbastanza profondi; rispetto a quando meditavo a casa, la differenza più notevole era l'aver rinunciato all'uso della sveglia: laddove una volta la fissavo a venti, venticinque, trenta minuti di meditazione, e più in là a una, due, tre ore, prima usando quella misura temporale per capire quanta fatica facevo a fare un intero ciclo di visualizzazioni, a passare da quell'ipotetico primo chakra al terzo, poi quarto, sesto, settimo e ritorno, e poi trasformandola in obiettivo, nella quantità di tempo per cui riuscivo a tenermi in sospensione, a mettere a cuccia la scimmia della coscienza e a lasciare che il serpente dell'ego mi si assopisse attorno al collo (e a tollerare, e poi ignorare, e poi a riporre in un angolo spento della coscienza, il dolore alle gambe – stante però un unico accorgimento, un fazzoletto ripiegato sotto la nocca della caviglia), ora, in quelle giornate infinite, prive di tacche se non quella del risveglio e dei due pasti, che si erano regolarizzati da soli, uno un paio d'ore dopo l'alba, l'altro poco dopo il primo vero buio, la meditazione si era liberata da costrizioni di tipo formativo o competitivo – perché, sì, scoprivo, anche la competizione con noi stessi è tale – e occupava da sola la giornata.

Oltre a meditare, e a ripetere ininterrottamente la preghiera del pellegrino e il "mio" mantra, leggevo il *Vivekachudamani*, lo appuntavo, lo traducevo dall'inglese, lo rimontavo. Ammiravo, nei testi indiani, la capacità di trovare le parole: lemmi come *atman* e *brahman* (l'anima individuale e quella universale, che sarebbero poi una cosa sola), *dharma* e *karma* (il percorso di ciascuno, ma anche la legge naturale; il frutto delle azioni, ma anche il principio di causa ed effetto), *samsara*, *maya*, *samadhi* e *nirvana* (l'oceano dell'esistenza, la sua illusorietà, lo stato atto a liberarsi dall'illusione e la definitiva liberazione), o ancora *Shakti* e *Shiva* (principio femminile e maschile, yin e yang, dualità – che va tuttavia trascesa, così come era da trascendere la visione occidentale che vorrebbe le divinità indiane simili a quelle greche, personalità con attributi, quando sono prima di tutto principi) si adattavano meglio alle esigenze di una cercatrice; se si finiva per volgersi all'India era perché l'India *aveva le parole*, sebbene intimasse di liberarsi, poi, anche di quelle. Leggevo. Meditavo. Leggevo. Meditavo. Leggevo. *Colui o colei la cui mente è divorata dall'orca famelica dell'illusione, affonda e riemerge continuamente dallo smisurato oceano dell'essere, in balìa delle onde...* A volte riuscivo anche a evitare di intervenire di fronte all'imprevisto: a ignorare l'insetto che mi si arrampicava sul ginocchio, a non alzarmi per chiudere meglio l'imposta che sbatteva né allarmarmi se sentivo un cinghiale raspare alle pareti o alla porta, e restavo impassibile di fronte al variare del tempo atmosferico, il ciclo del piovere e non piovere che diventava semplice testimonianza della mia immobilità, sua messa in scena per un osservatore ipotetico; e così stavo facendo, di fronte a uno sbattere sulla porta che si faceva più insistente (ero riuscita, ripensandoci adesso, a scollegare lo sbattere sulla porta dalle sue possibili cause – evidentemente, un visitatore – e viverlo solo come forma fenomenica in sé: forse stavo andando meglio di quanto non credessi allora) e poi diventava un armeggiare prima caotico, poi più organizzato, quello di una mano snella e lunga, anzi solo alcune dita di quella mano, che, aperto prima un varco tra due assi, riuscivano a farsi strada da sotto verso la catena e, con le punte dei polpastrelli, spingerla su, su, fino a farla uscire dal suo gancio. E stavo riuscendo a ignorare anche lo spalancarsi della porta, la ventata gelida mista a nevischio che mi investì, il fatto che mi investisse più l'altra mano, le ginocchia e i fianchi, perché in mezzo alla porta c'era qualcuno. Qualcuno che diceva:

Io veramente...

✷

Ciao, Laura, dissi socchiudendo gli occhi per la luce ma senza uscire dalla posizione di meditazione, e non so se a quel punto la mia tenuta fosse in qualche modo un darmi delle arie, un voler sottolineare come tutto per me fosse normale, e se avrei dovuto invece alzarmi e riceverla...

Io veramente non so più cosa pensare. Cosa dire.

Come mi hai trovata?

Cercandoti per tutta Saltino e Vallombrosa. Il tizio dell'alimentari, giù in paese. La moto fuori, qui. Ma non è questo il punto, mi disse stringendosi le braccia e rabbrividendo.

Qual è il punto?

Il punto è che la tua reazione è esagerata.

Reazione?

Lo so, mi dispiace, ma cerca di capirmi: quanto tempo era che non avevamo più una vera relazione?

Laura, dissi e mi alzai, e le misi un braccio intorno alla spalla, intorno al pelo del Woolrich che le faceva da aureola, non sono venuta qui per quello. Si potrebbe dire, anzi, che mi ha dato solo l'occasione per fare quel che volevo fare da tempo.

Volevi isolarti in una baracca. Certo.

Sì. Cioè, forse. Volevo tentare anche questa strada.

Laura inizia a tremare in un modo strano, che non le avevo visto mai, e a piangere.

Oi Laura. Calma, dài.

Calma un cazzo! Ma... ma guardati intorno. Tu stai qui... qui avvolta in una coperta pulciosa... in una... spelonca... in montagna, come una che è impazzita... Io ho perso il lavoro e tu stai qui in uno schifo di baracca...

Il Procione ti ha mandata via?

Hanno... hanno assimilato il nostro catalogo. Hanno mandato via tutti. E tu stai qui a fare la pazza in una baracca. Mi sembra un incubo.

Non preoccuparti per me.

Ma *certo* che mi preoccupo! Morirai.

Addirittura!

Ma sì, non so... Assiderata, ecco.

Come vedi le pareti sono di pietra e c'è un focolare.

Ma cosa cazzo, cosa cazzo ti è preso?, dice e ricomincia a tremare.

Non mi è preso niente, faccio quello che mi va di fare, solo che è meno socialmente accettato di quello che facevo prima.

Ma il lavoro, la Pertini...

Lasciato. (Non dissi sospeso: dissi *lasciato*.)

Ma Cleo...

Non preoccuparti, Laura. Non per me.

Se avessi saputo...

Non sarebbe cambiato niente.

Io non volevo veramente...

Non ha importanza, e non è per quello, dico e la abbraccio.

Stiamo abbracciate così per un po', poi lei mi guarda negli occhi: Sei... impazzita?

No, Laura. Almeno: credo di no.

Non hai freddo?

Abbastanza.

Torniamo a casa?

Torna pure.

Non vieni?

No.

Cleo, mi dispiace...

Laura, non cominciare tu adesso a darti colpe. Non ho fatto altro per mesi ed è faticoso. Ma almeno sono arrivata a qualcosa.

Questo?

Sì, per quanto sembri assurdo sì. Lo so che dal tuo punto di vista è un abbandono, ma una volta che le cose si sono messe in moto bisogna assecondarle, o si rischia di fare ancora più male.

Intanto, me ne stai facendo.

Ti chiedo perdono. Ma lasciami qui.

✵

Non era finita lì. Nei giorni successivi la temperatura crollò e mi trovai a meditare avvolta anche nelle coperte del letto. Accendere il fuoco non aveva troppo senso dato che non avevo più grandi scorte di legna e mi costava più freddo e fatica farne un mucchio di quanto mi sarei potuta, poi, scaldare, senza contare che il sudore mi si gelava addosso. Quella domanda di Laura ogni tanto tornava a galla, quando mi svegliava il freddo, più che la luce, e già recitando dentro di me il mantra o la preghiera preparavo la zuppetta del mattino, sbirciando dalle imposte il panorama che mi ero riservata – ovvero la sua assenza, dato che la finestra dava direttamente sul bosco, e non si vedevano che i tronchi degli abeti e un cespuglio di felci. Solo la finestrella del bagno, in alto sopra al cesso tanto che dovevo mettermi leggermente in punta di piedi per guardare oltre ai ragni, dava su un greppo che, alzandosi, formava poi uno spiazzo un po' più largo, in cui adesso potevo guardare la pioggia tintinnare su un tavolo scrostato e leggermente inclinato, e su alcuni vecchi vasi da fiori impilati uno dentro l'altro, accanto a un ceppo. Guardavo fuori, in quelle giornate sempre più buie, e mi dicevo che il fatto che reggessi, che continuassi, era la prova stessa del fatto che *non* ero impazzita.

Poi, un giorno, giusto il tempo di mettermi in posizione, ecco uno schianto, seguito da quattro parole: Hai perso i' capo?.

Mio padre, che era ancora l'uomo capace di sfondare la porta di un rifugio con uno spintone, adesso, con la neve che per la botta gli era caduta dalla grondaia sui capelli, sulle spalle e sulla poca barba, appariva come un vegliardo, e in effetti la sua faccia, là sotto, era scavata come non l'avevo mai vista – o, a esser più precisa, come mai mi ero accorta che fosse.

O' babbo.

Che?

M'hai sfasciato la sbarra.

Uh, è vero. Pace, dopo si rifissa. Insomma? Che versi son questi? È venuta Laura a casa, mi ha fatto una scena... Ora, che non stavate più insieme l'avevo capito, ma insomma, che ti fossi andata a infilare nel bosco, davvero...

Sto *meditando.*

E lo devi fare qui?

Non lo so, ma penso di sì.

Ma che... Cosa...

Babbo, lasciami stare. Sto bene. Fai conto che sia... un anno sabbatico, ecco.

Un anno?!

Ohi ohi... Ascolta, ho tutto qua, la legna per il fuoco, le provviste, la moto per scendere se ho bisogno di qualcosa...

Mah, si vede che sei una piantina d'appartamento, quella legna a far bene basterà per quattro fuochi.

Perché ne ho già usata un po'.

L'olio ce l'hai?

Mi strappa un sorriso, mio padre. Ha ragione, l'olio, quello buono di quel pugno d'ulivi che ancora conserva e cura a Ricasoli, poco fuori Montevarchi, non ce l'ho. Neanche faccio in tempo a rispondere e aggiunge: Vuoi che te lo porti? Un paio di chili...

Va bene così, babbo. Davvero. Ora voglio solo fare questa cosa, a modo mio.

Hai *sempre* fatto tutto a modo tuo, dice guardandomi di sotto in su, con un affetto che è solo e soltanto il suo.

Mai però fuori da canali, diciamo, socialmente accettati. O accettabili. Ora farò *davvero* in un altro modo. C'ho un'età, lasciami fare.

Ricordati che c'hai anche un padre, dice, e se ne va scrollando il capo. Con questo freddo... lo sento dire tra sé mentre il vecchio Land Rover fa fatica a mettersi in moto.

Riappare dopo due ore. La stima viene solo dal sapere quanto ci vuole da Macinaia a Montevarchi: calata come ero, di nuovo e da subito, nella meditazione, era come se fosse passato un attimo, e infatti eccolo che rientra con la cassetta degli attrezzi in una mano e un bottiglione d'olio avvolto nella plastica da imballaggio nell'altra; piazza il bottiglione sul tavolo e poi si mette a riparare i ganci della spranga.

Vai, ho raddoppiato le viti. Così non te lo buttano giù... Insomma, quando pensi di tornare?

Tutti così, eh. Non so se torno, il *punto* è esattamente non sapere se e quando torno. Liberarsi...

Liberarsi?

Liberarsi dalle catene del tempo. Ecco, l'ho detto.

Mi sembri grulla.

Forse lo sono. Ma già grulla è meglio che pazza, no? (*There is a quest asking for the silly road...)*

Sicura che non vuoi uno strappo giù?

Sicura.

Stai attenta.

Oh ma mi date pace?!

Fai come ti pare. Uh, guarda! C'hai pure il podalirio.

Che?

Iphiclides podalirius, dice il babbo, e indica qualcosa sul ramo dell'alberello cresciuto dentro all'edificio, davanti alla finestra piccola. Qualcosa di marrone, che avevo scambiato per una foglia secca, e che ora vedevo essere una crisalide. È della generazione svernante, sfarfallerà a primavera.

È una farfalla, quindi?

Non ti ho proprio insegnato niente eh? O' non c'avevi anche una ragazza che faceva le opere d'arte con gli insetti, una volta?

Bah.

È una farfalla, sì. Neanche troppo brutta. Questo, almeno, lo sai cos'è?

Un albero.

È un albicocco...

*

Larva, oh larva... Dimmi, che fai, silenziosa larva? Che non fossi sola, lì dentro, lo sapevo: troppi i ragnetti negli angoli, gli insettucoli senza nome che ogni tanto venivano a morire nel piatto dove avevo mangiato la mia farinata o il mio riso; troppi gli scricchiolii notturni, dalle travi del soffitto, a volte forti come squittii, che nella mia ignoranza entomologica avevo stabilito esser di tarli; ma quella larva, che quando era ancora bruco si era scelta per svernare l'albicocco interno, più salvo dal freddo, mi era di più cara compagnia: sapevo che non era morta, che non era ormai un involucro secco, magari vuoto – cosa c'è di più triste di una larva che senza saperlo muore? – perché captavo, nei giorni lunghi della meditazione e a volte nelle notti, dato che il sonno scemava, un po' per il freddo, un po' perché la mente, messa a bada, chiedeva minor riposo, un movimento infinitesimo che non pareva di vento; una singola, minuscola pulsazione, o singulto. E una volta, sfiorandola appena con un polpastrello – col polpastrello dell'anulare, piano, pianissimo – sentii qualcosa; definirlo un vibrare sarebbe troppo: una *tensione*, ecco, che dall'interiorità di quel bozzolo aspirava all'esterno, al compiersi di un atto lungamente atteso; una tensione che era anche – ne ero convinta, per quanto ogni convinzione, in quella solitudine, vestisse non dico i panni, ma almeno il minuscolo distintivo della follia –, che era anche *gioia*.

Se solo, pensavo, se solo avessi una tensione verso l'assoluto – verso il *discernimento* – pari alla tensione di quella crisalide verso la farfalla, sarebbe forse possibile, *forse possibile*, arrivare a qualcosa. Pensavo, e tornavo a meditare, cercando e ritrovando la posizione migliore per le gambe, grattandomi subito per non farlo dopo, portando l'attenzione al diaframma e cercando poi di elevarla, di elevarla subito assieme al respiro...

✵

Be' come andiamo?

Si va.

Pure il caminetto, che lusso!

Prendi poco per i fondelli, Simone...

E... Uno, due, tre... Sette libri, soltanto! Proprio tu?

Ho l'impressione che non mi serviranno più.

Sì? Mi guarda sorniona, da dietro gli occhialetti a culo di bottiglia.

Magari *dopo*, per catalogare meglio quello che forse troverò. Sai qual è il paradosso? Il fatto che perseguire obiettivi spirituali attraverso lo studio fosse un'assurdità, l'ho capito proprio grazie a un libro. Ascolta: *Senza conoscere la realtà suprema, lo studio dei testi è inutile. Se si è conosciuta la realtà suprema, lo studio dei testi è ugualmente inutile.*

E fin qui ci sei arrivata.

Spero. Anche se non mi è chiaro questo passaggio: *Tra i mezzi e le condizioni necessarie per la liberazione, solo la devozione, la* bhakti, *è suprema.*

Ah, il *Vivekachudamani*! *Il sommo gioiello del discernimento*!

Lo conosci, sì?

Se sono una tua *tulpa*, e lo conosci tu...

E se non lo fossi?

Se non lo fossi, visto che mi hai scelta come guida, a maggior ragione dovrei conoscerlo! Ci sarei arrivata, prima o poi: avevo cominciato con la *Gita*, proprio come te... E poi, come dice quel passaggio? *Un vero cercatore deve procedere nel suo percorso solo dopo aver trovato un maestro ben stabilito nella sua esperienza del vero sé, che sia un oceano di compassione.* Oceano di compassione, sì, mi si addice.

Sei qui per aiutarmi o per prendermi in giro?

A volte le due cose coincidono. Tu che sei sempre stata così assertiva, perentoria, ancora non lo afferri eh? C'è, vedi, nell'intimo di ogni essere umano, dalla prima infanzia sino alla tomba e nonostante tutta l'esperienza dei crimini commessi, sofferti e osservati, qualcosa che si aspetta invincibilmente che gli si faccia del bene e non del male. È *questo*, prima di tutto, che è sacro in ogni essere umano. Il *bene* è l'unica vera fonte del sacro. Il concetto di morale laica è un'assurdità appunto perché la volontà è impotente a produrre la salvezza. Ciò che si chiama morale, infatti, fa appello solo alla *volontà*, e proprio a ciò che essa ha, per così dire, di più muscolare. La fede, invece, si appella al *desiderio*. È il desiderio che salva. Ecco la tua *bhakti*.

✵

Furono giorni di freddo. Di dura meditazione. Anche di fame, sebbene mi fossi abituata a sostenermi con poco, e scoprissi che dal digiuno può sorgere una certa chiarezza.

Lo dico senza retorica: a parte quei momenti, avere fame è brutto, e avere freddo è anche peggio, né è bello immaginare che tutti pensano che tu sia impazzita. Più di una volta fui a un passo dal cedere, vuoi per il freddo e la prostrazione, vuoi per la sensazione di non star procedendo quanto speravo, vuoi per il peso latente dello *stare facendo qualcosa di assurdo*. La prima volta, e così altre tre in cui l'anima tremava, mi aiutai con un quartino di uno di quegli acidi che mi avevano dato Sonia e Pinto. La meditazione e gli psichedelici hanno un'affinità naturale, guardano nella stessa direzione. È abbastanza logico, visto che un'esperienza psichedelica pienamente riuscita reca in uno stato di "connessione col tutto" analogo a quello del nirvana o *nirvikalpa samadhi* che dir si voglia, ma l'esperimento andò oltre le mie aspettative. Anche con una dose molto bassa, che normalmente non avrebbe quasi avuto effetti visionari, la combinazione con la meditazione non si limitava a far esplodere, come è naturale, solo la capacità di visualizzazione, ma rendeva anche molto facile entrare rapidamente in un virtuoso stato di samadhi. Certo, il problema era che poi, il giorno dopo, da quello stato se ne usciva, ma quelle quattro sessioni "sostenute" mi aiutarono a ritrovare il passo giusto. Mi aiutarono anche le riletture: quei soli sette libri non mancavano mai di confortarmi: la *Gita* con la profondità; i *Vangeli* con l'umanità; il *Vivekachudamani* con la chiarezza; lo *Yogasutra* con la fiducia; Etty, Dolcino e il *Pellegrino russo*, ognuno a suo modo, con l'ostinazione. E ostinata insistevo in quel percorso, che Patañjali diceva essere nient'altro che lo spegnimento del turbinio della coscienza. La coscienza, quell'instancabile costruttrice di storie a partire dal passato, e di aspettative (e quindi desideri) a partire dal futuro: un ragno posizionato a tessere le sue tele in mezzo a due inesistenze, giacché solo il momento attuale, il qui e ora, esisteva... Si faceva presto, a dirlo. Non era difficile neanche capirlo: così come non siamo il nostro corpo (e fin qui ci si arriva facile), *non siamo* neanche la nostra coscienza. Benissimo. Il problema era *esperirlo*...

In altri momenti, invece, quando uscivo nella piccola radura al momento in cui sentivo cessare lo scroscio di un piovasco, quando il sole entrava dalle finestre e mi ritrovavo circondata dall'oro assieme ai ragni negli angoli alti, o ancora quando uscivo per pisciare nel bosco e camminando sulle foglie *dimenticavo* dove fossi, cosa mi avesse portato lì, cosa potessero pensare mio padre e Laura a casa loro, o Franca in dipartimento, e mi limitavo a essere, i dubbi scomparivano e mi trovavo in una condizione benedetta, che però rapidamente svaniva appena ne prendevo atto, e subito lì entravano in campo l'ironia, il facile distacco *da donna della mia epoca*, il dirmi che è solo un effetto della protratta solitudine... E se anche fosse stato così? Confermava che la mia scelta era stata giusta. Non è mai un buon segno, però, quando una deve autogiustificarsi, dirsi di aver fatto bene a far quello che ha fatto... Tanto più che ero partita da una ricerca sul rapporto tra relazioni ed etica, e mi ero ritrovata da sola... Facile, non fare male a nessuno, se non c'è nessuno nel raggio di chilometri... Quando mi trovavo a rimbalzare in simili pensieri, attivavo il mantra e la preghiera del pellegrino – e in quello, almeno, nel farmi *ritrovare il centro*, funzionavano...

✵

Poi accadde qualcosa. Come descriverlo? Il punto è *precisamente* che non lo si può descrivere. Che *sfugge alla dittatura delle parole*. Si può provare a descrivere cosa c'era subito prima e subito dopo, e cosa c'era attorno o *di cosa s'aurava quello stato*. C'era, prima, una sorta di nostalgia profonda, come d'infanzia o di stati prenatali, eppure stellari. C'era molta geometria, all'inizio: frattali, certo, e solidi platonici e strutture concentriche, geometrie non-euclidee e teste paradivine ricombinanti e strappi nel tessuto della coscienza che conducevano a passaggi fatti, essi stessi, di senso; c'era una caverna – troppo facile dire "platonica"? Di certo lì si originavano a faglie le categorie, si annidavano laboriosi i *facenti funzione delle cose*, ma si poteva andare oltre, molto oltre: si era in uno stato che quanto più si faceva puntiforme, tanto più era immenso, infinito, onnicomprensivo, beato e indifferenziato; c'erano, o c'erano stati, simboli in foreste e in piogge e in planimetrie, e in schemi di complessità e limpidezza da far ribaltare gli occhi e gorgogliare la bocca, e prima ancora di metterli a fuoco già cantavano in una corte rotante, come serafini, per poi mutare in nimbi e disperdersi in fiori sparsi e altissime flamule, come costellazioni perdute, dimenticate... E si può dire, forse, cosa non c'era, non c'ero più io in quanto Cleo, o in quanto mente: il ricevitore si faceva messaggio, l'antenna trasmissione; l'io cadeva come una crisalide, l'*atman* si congiungeva col *brahman*... Se c'è qualcosa che dobbiamo al sistema vedico è una tassonomia non dico adeguata ma almeno atta all'avvicinamento; ma non potevo pensare, allora, quelle cose, perché non ero più pensiero ma essenza, essere non-pensabile e non-dicibile, e per questo non più essere, ma non-essere: ero *tutto*, ma quel tutto era molto più di quel che contengono le filosofie o gli universi, era un traboccare... E grazie a quella tassonomia, quando finì – perché finì, lasciandomi in uno stato che secondo altre tassonomie avremmo potuto definire di *grazia*, così come la lingua ardente che mi prese e trasportò *dentro il dentro* che era in me e in tutto, aveva un che di *pentecostale*, era logos e prana e aura, ma introiettata come un cubo che si fa tesseratto, era il verbo ma come lo generavo lo abitavo, era l'*abitabilità del verbo*, qualunque cosa volesse dire ciò che "sentivo" prima del ribaltamento ultimativo –, quando finì pensai, accettandolo con un'umiltà di cui non mi credevo capace, perché capii che non avevo le proporzioni di *niente*, che, sì, poteva essere quello che fu chiamato *samadhi*, ma quel vago senso di mancanza che era insito nel suo essersi, comunque, concluso, in modo quindi simile alle cosiddette "esperienze mistiche", mi diceva che poteva essere, al limite, il *savikalpa samadhi*, il nirvana condizionato e non permanente, e non ancora il *nirvikalpa samadhi*, quello finale e perfetto, ma tanto bastava a riempire il cuore di una gratitudine spropositata – e a far nascere nella mente, plasmata da anni e anni di razionalismo, quando non di materialismo, un dubbio: stavo dando di brocca? Ma anche una risposta: no. E anche un'intuizione: l'amore (per quanto suoni svuotata, nel discorso comune, quella parola). Quello stato aveva in sé un carattere e una scintilla, non era un infinito speculativo, un campo assoluto neutro, ma una dimensione attiva, dove c'era gioia e c'era amore, e la mancanza, forse, era solo nella *qualità* del mio abbandono... Mi scoprii a singhiozzare di gratitudine e di amore per tutto e tutti, e di inadeguatezza, sì, di inadeguatezza rispetto a quell'enormità, mentre riapparivano l'albicocco e la larva e il caminetto, riapparivano i ragni negli angoli e le pareti di pietra e il mio letto lì dietro e gli alberi dritti in allarmata schiera oltre le finestre...

✵

Il freddo però aumentava.

Buttiamo altra legna, va'. Si sarà intasato il caminetto? Nei giorni scorsi non faceva tutto questo fumo...

Aumentava proprio.

Concentriamoci, su... ripartiamo coi mantra... Om namah Shivaya... Che freddo, però...

✵

Battono. Sulla porta?
Vetro – di finestra? – che si sbriciola. Vapore tiepido: alito di persona, di due. Tre.

Ma... è viva?

La prendo da qua?

Ma è viva?

Sì che è viva, lo vedi, respira. Mi sembra.

Meglio da dietro le ascelle?

Cammina?

Cosa vuoi che cammini!

Perché non usiamo quella coperta?

Ohi ohi...

Attenta che non sbatta la testa sul bordo!

Prendo le sue cose? Ho visto che ha delle cose.

QUARTA PARTE

Quando entrai c'erano tre persone. Dico, quando entrai nella sala grande, dopo che mi ero svegliata in un lettuccio col piumone e le federe a fiori addossato alla parete di una stanzerella con una finestra chiusa da una grata, e mi ero scoperta vestita con un pigiama che non era il mio, un pigiama di Winnie the Pooh che mi stava corto ai polsi e alle caviglie, ed ero uscita in un corridoio stretto col pavimento diaccio sotto i piedi nudi e avevo sceso una scala a chiocciola di legno scuro, con la parete a cassettoni, simile a quella del coro di una chiesa.

La stanza era lunga, oltre che grande, e per via del rivestimento alle pareti la luce che entrava dal soffitto pareva essa stessa di legno. Fermandomi, *ricordando in modo più preciso,* potrei forse fissare un più plausibile finestrone in fondo. Ma precisione e verità non sempre corrispondono, così rimarrò su quel soffitto scoperchiato o dotato di un enorme lucernario. C'erano tre persone, e sembravano un poco annoiate, come per un'attesa. La prima, seduta a terra nell'angolo in fondo a sinistra, era una ragazzina di quindici, sedici, forse diciassette anni. Aveva i capelli corti color rosa zucchero filato ed era vestita con quel misto di accessori etnici e tecnici tipico dei frequentatori di festival psytrance. Mi scrutò dal basso con un'aria tra l'incupito e il sarcastico e poi mi tirò un sorriso che mi parve, invece, persino affettuoso. La seconda, in piedi, appoggiata al muro in fondo, era una donna più o meno della mia età, coi capelli neri lunghi e l'abito pure nero e lungo sebbene non elegante, uno di quei vestiti-gonna smanicati, e le braccia e le mani erano coperte da una trama di tatuaggi ora simbolici ora "tradizionali": occhi nel triangolo, AUM, yantra e chiavi, uccellini, fari, ex-voto e carte da gioco. Sulle falangi aveva i simboli alchemici dei pianeti, una rosa sulla gola, e sul sopracciglio sinistro la scritta *Alohomora*. Venne verso di me mentre guardavo il terzo, un veglio adusto come un ramo dopo un incendio, in giacca, pullover e cravatta, seduto su un faldistorio nell'angolo in fondo a destra, che mi guardava con i suoi occhi piccoli, rotondi e neri, simili alle capocchie d'onice di due spilloni che qualcuno avesse conficcato in quel ramo bruciato, e il solco che era la sua bocca (che aveva della barba, bianca, intorno, ma era rada e ispida e non la copriva) pareva allungarmi un sorriso che era quello di chi ti sta vagliando la silhouette se non proprio sbirciando le parti di carne scoperta.

Benvenuta al Paradisino, disse la donna in nero. Io so' Nami.

Sayori, disse la ragazzina.

Sono i vostri nomi veri?

Secondo te?, mi rispose ancora lei. Lui però si chiama Antonio veramente.

Ma come...

Il fumo. Non usciva più il fumo da Macinaia da un paio di giorni, così siamo annate a vede', disse Nami.

È... interessante, dissi io.

Interessante?, sorrise Sayori e si scambiò uno sguardo con Nami.

Sì, è che... qui *volevo* venirci, prima di scegliere di fermarmi a Macinaia.

Sì? Qui al Paradisino? Se cercavi la Kumari, l'hanno riportata a Pontremoli, disse Antonio.

La Kumari... a Pontremoli? Non credo di capire...

Che poi, disse Sayori, non è a Pontremoli. È a Shaktiville, adesso.

Shaktiville? Quel posto l'avevo sentito nominare, anzi l'avevo visto scritto, a Zeitzé...

Te spiego, mi disse Nami, è che gli unici visitatori che abbiamo avuto ultimamente, dico che si sono trattenuti un po', erano venuti per questa qua. Ah, comunque benvenuta...

Cleo.

Qualcosa cambiava, credevo allora, tra Pontremoli e Shaktiville, tra la Lunigiana e il Tamil Nadu, tra l'antico e decaduto crocevia della Francigena e la città utopica creata negli anni '60 dall'architetta radicale francese Ferrine Léger e suo marito, il mistico armeno Aramam Naregatsi, tra le trattorie coi testaroli al pesto e la coda per la ciotola di riso, eppure faccio fatica, oggi, a ricordare: dove l'avrei poi trovata, la mia Kumari Devi, dalle parti di Pontremoli o da quelle di Shaktiville? Viene da ridere...

Si ricordi, cara Cleo – a proposito, sta per Cleopatra, Cleofe o Cleodegaria? – che questo è uno xenodochio, più che un monastero, ridacchiò Antonio.

Per Cleopatra, purtroppo. Xenodochio, eh? A parte che mi ci avete portata voi, potrò almeno restare a mangiare qualcosa? Scherzo, grazie per avermi salvato la buccia.

Anch'io mi ero detta che sarei rimasta giusto per un pasto, dice Sayori alzandosi. Oddio, per un pasto e una notte. Magari per un paio di notti. Sotto sotto magari pensavo di starci anche tre o quattro giorni, prima di darmela a gambe. Forse una settimana o due, neh. Ma di passarci diciotto mesi...

Diciannove, dice Nami.

... Diciannove, sì, ecco, quello non lo immaginavo. Vieni, Cleo, ti mostro le cucine, disse ancora Sayori, e mi prese per il polso.

✵

E tu come ci sei finita qui?

Io? Io sono qui solo per non andare in comunità, tesoro. Sono riuscita a gabbare i miei. E meno male, ché sennò mi mandavano in uno di quei posti in cui ti riempiono di schiaffi ed esci mezza folgorata.

Ma di cosa...

Ero dipendente? Io? Roccètte...

Sarebbe il crack?

Eh non guardarmi così. A Torino scraccano tutti.

Sì?

I miei amici, almeno. Sai, alle feste...

Ai miei tempi alle feste non c'era manco la coca da pippare, figurati da fumare.

Perché sei vecchia, tesoro. Conosco gente capace di farsi cinquecento chilometri per andare in festa e poi passare tutti e tre i giorni in furgone a scraccare. Ma alla fine il mio problema era che sulle roccette ci piazzavo le boccette. Sai, oppiacei sintetici: Tramadol, Targin cioè ossicodone... Così alla fine i miei mi han dato l'ultimatum, che poi insomma "ultimatum": o vai in comunità, o vai in comunità. La scelta, proprio. Ma conoscevo un ragazzo che anni fa era stato da Antonio, quando ancora l'ashram era giù sotto...

Sotto?

Sì, stava a San Donato in Fronzano, un paesino del piciu qua giù, non so la storia precisa, chiedi a Nami casomai, Antonio non ne parla volentieri, comunque a un certo punto ha sbaraccato e poi anni dopo è tornato qui. Mi son fatta dare i contatti, ho detto ai miei che era una comunità, e che posso dirti, se la son bevuta. Oppure erano troppo esasperati per mettersi a controllare: purché se ne vada dai quattro passi, neh... Ma lo sai qual è il bello? Alla fine mi sono disintossicata. Grazie a Berny.

Berny?

Il dottor Bernardi! Lo conoscerai. Ha capito subito e mi ha fatto un po' di ricette al volo, prima il Tramadol a scalare, poi Rivotril, Xanax e En per gestirmela... Non è che smetti a freddo con quelle robe, sai.

Ma poi sei rimasta.

Ehhh... Meglio qua, neh. Nessuno che rompe le ovaie, poi la meditazione non è male. Mi ci trovo abbastanza, ho scoperto. Ma raccontami un po' tu, va' là! Voglio sapere la tua vita, tesoro! Con chi stavi, che cazzate hai fatto...

✵

Quando cominciò a fare buio, Antonio mi spedì a tagliare un po' di legna. Lì ritrovai Nami, la donna in nero, che mi lasciò usare l'ascia, prendendosi un'accetta mezza arrugginita, e mentre spaccavamo i ceppi in quarti mi raccontò la sua storia, che cominciava con la frequentazione dell'Accademia di belle arti di Roma e continuava con anni di batoste, porte chiuse e lavori di merda: Facevo i disegnetti, tutti a di' Bellissimi, ma non se ne vendeva mezzo. Né io, né l'amiche mie, tutte più brave di me. Poi un giorno, a una mostra di arte contemporanea, non ti vedo dei maiali tatuati? Così, un po' come quelli che un giorno, dal nulla, entrano in uno studio e si fanno un tatuaggio a buffo, io entrai in uno studio e comprai, invece, una macchinetta. Poi andai dal fruttarolo e presi due chili di limoni. Non ne avevo ancora tatuati dieci...

Dieci *limoni*?

Eh. Nel dépliant della mostra c'era scritto che l'artista, prima di andare sui maiali, s'era esercitato coi limoni, "come gli apprendisti tatuatori". Ne avevo fatti, credo, otto, quando un amico mio si offrì come cavia. Che fossero gratis gli bastava, oppure pensava che i tatuaggi fossero belli in sé – che poi, vedendo come s'è evoluto il mercato, insomma, il disegnetto piccolo, approssimativo, adesso va parecchio... Vanno gli scarabocchi, mannaggia a loro! Te la faccio corta: convertii i miei disegnetti in "schede flash", quaderni su quaderni di disegnetti "now available", mi feci un Instagram, comprai ventimila follower fasulli e un po' de sponsorizzate, tre mesi dopo lavoravo in tre studi della provincia, un anno più tardi avevo abbastanza soldi per aprire il mio, pagamento in contanti oppure via PayPal – motivazione "family" o "friends" – e due anni dopo, cioè sei mesi fa, c'avevo due persone che lavoravano per me. L'amiche mie facevano la fame, o abbandonavano il disegno, l'arte, tutto, per campare con qualche lavoraccio, mentre io ormai tatuavo tre ore al giorno e il resto del tempo stavo a conta' i soldi. Mi sentivo in colpa. Mi sentivo *colpevole*. Poi, vabbe'.

Che?

In un posto come questo, se non c'hai una relazione andata per aria, non ci finisci, dài.

Be', non so. Io... potremmo dire che ne ho mandata una per aria *per venirci*.

Nami mi guardò come si guarda una strana davvero. Poi disse: A volte penso che in realtà viviamo una sola relazione. Non so se me spiego. Non come se tutti gli uomini che c'ho avuto fossero la stessa persona, ma quasi... Cioè, ce stai tu, e ce sta l'*altro*, e finché non impari, e non ha imparato l'altro (quello di turno, sì), a essere 'na persona a modo, ti ritrovi a cambiare.

Sarebbe come dire che se una è a modo da subito si ferma alla prima relazione? Mi pare, non so, una cattolicata.

Aoh "cattolica" a me?, dice Nami, pare sul punto di incazzarsi, poi si mette a ridere: Finimo de spacca' sta legna, va'...

❋

Più tardi, in cucina, mi trovai invece a pelar patate accanto a un altro vecchio. Era allampanato quanto Antonio ma l'incarnato era pallido e flaccido, e gli occhi, grandi e languidi, attorniati da vaste occhiaie azzurrine:

Lei è la nuova? Bene, bene...

Sì, io...

Io, io... Meno "io", più patate da pelare. Non mi guardi così: va da sé che è una facezia.

Non si presentò ma dopo un po' che pelavamo cominciò a ridere da solo. Quando lo guardai, cosa che pareva attendere, disse: Pelapatate! Forse alla fine, di cambio in cambio, approderò a questa disciplina. Più adatta a me, al livello del mio talento. Vede... Cleopatra?

Sì.

Ecco, ricordavo bene. Sa che è un nome greco, *Κλεοπάτρα*, non certo egizio...

Secondo lei? Ha idea di quante prese in giro, e quanti commenti, mi sono beccata, da bimba?

Chiedo venia! Mi dia pure del tu, Cleopatra... Sa cosa ho sempre trovato rimarchevole? Il fatto che la sua omonima più nota, la regina Cleopatra VII, Cleopatra Tea Filopatore, per capirci, è più vicina, molto più vicina a noi nel tempo di quanto la Grande Piramide non lo fosse a lei... Che specchietto da allodole, quella costruzione, ma quante suggestioni! Vede, Cleopatra, quando dagli studi storici ho deciso di virare su un'altra disciplina, qualche attenzione l'ho data anche alla Piramide, per la nota questione delle sue misure, dove ognuno vede quel che vuole: e anch'io volevo ritrovarvi quelle dei miei *oggetti speciali*, il mio nuovo campo di studî!

Ovvero?

La scatola di Lemarchand. I Peradam. I Silmarilli... Cose che hanno a che fare con la matrice della realtà, delle possibili realtà. Sayori, qua, mi ha indicato il Beherit. Sa, da quel fumetto orientale... E, certo, l'*Aleph* e lo *Zohar*.

O *Il libro di sabbia*!

O *Il libro di sabbia*, certo. Era appunto un po' frustrante che su sette, ben tre fossero di Borges... Così ho lasciato cadere l'idea di scrivere di essi e sono passato all'oniromantica.

Sarebbe l'oniro*manzia*?

No, no. Capisco che il termine possa dar adito a equivoci... No. È un mio modesto – e come si vede imperfetto – neologismo, per il quale intendo semantica dei sogni. Vede, tanto tempo fa feci un sogno. E fin qui mi dirà: Embè? Ma aspetti, aspetti. In quel sogno c'era una parola. Un verbo. *Valverare.* Qualcuno, nel sogno, lo pronunciava, me lo ripeteva ridacchiando... Capirà che non ci sono occorrenze nell'italiano. Cosa significava? Cosa fa qualcuno che *valvera*? Incespicai nel buio, presi la prima matita che trovai e scrissi VALVERARE su un foglietto che piegai e ficcai nel portafoglio. Me lo portai dietro per un paio di lustri, finché ne sognai un'altra: *sutulatore.* Chi era mai il sutulatore, cosa faceva? Questa implicava anche un verbo, presumibilmente *sutulare.* C'era una connessione tra *sutulare* e *valverare*? Esisteva un valveratore? C'era da scervellarsi – o da riderne, certo, e accantonare tutto, tornare ai miei studi precedenti, ma mi sarebbe stato difficile dato che arrivarono altre parole. Tra la prima e la seconda erano passati diversi anni; tra la seconda e la terza ne passò soltanto uno. *Sapporchi.* La sognai che ero già qui, bloccato nel mio lavoro sugli oggetti speciali. Stavolta sapevo di aver fatto un passo avanti: il sogno mi diceva cosa indicasse, almeno in generale, la parola. Il sapporchi era un colore. Mi forniva anche un esempio: *le porte sapporchi.* Un dato che, volendo prendere sul serio l'oniromantica, non poteva essere ignorato. Erano gloriose? *Le gloriose porte sapporchi del paradiso*? O terribili, le oscure porte sapporchi dell'inferno? L'intuizione mi faceva propendere per la prima ipotesi, ma in questi casi bisogna fare attenzione al carico distorcente delle nostre attese, delle nostre aspirazioni... La quarta parola arrivò il giorno successivo. *Sarcobighella.* Perturbante, nevvero? Infatti la sarcobighella è una sorta d'insetto, o forse di artropode – non abbiamo una parola, in italiano, che li includa tutti, come "bug", a meno di ricorrere a "bacarozzo", ma che bestie bisogna essere per definire "bacarozzo" un ragno o, che so, una cimice? Sicuro poi sarebbe inappropriato per la sarcobighella, che è una sorta di miriapode alato, si immagini una crasi tra scolopendra e libellula... Mi esaltai. Un mondo in cui si valvera, popolato di sutulatori, di sarcobighelle che fuoriescono in sciame da porte sapporchi... La parola crea il mondo e io stavo creando mondi, ma non col gesto banale e presuntuoso dell'invenzione: non guarderebbe forse con occhi diversi un uovo di Fabergé prodotto dall'officina di un gioielliere e uno rinvenuto al mattino, comparso sul tavolo dell'assemblaggio mentre i locali erano chiusi per la notte? Non sognai altre parole per un po', motivo ulteriore per studiarle. Ma come si potevano studiare parole che non avevano apparenti connessioni col contesto in cui mi muovevo, ma solo col campo sottile a cui accedevo nel sonno, parole scaturite direttamente dall'*Akasha*, dall'archivio universale immaginato dai teosofi? Conclusi che l'unica condotta possibile era ripeterle, farne dei mantra – non fui mai sicuro se le si dovesse mettere all'opera in frasi, coagulandole su questo piano con la forza dell'uso...

La mia dormita della notte precedente non doveva esser bastata: Antonio passò in cucina – Ah, vedo che hai fatto amicizia col nostro amico Girolamo! Brindiamo! – e versò tre grosse tazze di rosso, ma appena ingollai il vino, che era denso, scuro e pesante, mi prese una stanchezza pure densa e pervasiva, così mi congedai senza cenare, pensando che normalmente, di fronte a un soggetto del genere, avrei avuto più gusto nel dibattere che nello stare a sentire le sue fole... O forse sotto sotto mi sentivo vicina a chi faceva ricerche così deliranti, pensavo mentre salivo al piano di sopra... Ma dov'è poi l'interruttore della luce?, dissi, a quanto pare ad alta voce, visto che una voce dal buio rispose:

Non c'è.

Aaah! Ma chi diavolo...

✵

Diavolo? Aver paura del diavolo è uno dei modi di dubitare di Dio, disse la voce, con un accento latinoamericano, poi ci fu il lampo di un fiammifero e scorsi i contorni di un uomo non molto alto, con un gilè a motivi etnici su una camicia scura di cui vedevo, grazie al punto di luce prima del fiammifero e poi della lanternetta che aveva acceso, che cominciava a emanare un odore petrolino sopra quello puntuto dello zolfanello, la trama di vecchio velluto e i polsini lisi.

È solo che non l'avevo sentita entrare.

Alzò la lanterna al suo viso, quello di un uomo anziano (ma non quanto il vecchio Antonio) con un cappelletto piatto e ricamato del tipo marocchino, anzi himalayano, occhi vividi e due codacci di capelli grigi che spuntavano dalla nuca.

Il più bel trucco del diavolo sta nel convincerci che non esiste.

C'abbiamo un buontempone, pensai. Dissi: Tra non esistere e star nascosto c'è una bella differenza.

Nascosto, lei crede? E sì che il demonio è come una lima sorda che bisogna sorprendere fin dal principio.

Immagino che ciò mi qualifichi come già fregata.

Sarei un ottimista se credessi di poter peggiorare gli uomini... O le donne!

Cos'è, Kraus?

Che preparazione! Virtù inusuale di questi tempi. Una giovinetta che riconosce il satiro che ci ha dato *La terza notte di Valpurga* saprà di certo che come l'Ostara e il Beltane sono stati piazzati sotto il nome di una badessa, così non pochi vecchi dèi sono stati avviliti con corna & coda... E vogliamo parlare del forcone, quell'attrezzo così legato al lavoro della terra, e più specificamente al letame ovvero all'elemento dispensatore di fertilità?

Ora, "giovinetta"... Comunque credevo che il diavolo avesse ambizioni più alte che esser considerato la trasfigurazione di qualche nume silvano.

Mi riferivo ai diavoli minori: alle maestranze, diciamo, non a...

... *Satana, / O ribellione, / O forza vindice / De la ragione!*

Ah! La chitarronata del Carducci! Lei vuole proprio stupirmi, signorina!

Ce la fece imparare il prof di Storia e Filosofia ai tempi del liceo.

Uno di quei massoni vecchio stile, scommetto! Quando le logge di provincia erano ancora covi di mangiapreti... Che tempi! Ma anche lei può fare meglio, l'affetto del poeta per Belzebù non è che – appunto – un sollazzo da liceali.

Vuole arrivare a Milton?

Se non si arriva a Milton qui! Qui, proprio in questo edificio, sa, concepì il *Paradiso perduto*: *In Vallombrosa, where the Etrurian shades / High overarch'd embower...*

Pensa tu. Lì sono meno ferrata ma, sì, il ribelle come figura nobile, primo alfiere del libero arbitrio...

O qualcosa in più: non era forse colui che comprese meglio il volere divino e che meglio lo interpretò, diventando, con la sua ribellione, il principio attivo di una creazione fin lì statica, e quindi mortalmente noiosa?

Se tutto è divino e ogni cosa è sacra, dio e il diavolo non possono essere due.

Ach! Non-dualismo? Certo non è venuta al Paradisino impreparata. Ma non diceva forse Paolo di Tarso che non puoi bere contemporaneamente dalla coppa del Signore e da quella del demonio?

Immagino che il diavolo non si farebbe problemi a citare le Scritture, se servisse ai suoi scopi.

Lei mi vuole de-li-zia-re! Ma dovrebbe sapere che è sempre sbagliato aprire una conversazione col diavolo, perché vuole avere sempre l'ultima parola.

Sì? Pensavo che mi avrebbe portato qua sopra, sulla montagna, mi avrebbe mostrato tutti i regni del mondo e me li avrebbe offerti, e che l'ultima parola sarebbe stato il mio "no".

L'ometto mi guardò negli occhi. Poi disse: Temo che da qua sopra non si veda che il Valdarno, e chi potrebbe mai volerlo? Lei forse?

L'ho già rifiutato una volta.

Eh eh... La principale qualità di luoghi come questo è rendere possibili dialoghi del genere, non crede? Piacere, Alejandro. Starà con noi molto?

Cleopatra. Non so ancora. Mi pare di aver capito che, a dispetto di ciò che ne dice Antonio, ci troviamo in uno di quei posti in cui si finisce sempre per stare più del previsto...

Quanta arguzia! Sprecata, forse, quassù! Venga, Cleopatra, immagino che a quest'ora voglia vedere le camere.

✱

Ritrovai Girolamo il giorno dopo, a colazione: stava seduto in fondo al tavolo della cucina, con tutt'altro atteggiamento: se prima era spiritato, ora era mogio; dove prima gli occhi brillavano come per continue intuizioni, ora apparivano velati da una pertinace perdita di speranza, tanto che ci misi un po' ad accostarlo di nuovo, come se quella così decisa tristezza formasse un'aura capace di respingere chiunque.

Vedi, cara Cleopatra – è Antonio a intervenire, a venirmi accanto e mettermi la mano ossuta sulla spalla –, il nostro amico Girolamo oggi è tornato a -24.

-24?

Conosci la scala Lilly/Gurdjieff? Girolamo l'ha riprogettata – la parte numerica, si capisce, ma solo per chiarezza, la vibrazione di Gurdjieff/Ichazo, da 3 a 768, pareva poco immediata; lo spettro di Lilly, che da +3 saliva a +/-48 e poi da -48 scendeva (o saliva?) a -3, confondeva...

Non penso di...

... Capire? Eh, per forza, devo ancora spiegare.

In ogni caso, disse Girolamo ad Antonio, alzando verso di noi gli occhioni a mezzo tra Kafka e un cucciolo dei cartoni animati, sto a -12, non a -24. Del -24 sono magari lo sfortunato nunzio... aggiunge con un mezzo sorriso a labbra strette.

Deve esserci da qualche parte una mascherina, una legenda... dice Antonio, e va a scartabellare nei cassetti della credenza. Se solo Alejandro non cambiasse sempre di posto a tutto, pentole, coperchi, legende... Ah, eccola! Mi porta un volantino color vinaccia e me lo porge:

+24 Fusione con la mente universale, sovrapposizione atman-brahman; essere uno dei creatori dell'energia dal vuoto. Nel centro spirituale, al di sopra della testa.

+12 Diventare il Buddha. Una sorgente di coscienza, energia, luce e amore. Punto chiaro della coscienza, viaggio astrale con chiaroveggenza, chiaraudienza e telepatia; fusione con altre entità nel tempo. Nel centro mentale, in mezzo alla fronte.

+6 Stato di benedizione, diventare il Cristo, il qutub verde, attuazione di baraka, il ricevere la grazia divina, amore cosmico, energia cosmica, elevata consapevolezza del corpo fisico e di quello sottile, funzionamento ottimale della coscienza corporea e planetaria, essere innamorati, essere in positivo stato energetico da psichedelici. Nel centro emotivo, tra il petto e la gola.

+3 Il livello di coscienza del satori professionale, o di base. Tutti i programmi necessari sono nell'inconscio del biocomputer e operano in modo automatico; il sé si perde e si ritrova in piacevoli attività che conosciamo bene e che ci piacciono. Meditazione svolta a livello elevato. Stato positivo di flusso. Nel centro motorio, nel ventre.

0 Lo stato neutro del biocomputer; lo stato ideale per l'assorbimento e la trasmissione di idee, per ricevere e trasmettere nuovi dati e nuovi programmi; insegnare e imparare con facilità, in uno stato né negativo né positivo, neutro. Coi piedi sulla terra.

-3 Stato negativo. Fastidio, dubbio, tensione. Fare quel che abbiamo da fare, ma in uno stato di dolore o colpa o tensione. Come aver bevuto troppo alcol, o assunto una piccola quantità di oppiacei, o trovarsi nei primi stadi della mancanza di sonno.

-6 Stato corporeo estremamente negativo, mentre si è ancora nel corpo; come un attacco di emicrania, in cui la coscienza si contrae e si inibisce, e resta presente solo in relazione al proprio dolore. Il dolore o l'ansia sono tali che non si riesce a lavorare e a fare i propri compiti. Si pone una limitazione su di sé, si è isolati, in cattivo stato interiore.

-12 Simile a +12, ma estremamente negativo. Una situazione purgatoriale, in cui si riesce a essere al massimo una sorgente puntiforme di energia e coscienza in mezzo al vuoto. Dolore, colpa, paura. Preponderante mancanza di senso.

-24 Come +24, nel senso che si è sì fusi con altre entità per tutto l'universo, ma esse sono tutte cattive e siamo anche noi cattivi e insignificanti. Questa è la quintessenza del male, il più profondo degli inferni che si possa concepire. Nessuna speranza in tale stato.

Dove stavo, io, in quel momento? Forse sullo zero, l'unica vera tensione che avvertivo era il pensiero della possibilità di una tensione... Dove ero arrivata a Macinaia, vogliamo dire +7, +8? Non era neanche male, a vedere come stava un sacco di gente... Ma che importanza aveva come stava la gente, a parte il fatto politico, più che spirituale (o politico proprio perché spirituale?), che sarebbe meglio far stare bene tutti? Girolamo si era chiuso di nuovo nella sua nera assenza di speranza. Provai a parlargli: Come sei arrivato qui, poi?

Io? Puah. Ho scritto un libro. Mi pesa molto.

Come si intitola?

Mi fa male anche solo dirlo.

Va bene, dissi alzando le mani e facendo un mezzo passo indietro.

Ma no, ma no. Sono qui per superarlo, è inutile scansarlo alla prima visitatrice. Si intitola *Hitler: il precursore.*

Sai che forse l'ho visto...

Sicura non si trattasse di *Hitler precursore*? Libro dal titolo simile al mio *Hitler: il precursore*, e mi permetto di dire meno significativo – sebbene, ne sono certo, non abbia cagionato al suo autore ciò che il mio ha cagionato a me. Dove l'avrebbe visto, mi dica.

In dipartimento.

Lei è un'accademica? Puah, disse, e sputò in un posacenere, detergendosi poi la bocca col dorso della mano, notavo solo allora, pezzata di bianco per la vitiligine.

Non più, dissi, scoprendomi raggiante. (È stato lì che la mia "pausa" si era concretizzata in un addio assoluto e permanente? O già quando dissi "lasciato" a Laura?)

Poniamo fosse il mio: lo ha letto?

No, l'ho solo visto nello scaffale di qualche associato.

Meno male, meno male. Vede, in quel testo, che purtroppo ha avuto una sua moderata diffusione, sostenevo che, contrariamente a quanto non si creda, Auschwitz non è la fine, ma l'inizio di un'epoca. Il lager, la schiavitù di massa, *il diritto del più forte a saccheggiare e schiavizzare*, e il *dovere*, capisce, *il dovere*, del più debole di venire saccheggiato e schiavizzato, e in ultimo eliminato, sarebbe un modello per il ventunesimo secolo.

Questo renderebbe il Novecento un secolo *davvero breve*.

Lei scherza. Segno che ha ancora la forza di farlo. E che non mi prende sul serio. Che non OSA farlo!, e a quell'"osa" Girolamo sgranò gli occhioni e si alzò in piedi. Poi si sedé di nuovo. Sospirò: Provi a immaginare, un intero mondo futuro progettato secondo il paradigma del lager. Cosa abbiamo fatto, del resto, appena c'è stata un'emergenza di massa, appena qualche milione di persone si è messo a migrare? Campi! Nonostante Auschwitz, la prima cosa che ci è venuta in mente per risolvere un problema sono stati i campi di concentramento.

Guardi, sono la prima a dire che i CIE sono una vergogna ma, insomma, bisogna sempre essere cauti prima di paragonare qualcosa a Auschwitz...

Ma allora non vuole capire!, dice schizzando in piedi.

Perdoni, so dove vuole arrivare: il controllo totale dei corpi e l'annullamento delle menti, il campo di concentramento come realizzazione ultima – se non *massima* – dello Stato in quanto tale...

Già meglio, disse Girolamo rimettendosi a sedere. Realizzazione ultima ma non: superata. Del resto sarà d'accordo che Hitler non era che un'eggregora... Sarò breve, signorina: questo mio libro ha disegnato una possibilità. Disegnandola, facendola uscire dallo stato di latenza in cui versava, ancora chiusa nella scatola della mia mente, l'ha resa possibile. Capisce? Possibile.

Ma un libro come il suo – immagino eh, aggiunsi, e azzardai un sorriso che Girolamo non raccolse – *avverte* di questo pericolo, no? Quindi di fatto ci aiuta a evitarlo...

No! Lo ha reso pensabile, e quindi possibile! Devo cancellarlo, cancellarlo... Se sono in tempo: tutto si muove così velocemente, ormai. E per il peggio, naturalmente: per il peggio.

❋

Non è poco, credo, un inizio così: con le presentazioni. Come da bambine! Si era, quindi, in sei: Alejandro, Antonio, Girolamo, Sayori, Nami e io; il fatto che ci fossero tre uomini anziani e tre donne giovani pareva quasi suggerire un qualche schema simbolico, ma era pure vero che Alejandro non si vedeva quasi mai, che Girolamo stava sempre nello studiolo a disperarsi o a esaltarsi secondo i giorni, e quindi eravamo più che altro noi tre e Antonio, lì al Paradisino. Nome ironico, se vogliamo, dato che il Paradiso o è o non è (o almeno così credevo allora, arrogantella e ignara, nonostante mi avessero appena mostrato la scala Lilly/Gurdjieff, di certe tassonomie. E sì che avevo letto della distanza tra *savikalpa* e *nirvikalpa samadhi*...); ma adatto a quel luogo, sia per la sua natura e ubicazione, bianco presidio, umile nell'architettura ma perentorio nel suo emergere tra il verde-quasi-nero degli abeti, dépendance o satellite dell'abbazia poco sotto ma allo stesso tempo sua messa in discussione: tra tutte le comunità che avevo visitato, quella era di certo la più lassa, nell'organizzazione (che non c'era), nelle credenze (ognuno aveva le sue), nelle attività – chi voleva, alla mattina poteva unirsi alla meditazione in terrazzo, e per il resto ognuno agiva come meglio credeva –, e soprattutto nell'eterogenea composizione degli appartenenti, poiché non si sarebbe potuto immaginare uno stampo più diverso per ciascuna e ciascuno; una diversità che avrei scoperto essere solo accentuata dai radi visitatori; l'abate, che guardava con condiscendenza quel gruppo, a cui pareva concedere l'uso dello spazio per via di un antico e non chiaro legame con Antonio; il "forestale", che non parlava mai e ci fissava assottigliando gli occhi nella faccia litica e annuendo appena, e poi il dottor Bernardi, che a quei tempi non avevo mai visto, ma che capivo essere un visitatore frequente per come il suo nome ogni tanto spuntava fuori nei discorsi degli altri. Visitatori che tuttavia mi sarebbe sempre sembrato che guardassero con favore la combriccola anzitutto per una ragione: che *popolava* quella località derelitta, sì *derelitta* nonostante l'ubertosa vegetazione, giacché quest'ultima appariva arcigna nella sua volontà, ormai in moto, di riprendersi tutto. Né la comunità, come avveniva altrove, faceva alcunché per uniformarci, anzi traeva la sua bellezza (o almeno bella era allora ai miei occhi) proprio dalla sua varianza, *motley crew*, ciurma pirata dello spirito più che comunità, sincera dunque nell'ammettere anzitutto che non esisteva *una* ricerca, non esisteva una verità, non esisteva una via o un percorso e nemmeno un complesso di credenze o tecniche; a unire i cercatori poteva legittimamente esserci solo una comune volontà – o meglio, *desiderio*. E nessuna, nessuna autorità, pensavo, o almeno lo pensai nei primi mesi, fin quando un giorno (sì, visto che c'era margine avevo riorganizzato un po' le attività e dato una linea teorica più coerente alle sessioni di meditazione) Sayori se ne sarebbe uscita con un Cleo, si fa sempre quello che dici tu.

✷

Col sole, a volte si montava tutti sulla vecchia Campagnola che il forestale lasciava usare ad Antonio e si scendeva dall'altro versante, fino a Gorgiti, un angolino dove un ruscello si spezzava e apriva in vasche, proprio sotto a un ponticello di pietra e a una casa che doveva esser stata un mulino. Io, durante quei bagni, sentivo che i fatti della mia vita fin lì si staccavano come placche che subito scoprivo cave, già raggrinzite e distanti – anzi, altrui. La prima volta non portai neanche il costume – non ce l'avevo, del resto – e Nami e Sayori mi spogliarono a spregio e mi buttarono giù in mutande, Antonio e Girolamo (Alejandro non veniva mai a Gorgiti) che ridevano seduti sulle rocce poco sopra. Visto da fuori, cos'era quel quintetto, pensavo mentre li raggiungevamo gocciolanti e ci siedevamo vicine, su una roccia dove batteva il sole, quei due vecchi stecchi e quelle tre scappate di casa? Niente, non assomigliava a niente, come non assomigliava a niente il Paradisino, non cascame degli anni '60 o '70 come le comunità che avevo visitato ma altro, aggregato nato residuale, espressione di uno stato di crisi integrale, di un mondo esploso, pianta pioniera nata in una spaccatura prima ancora che l'edificio abbia finito di crollare...

Vedi, Cleopatra, mi diceva più tardi Antonio, mentre le altre due erano tornate in acqua e Girolamo si era messo a prendere appunti fitti fitti nel suo quadernetto, oggi siamo questi qua. Non so perché lo faccia ancora – dico, di tenere insieme questa specie di... *cosa*, ecco. Perché continui ad approfittare dell'amicizia dell'abate e quindi delle stanze del Paradisino. Quando anni fa mi ritirai a San Donato in Fronzano, in quello che le ragazze chiamano "il primo ashram", ma che non era tale come non lo è questo, credevo di aver intrapreso un percorso spirituale. E, pensa, ero così ottuso e arrogante da pensare pure di atteggiarmi a maestro. Eppure la gente arrivava. Ancora oggi qualunque maestro *vero*, come la nostra Kumari, a una mia chiamata risponde. Non so se fosse, e sia, il fatto che in passato ho avuto una blanda fama...

Per cosa? Stavo per chiedere, ma in qualche modo sentii che Antonio dava per scontato che lo conoscessi, che sapessi cosa aveva fatto da giovane, anzi quel "blanda" forse era pure falsa modestia, così non dissi niente e annuii, lasciando che continuasse.

... Ma non credo, no. Conosci la *Sura del Limbo*? *A ogni nazione è dato un termine, e quando il suo termine giunge, non v'è uomo che possa farlo arretrare o affrettare di un'ora...* Ecco, in realtà vale per qualunque cosa, in negativo come in positivo, quando si verificano determinate condizioni le cose accadono, che tu lo voglia o no... Per questo, se c'è una cosa che ho capito da quel benedetto librino che anche tu ti porti in giro – cos'è, una persecuzione? Ho pensato questo, sai, quando l'ho visto spuntare dal tuo zaino, ah ah –, dalla *Gita* sì, l'*adorabile Gita* come diceva il mio amico Ceronetti, è che tu devi andare avanti col tuo discorso quali che siano le condizioni esterne, e cosa accadrà o non accadrà dipenderà da te... Proprio perché di base *non dipende da te.*

✵

Studiavo i libri della biblioteca mistica di Antonio, che lui confidenzialmente chiamava "scaffalino scienza sacra". Oltre al non-dualismo, che intuivo essere un approdo potenzialmente fertile, leggevo la vita di Buddha e da lì mi appassionai anche all'agiografia cristiana, forse per la presenza, a Vallombrosa, di tutti quegli eremi, cappelle e caverne a suo tempo popolate da anacoreti. Meditavo molto. Non riuscivo tuttavia a raggiungere di nuovo quello stato benedetto toccato prima del mio assideramento, come se la sola consapevolezza della presenza di altre persone, sia pure in altre stanze dell'edificio, mi distraesse, o come se arrivare al Paradisino avesse comportato una specie di riavvio, sia pure a un livello successivo, e dovessi quindi ripartire con nuovi esercizi spirituali e nuovi testi, e da lì fare di nuovo il vuoto, imparare ancora e poi ancora *disimparare*, per poter salire un ulteriore scalino.

A volte il pensiero di quella Kumari, che Antonio, da cui non avevo mai sentito apprezzamenti sbracati per alcuno, era arrivato a definire "vera maestra", mi turbava. Sì, mi turbava, addirittura: di certo stavo diventando più sensibile (o più fragile?), ma quante volte, leggendo i testi sacri, ero incappata in frasi come quella del *Vivekachudamani* col suo "maestro che sia oceano di compassione", in cui si ripeteva allo sfinimento la necessità di avere un guru, e mi rendevo via via più conto di quanto non avessi mai, mai, mai avuto maestri o maestre – di quanto, addirittura, non avessi mai veramente ammirato nessuno. Forza o tracotanza? Predestinazione o hybris? Un giorno chiesi ad Antonio. Lui mi disse di chiedere a Alejandro, È lui che la conosce. Mi domandai se non mi stessero prendendo in giro, ma alla fine riuscii a portare la discussione su di lei. Saltò fuori che questa Kumari era venuta in visita poche settimane prima del mio arrivo, per insegnare "tecniche avanzate" (di meditazione, intuivo), chiamata in virtù dell'antica amicizia di Alejandro con la madre di lei:

Ferrine Léger, grande donna. Architetta radicale, quando l'architettura radicale era una cosa seria e ci provava davvero, a cambiare il mondo. Fallendo, beninteso – ma ci provava. Pure il padre era simpatico, un mistico finito in India, come tutti... Sono i fondatori di Shaktiville, ne avrai sentito parlare, sai la città ideale, giù nel Tamil Nadu. La ricordo da piccola, la nostra Kumarina: un prodigio, per quanto tutti i bimbi molto seguiti possano sembrarlo... La prima cosa che mi disse fu che le sue letture preferite erano Babar, la Pimpa e Cioran. A quattro anni! Ora, di bambini che leggono già a quattro anni se ne trovano, anche tua figlia lo faceva, no, Antonio?

A tre.

Ecco. Ma Emil Cioran! Emil Cioran a quattro anni davvero era... inusuale! Solo che Ferrine e suo marito non si accontentavano di avere una bambina prodigio nel campo dell'intelletto. Mi sembra di vederla, povera Ferrine, mentre fuma l'ennesima Gitane e dice *Un enfant prodige! Quelle banalité bourgeoise!*, no, loro andarono oltre, volevano una Reyna d'Assia, se mai è esistita: una bambina prodigio nel campo dello spirito, che raggiungesse ciò che a loro in ultimo era sempre sfuggito – non è forse questo il sogno di ogni genitore, eh Antonio?

Potresti solo raccontare la storia, Alejandro?

Ésta bien, ésta bien... La faccio breve: freschi di viaggi in

Nepal pensarono bene di educare la piccola Anni (si chiamava così, no? Anni Micol Naregatsi-Léger, un nome così snob da implicare, quasi, un destino tragico; da cui è normale che già i genitori cerchino vie d'uscita...) come una Kumari, una bambina-dea. Un'incarnazione di Durga, ma in grado di risolvere equazioni differenziali e discorrere di Nietzsche e Schopenhauer. *Très amusant*, no?

Divertente, oppure tragico.

Sì ma nel senso greco del termine, a quel punto: grandiosamente tragico.

Non c'è nulla di grandioso in un'insegnante de yoga, intervenne Nami, entrando con le braccia piene di asciugamani. E non è che sembrasse tutto 'sto fenomeno.

Ma è noto, mia cara, che alla precocità raramente corrisponde il genio...

Però era figa, disse Sayori mentre apriva il frigo alla ricerca di uno spuntino.

Fascino dell'esotico, rispose Nami. Io le sue lezioni non le ho mica capite. "Il centro privo-e-colmo di energia"... "I nettarei punti focali della consapevolezza"... Faceva la difficile apposta.

Andrà mai bene qualcosa alla nostra Nami?, rise Alejandro e le fece un occhiolino a cui lei rispose col dito medio. Non c'è molto altro, disse poi a me, vive a Pontremoli, in un ex mulino sul fiume che le hanno lasciato certi seguaci del padre; a volte torna a Shaktiville, dove è ancora considerata una dea, oltre che una specie di genius loci. È una ragazza molto solitaria, ma chi non lo sarebbe, a ritrovarsi suo malgrado terminale di tante tradizioni, di tante aspirazioni... Così, con Antonio abbiamo pensato di chiamarla, di metter su un seminario speciale per noi, ed è venuta, devo dire con grande umiltà, poverina...

Perché *poverina*?, chiesi. Antonio e Alejandro si scambiarono uno sguardo e non mi risposero.

✵

Ogni volta che Girolamo si metteva al tavolo, nello studiolo "dove ancora aleggiava lo spirito di Milton", aveva l'aria di chi si trovi alle ultime ore dell'ultimo giorno prima di una scadenza importantissima. La regola non detta dello studiolo era di non disturbare chi vi si mettesse a scrivere – in genere Antonio; più raramente Nami, che non scriveva ma disegnava –, e in genere la si rispettava, ma quando c'era Girolamo, per quanto si potesse star certe che fosse alle prese con qualche delirio, l'aura da esame finale che emanava era così forte che nessuno si azzardava neanche a bussare sullo stipite (lo studio, infatti, non aveva porta). Ma io ancora non lo sapevo, e deve esser stato per quel motivo che quando entrai (ed entrai solo perché era il primo a tiro di sguardo a cui chiedere se c'era da qualche parte una cassetta degli attrezzi, ché volevo sistemare gli sportelli dell'armadio della mia cella) non mi fece la scenata che gli vidi poi fare tante volte e che dopo la furia si concludeva con un pianto disperato per il fatto di "non riuscire mai a fare davvero il punto", quale che fosse la cosa a cui lavorava in quel momento (quella a cui lavorava in *quel* momento, di certo, era curiosa: sul tavolo erano sparsi i pastelli e i pennarelli di Nami, e davanti a lui stava un foglio da disegno in cui aveva imbastito un cerchio diviso in spicchi colorati, qualcosa a mezzo tra un mandala, il disegno infantile di un orologio e un grafico a torta). Forse, chissà, era il mio status di "nuova" che lo spingeva, invece che a infuriarsi, a invitarmi a guardare, a spiegarmi: Vede, Cleopatra, non vorrei che si pensasse che l'assorbimento – il necessario assorbimento – richiesto dai miei studi porti, come dire, a una mia ablazione dagli alti scopi di ricerca spirituale di quest'ancorché informale organo. Qua in alto nel mio *cerchioschema*, continuò indicandomi nel disegno uno spicchio bianco con la scritta **santità** in lettere gotiche d'oro, ho messo la santità cristiana. In bianco, per ovvie ragioni iconografiche ma anche perché in genere si è educati a far partire certe riflessioni da qui. La scritta, sì, ho chiesto di farla alla nostra brava Nami, che ha un considerevole talento calligrafico, dopo vari miei tentativi... come dire... risibili, ecco, disse e ridacchiò tra sé. Qui, e si spostò di uno spicchio a destra, in rosso, il MARTIRIO – troppo spesso unico passo coerente, da lì, o sbaglio? Mentre Girolamo parlava, mi tornò alla mente quel tipo delle YPG visto nei sotterranei di Brunelleschi, la coerenza di quel percorso, che poteva ben diventare un *percorso di martirio*... Comunque si tratta senz'altro di un approccio fisico alla questione, continuava Girolamo, ed è per questo che accanto, in carnicino, ho messo lo yoga – e lo sport, sì. Non creda in una facile ironia, è vero che troppo spesso lo yoga è ridotto a mera ginnastica, ma credo davvero che, al di là delle mercificazioni contemporanee, l'attività fisica focalizzata, entro specifici e serrati parametri, possa portare a un effettivo stato di trance... Questo ci porta allo spicchio successivo, ovviamente la meditazione. Noi, e non solo noi visto quanto *superate* sono le religioni tradizionali – è per questo, no, che ci si riavvicina allo spirito da oriente? Non per chissà quale superiorità ontologica, ma a causa della secolarizzazione che ha colpito le nostre tradizioni e, si badi bene, a buon diritto: pensi solo cosa sarebbe potuto accadere se la Chiesa non avesse spazzato via i mistici speculativi, se l'Islam non avesse cacciato i sufi in un angolo... –, partiamo da qui.

Da qui, se il serpente – Kundalini, s'intende! Non mi creda un ofita, si può ben essere gnostici rinunciando allo stesso tempo alla paccottiglia... – si sveglia, la meditazione diventa attiva, la danza strumento per la perdita del sé. Shiva chiama Dioniso, di nuovo vorticano dervisci dietro ai veli... Ma se si parla di perdita dell'ego...

Zen. Ma nei libri di Antonio ho letto...

Cosa ha letto, *sentiamo*.

Oi, calma Girolamo, eh. Ho letto che come il buddismo ha radici nell'induismo...

Eh, eh, anche qui una caduta della paccottiglia!

Mi fai finire?

Lei non ha fatto finire me, Cleopatra.

Uff, sei pesante a volte eh? Dicevo, come il buddismo ha radici nell'induismo, in realtà anche il suo "frutto più puro", lo zen, viene in realtà dallo shaivismo tantrico del kashmir, e quindi dall'Advaita Vedanta.

Non è impossibile. No. Ma dovrei rifare tutto il cerchio. Lo rifarei. Ma è costato così tanto, alla cara Nami, dipingere tutte queste scritte... Vede, dallo zen si passa al tao, naturalmente. Lì il grande rischio: l'esistenzialismo in agguato! Ma ci salva la SCIENZA...

Sicuro di questo font?

Prego?

Il carattere tipografico. Non è un filo... come dire... retrò?

Oh, per favore. Il bello è il passaggio successivo, pronta al ribaltamento? Scienza, dominio delle cause e degli effetti... Ecco porporina spuntare l'alchimia, la magia, lo stesso pensiero magico. Risalendo il cerchio si torna pagani, si va sul verde cercando un'armonia perduta col mondo, con l'universo... Sì, ma quale? Ecco perché passo a sogni, visioni, financo all'immaginazione, come possibili mezzi per una cerca. Il personale Graal di ciascuno. E così siamo di nuovo alla santità.

Io gli avevo detto di metterci anche i videogiochi!, disse Sayori, apparsa dietro di noi, e mi diede di gomito. Girolamo non ha voluto, sai?, aggiunse con un broncio ironico.

Non ho voluto perché era un'assurdità! Una inverecondа assurdità! Adesso vuoi lasciarmi in pace?

Neh su, vi ho sentiti che stavate qua a parlottare, quindi le regole della stanza erano già rotte. Cos'è, poi, questo trattamento speciale? In ogni caso, disse tirandomi fuor dallo studiolo, non era un'assurdità. Quando ero piccola, se le cose non andavano, mettevo su *Dragon Quest IX: Sentinels of the Starry Skies* e me ne stavo lì. Neanche seguivo gli obiettivi del gioco, stavo lì nella città di partenza, con la musichetta sullo sfondo, e mi sentivo a posto, come se in quel mondo così semplificato e simbolico tornassi a un'origine perduta...

Girolamo si alzò in piedi: che stupidaggine!

Eh calma, dico a Girolamo. Gli immaginari cambiano, i medium pure... Se vogliamo, comunque, mi pare che il tuo schema non tenga troppo conto del problema del male...

O di Dio, disse Nami dalla soglia.

Ma allora ditelo che vi siete date appuntamento per disturbarmi, per impedirmi di fare il punto!

Veramente, disse Nami entrando, ero venuta per finire le scritte che mancavano... Tranquillo Giro', nun ce ne può frega' de meno di Dio. Di quel Dio là, dico. Sai, Cleo, quando ero ragazzetta lo feci pure io uno schema. Stavo in una situazione che era proprio uno schifo, come tutti a diciassette anni, mi dirai, ma insomma, mi' padre aveva perso il lavoro e ci eravamo dovuti trasferire a Frosinone, non ti dico che posto di merda, non c'avevo amiche, stavo depressa e mi' madre – giuro – si era messa a pregare. Aveva riempito la casa di santini e una volta mancò poco che un cero che aveva voluto lasciare per forza acceso incendiasse il salotto. Così mi dissi che c'erano solo queste possibilità: o Dio non esisteva; o esisteva ma stava dormendo, magari per un tempo che per lui non era niente ma per noi era lunghissimo; o esisteva ma era pazzo; o esisteva ma se ne era andato in qualche altra dimensione; oppure esisteva ma era un principiante; oppure quello che chiamiamo "dio" in realtà era il diavolo e...

Questa è gnosi, cara mia. Il demiurgo malvagio e tutto quanto ne consegue.

Giro', sto parlando di una pippa che mi feci in testa da pischella. Comunque è interessante, no? Alla fine sotto sotto ce stavamo a tormenta' tutti con qualche intorto metafisico...

Per questo stiamo qui, disse Girolamo a capo basso. *E ora* vuoi aiutarmi con le scritte, se sei venuta per questa ragione? Vedi, qui "alchimia" sarebbe opportuno farlo in *italico,* sai, il corsivo rinascimentale...

Vieni, lasciamoli lavorare, mi disse Sayori. E tu che "intorto metafisico" avevi, Cleo tesoro?

Carina è carina, però, pensai. Chissà se...

Cosa guardi, Cleopatrella?

Ma niente, Sayori. Pensavo che siete un bel covo di spostati.

Pensi che non sia qui, quello che cerchi?

Non lo so neanche, cosa sto cercando.

Secondo me stai cercando qualcuno.

Dici?

Quando pensavi di venire qui, prima di finire in quella baracca, volevi incontrare la Kumari?

No, in realtà l'ho sentita nominare per la prima volta da voi. In ogni caso, penso di restare un po'.

Sììì!, mi disse sbattendo le mani, e come non farsi intenerire da un entusiasmo così... fuori luogo?

Passarono così diversi mesi. Scoprii che la battuta sullo xenodochio veniva dal fatto che quel gruppetto non era che un residuo: i più erano passati e andati via; a me, invece, non veniva da lasciare quel posto. Lo pensavo spesso, ma non mi sembrava mai il momento. L'impressione che faceva a me era di un sanatorio. E da un sanatorio si va via morte o guarite, no? Oppure se si decide che la cura è inefficace. Era efficace? Non so, di certo quel ritmo lasso, quell'assenza di regole e dogmi faceva per me. Mi tornò alla mente un passaggio di un qualche libro letto durante l'ubriacatura letteraria dell'anno precedente, dove un nonno dice al nipote che farsi ricoverare in un ospedale (o finire in prigione, o in convento) è addirittura *obbligatorio* per lo sviluppo di un pensiero profondo, per *non rimanere impigliati alla superficie delle cose*. Di certo ci fu tempo per approfondire le meditazioni. Preso atto che ormai gestivo per lo più io le sessioni, e soprattutto che dopo che tutti se ne erano andati rimanevo lì sul terrazzo due, tre, anche quattro o cinque ore, Antonio, addirittura sbalordito quando, un giorno in cui mi estorse qualche dettaglio su come ero arrivata lì, su come mi ero formata, se di formazione si poteva parlare, scoprì che non avevo mai smesso di ripetere il mantra e la preghiera dentro di me, lasciò che organizzassi proprio tutto, che decidessi io ogni aspetto degli esercizi spirituali.

Sviluppai un metodo. Ricominciai dal vipassana – la cosiddetta "mindfulness", in quanto base facile e nota a tutti. Sapevo già che l'avrei superata, dato che mi era sempre parsa politicamente sospetta, se capisci cosa intendo... Un po' come quel "microdosing" di psichedelici che emergeva proprio in quegli anni: una volta la gente prendeva l'LSD e *lasciava* il lavoro, mica lo microdosava per essere più efficiente... Così la mindfulness, che infatti proliferava in uffici e coworking e seminari di "empowerment" (e non corrisponde forse al male, il potere?), mi sembrava una *reductio ad feracitas* di una disciplina il cui scopo era e restava la trascendenza. Ma per prendere confidenza ci stava, e sarebbe stata utile, mi dicevo, se un domani avessimo avuto nuovi ospiti. Inoltre da essa si dipartiva comunque il buon ramo dello zen (sebbene le sue radici più profonde fossero nello shaivismo tantrico del Kashmir: mi ero bullata di tale nozione con Girolamo, ma in realtà parlavo quasi per sentito dire; sarebbe stata proprio Kumari, poi, a mostrarmi quella via). Tornavano utili, lì, libri "spirituali" di livello base, di cui la biblioteca di Antonio era piena, come *Lo splendore del loto* di Thich Nhat Hanh o *Meditazione pratica* di Ritajananda. Il gradino successivo, che espansi in modo abbastanza significativo, era il mantra yoga coi suoi *japa*: la ripetizione dei mantra era facile, funzionava bene (Krishna stesso è soddisfatto!) e costituiva il modo migliore per addomesticare il respiro e fermare i voli inquieti della mente. Ne provai molti, e passando dal "master mantra" – lo Ham Sa del raja yoga – e dal Pranayama (da lì si dipartiva un ramo spurio, quello della respirazione olotropica di Stanislav Grof, una delle fisse di Antonio), oltre che ovviamente dallo *Yogasutra* di Patañjali, sviluppai poi un mio approccio al chakra yoga, buona anticamera alle visualizzazioni più ardite: va da sé che i chakra non esistono, non c'è alcun corpo sottile nel senso in cui lo intendono tanti operatori, ma sono solo i modi più efficaci, da un punto di vista archetipico, per visualizzare e qualificare determinate energie e le loro affinità con vari sentimenti e parti del corpo. Coi sentimenti – inspira quelli positivi, espira quelli negativi – entrava in campo l'etica, e una volta spurgati dal cattolicesimo in eccesso e integrati col *Qoélet*, tornavano efficaci gli *Esercizi spirituali* di Ignazio di Loyola (notevole l'edizione da seminario di Antonio, datata 1948, della quale mi colpiva in particolare una frase, riportata in epigrafe: *Quali sarebbero i suoi sentimenti se il papa sopprimesse la Compagnia di Gesù?, Un quarto d'ora di preghiera, e non ci penserei più.*). Quando i chakra erano dominati e si riusciva a procedere, ecco che si poteva cominciare a parlare seriamente di kundalini yoga. Dopo, si entrava in un campo, quello del non-dualismo, in cui io stessa avevo ancora difficoltà a muovermi, ma a partire dall'inestimabile *Vivekachudamani* e da certe interviste a un Nisargadatta Maharaj, maestro non-duale e tabaccaio, che avevo scoperto nella biblioteca in forma di faldone fotocopiato, sviluppai un paio di approcci meditativi che contavo di formalizzare ed espandere, arrivando allo zen e chiudendo finalmente il cerchio col tantra, che cominciavo a studiare proprio allora...

✵

Era il primo luglio quando Antonio, arrivando in sala per la cena, annunciò che era tornato il dottor Bernardi.

Grande Berny, disse Sayori.

Era ora!, disse Girolamo.

L'Alto Adige non è un posto in cui puoi andare e tornare in giornata, disse Nami. Lo sai che sua madre era molto malata.

E io no? Ho oltremodo bisogno di una visita.

E come al solito visiterà solo te, non temere, disse Antonio a Girolamo, mettendogli una mano sulla spalla. A me riserverà la solita frase: Sei sano come un vitello! Capirai, con tutti gli acciacchi che ho!

Che tipo è?, bisbigliai a Alejandro che, seduto accanto a me, faceva la sua consueta colazione, ciucciando l'infuso di yerba mate con la sua bombilla, quella specie di cannula d'argento ficcata in una sferetta di legno.

Il dottor Bernardi? Ah, uno bravissimo a trovare i dormienti.

I dormienti?

Altrimenti detti "sonnambuli". Funghi bianchi, invernali. Deliziosi, ma ardui da scovare. Capirai, nella neve... Perché non vai una volta a fare il giro con lui?

A volte quando ero piccola mio padre mi portava, ma non ero brava. Li trovava tutti lui e mi faceva infuriare. Una volta, dopo averne trovato uno, invece di coglierlo mi indirizzò lì per farlo trovare a me. Me ne accorsi e mi infuriai anche di più.

Nessun fungo, non è stagione. Mi riferivo al giro delle visite.

*

Quando, tre giorni dopo, il dottor Bernardi venne a trovarci, arrivò in moto, e questo me lo fece stare simpatico. Mi piacque anche vederlo arrivare su una KTM 950 invece che con la classica moto da dottore (o da avvocato che *si fa la moto*: in genere la BMW R1200 GS): la "maxi enduro definitiva", bella arancione e pure schizzata di fango. Visitò Girolamo, si trattenne un po' a parlare con Nami e con Alejandro, poi andò fino all'abbazia a piedi con Antonio. Tornarono su dopo un'oretta, li incrociai andando a dar da mangiare ai polli. Mi squadrò mentre andava verso la sua moto, poi disse: Sei tu la nuova, sì? Salta su.

Così, senza che neanche glielo avessi proposto. Alejandro aveva qualcosa di profetico, oppure era una delle tante prassi balzane di quel luogo?

Dove si va?

Prima di tutto, da Loredana.

✵

Oimè, oimè.

Su Loredana, uno sforzo. Altrimenti come faccio a visitarti?

Oimè!

Ogni volta così, disse il dottor Bernardi strizzandomi l'occhio. Io ero rimasta sulla soglia di quella casa inusuale, ma forse non così inusuale lì: un edificio apparentemente umile in quanto basso, umido e male illuminato, eppure vasto e non privo di pretenziose decorazioni art déco, che doveva essere stato forse l'alloggio della servitù della villa minacciosa che si intravvedeva dopo alcune siepi di bosso e di tuia mai più potate e ormai mutate in chimere; villa che doveva esser disabitata, dato che non eravamo entrati dal cancello principale – il quale pure si vedeva, tanto grandioso che anche da lì si poteva distinguere la foggia a pavone di ciascuna anta, col capo che spuntava a far da decorazione e l'ala e la coda che formavano invece, in una sontuosa voluta, le sbarre –, ma da un vero e proprio *buco*: da un punto in cui il muretto di cinta si interrompeva, forse per un cancelletto che adesso non esisteva più, mentre nella rete subito dietro era stato aperto un varco alto quanto una persona di piccola statura: io stessa mi dovetti piegare e mi rimasero comunque dei capelli impigliati.

In quegli alloggi, che avevano un odore cattivo, come di minestra acida e siero, viveva Loredana, che ci ricevette con un Bernardo, Bernardo, Bernardo mio (lo chiamava così, trasformando il suo cognome in nome di battesimo), me le hai portate le garze?

Loredana, infatti, era una donna interamente coperta di bende, e che fosse una donna lo arguivo solo dal nome, dato che la voce era baritonale.

E questa chi *minchia* è?, aveva detto appena mi aveva vista. Il dottor Bernardi era riuscito a tranquillizzarla solo quando ero arretrata di nuovo fino alla soglia, rinunciando ad avanzare nella stanza.

Ma quella, Bernardo, Bernardo mio, *quella* chi è?, aveva continuato per un po', e alla fine si era bevuta che ero la sua nuova assistente.

Ogni tanto, però, tra un Oimè e l'altro, quando il dottore l'aveva finalmente convinta, e solo in cambio di nuove garze, a scoprire il petto allo stetoscopio, continuava a lanciarmi sguardi colmi di rancore.

Le piaci, eh, dissi al dottor Bernardi quando uscimmo.

Sì, forse era un po' gelosa. Povera Loredana, sai da quando porta quelle bende? Dall'84. Dopo l'incendio non ha più voluto mostrarsi...

Cos'ha adesso, allora?

Nulla di che, ipertensione. Anche se le condizioni psichiche non sono proprio ottimali, ma che vuoi farci? Tra l'altro, al confronto col prossimo paziente è una sobria, posata... Il dottor Bernardi mise in moto con un rombo sornione: Salta su, va' là!

✵

FIGLI DI PUTTANAAA...!

Bernardi mi guardò sorridendo divertito con gli occhi.

O' FIGLI DI PUTTANAAAA...!

C'era un omino che spuntava dall'abbaino di una cappella della chiesa abbandonata di Tosi, un paesetto poco sotto a Vallombrosa. Un omino in nero – anzi, il vestito, con quelle maniche lunghe, pareva proprio un abito talare...

Don Paolo! Tutto bene?

O' FIGLI DI TROIA E DI GRAN PUTTANAAA...!

PAOLO!
DOTTORE! CHE C'È?
CHE C'È? LA VISITA, C'È!
E QUELLA CHI GL'È?
(Oh, ma tutti con me ce l'hanno?)
CLEOPATRA! SALUTA DON PAOLO, SU!, mi gridò il dottor Bernardi, divertitissimo.
BUONGIORNO DON PAOLO!
Quello ci guardò un poco, poi ricominciò: FIGLI DI PUTTANAAA...
Vieni, Cleo, tanto lui non apre, disse Bernardi, e tirò fuori un mazzo di chiavi, ognuna con la sua etichettina di plastica.
Era il prete di qui?
No, no, tanto tempo fa era proprio a Vallombrosa, poi si è spretato... Ora sta qui, il vescovo c'ha messo una parola.
Ma con chi ce l'ha?
Eh eh... Chiediglielo, se vuoi! Dài, andiamo, che per visitarlo prima dobbiamo catturarlo.

✷

Provavo una certa ammirazione, devo ammettere, per il piglio – il gusto, quasi – con cui Bernardi affrontava quelle situazioni: eppure c'era anche qualcosa che non mi persuadeva del tutto, nella sua aderenza alla parte del "buon dottore"...
Cosa aspetti, su, muoviamoci. Il giro non è ancora finito.
Così lo seguivo, mentre scalava un sentiero ripido ma ben tenuto che portava a una casa di aspetto dignitoso, che dalla fattura e soprattutto dalla posizione doveva essere stata, un tempo, "di villeggiatura".
La coppia, molto anziana, che la abitava, conservava nell'abbigliamento, pur vecchio e in qualche modo polveroso, un'ostentata dignità borghese: lui portava il papillon, regimental, sul gilè di cachemere crema; lei degli orecchini di bella fattura, coi lapislazzuli, oltre a una giacchetta di

cammello su un maglioncino dolcevita. Ci ricevettero con del tè e dei biscotti un poco stantii, che avevano la caratteristica, che mi perturbò, di non essere i pasticcini che ti saresti aspettata in un simile contesto, ma grossi biscotti dei Barbapapà, con tanto di glassa a dare a ciascuno il colore che lo caratterizzava: cercai con lo sguardo l'arancio di Barbottina; non trovandolo presi il primo a tiro, nero, una Barbamamma a cui però era stata mangiata o si era rotta la testa.

Francesco, c'è il dottore!, disse la padrona di casa volgendosi a una porta socchiusa. E lei, signorina, è una suora?

(Una suora?!) No, sono solo un'... amica. Piacere, Cleopatra.

Leonetta Martinini. *Martinini,* non Martini. Cleopatra! Pensa un po'. Hai capito, Alfonso?

Il marito scrollò le spalle.

Via, su, andiamo un po' a vedere come sta il nostro Franz, disse Bernardi tre sorsi di tè e mezzo Barbapapà dopo.

E non stava bene, credo, il nostro Franz, perché quello che mi apparve, su un letto a cui facevano capo due specie di transenne che poi continuavano a mo' di ringhiere, simili alla sbarra che percorre la sala di una scuola di danza, in quella camera che era, poi, la camera dei giochi di un bambino degli anni '80, quello che mi apparve fu una sfortunata creatura simile, per la magrezza degli arti, la nettezza degli angoli formati dalle giunture e gli spasmi che erano i suoi movimenti, a uno spropositato ragno rossastro e lentigginoso. Aveva addosso solo le mutande.

Che fai, urlò rivolto a me mentre avanzava, a colpi di scrollate spastiche, reggendosi alla ringhiera, Che fai, non mi guardi?!

Era vero che avevo abbassato gli occhi di lato per pudore. Adesso che si avvicinava ne sentivo l'odore spesso e cattivo, come di urina sulfurea.

È sempre così con gli ospiti, disse la signora Martinini, riapparsa spettrale dietro di noi. Francesco, hai visto? C'è il dottor Bernardi! E ha portato anche un'amica, Cleopatra. Sa, Cleopatra, Francesco è dottore in giurisprudenza. E lei, invece, di cosa si occupa?, mi disse, facendomi capire con gli occhi che Francesco avrebbe apprezzato che rispondessi rivolta a lui.

Io? Uhm, sono... sociologa.

Socio... logia, disse Francesco facendo delle smorfie mostruose e lasciando calare un filo di bava che fece una pozzetta a terra (e che la signora Martinini si affrettò a pulire con un fazzoletto di cotone ricamato, che poi alzò riprendendo su su il filo di bava fino a pulirgli il lato della bocca), Socio... logia... Cioè... Scienze... po... litiche?

Sì, Scienze politiche. A Firenze. Cesare Alfieri.

Una... fa... coltà... fa... cile!

(Ma senti questo!) Tutto è facile se ti piace, dissi.

La signora Martinini mi guardò come se la risposta fosse né più né meno *sbagliata*. Anche Bernardi mosse appena il capo di lato. Così aggiunsi: Ma, certo, è più facile di Giurisprudenza.

Per... ché... è una fa... coltà... del... cazzo!

Francesco! Non si parla così agli ospiti!, disse la signora Martinini mentre quello se la ridacchiava sbavando. Venga, Cleopatra, che le verso un altro po' di tè.

Vede, disse la signora Martinini quando seppe, nella perfetta conoscenza di un rito che arrivava a cadenzare, suono impercettibile dopo suono impercettibile, con piccoli movimenti del capo, che il dottor Bernardi stava finendo di visitare il figlio, Francesco è un po' scontroso, ma sentisse come suona! Gli angeli musicanti, disse così tua sorella, vero Alfonso? Del resto è sempre stato dotato, legge la musica come io e lei l'alfabeto, ci crede?

Non so, io mica lo leggo troppo bene, l'alfabeto.

Ah, ah, che simpatica, Cleopatra! Vero, Alfonso? E cosa fa qui? A parte aiutare il dottore, si capisce.

Mah, guardi, mi sono fermata un po' al Paradisino...

Ah, disse la signora Martinini, e più non fiatò. Si rianimò un minuto dopo, quando Bernardi uscì dalla cameretta: Dottore, ho parlato a Cleopatra del talento speciale di Francesco, avete tempo per una sonata? Facciamo Hindemith, eh Francesco?, disse rivolta verso la porta della cameretta. Alfonso, su, aiutalo a vestirsi, aggiunse, e gorgheggiando un La la la... andò verso il fondo della stanza, dove sollevò il copritastiera da un bel pianoforte a muro.

Così ecco Bernardi, Alfonso e io, le sedie imbottite posizionate in fila, a mo' di auditorio, che ascoltiamo la base decorosa di pianoforte della signora Martinini, su cui Francesco, appoggiato anzi incagliato con la schiena magrissima nell'angolo tra il muro e il pianoforte e con le dita che non riuscivano neanche a prendere sempre i tasti della tromba, emetteva a singhiozzo suoni ora impercettibili, ora laceranti. Ero così allibita che il computo delle mie emozioni mi sfuggiva; ma quando uscimmo mi venne un singhiozzo, e mi scoprii con gli occhi bagnati.

Bernardi mi prese per la spalla e mi disse che mi avrebbe riportata al Paradisino, che tanto i prossimi erano solo i soliti vecchi col raffreddore.

Per fortuna, disse montando sulla moto, che i suoi genitori stanno bene, se non ci fossero loro finirebbe da don Opilione, e non regge, da don Opilione, uno orgoglioso come lui...

Sociologa. Ero ancora quello?

✵

Mentre la vita al Paradisino si adattava all'arrivo dell'estate e le giornate, già liberatesi da quel continuo spaccar legna, si riempivano di attività più rilassanti come la raccolta delle more e dei lamponi, passammo a forme di meditazione più attiva: venne per due giorni un maestro di astanga yoga da Arezzo, ridanciano e tutto dinoccolato; spesso si andava al "prato dei Cavalli", una distesa d'erba alta circondata da querce che era stata, un tempo, il rettangolo di un maneggio. Si meditava, ma si giocava anche: di fatto erano spensierati pic-nic, in quei luoghi che erano solo nostri; Sayori portava il frisbee, Alejandro sfoderò due boomerang originali australiani, e a quel punto non potei fare a meno di andare in paese e comprare un pallone. E ancora più bello, col caldo, era scendere alle vasche di Gorgiti... Bella vita... Compensavo migliorando ogni settimana l'organizzazione delle sessioni di meditazione e non smettendo mai, dentro di me, di recitare il mantra: anzi, *di essere recitata dal mantra*.

Bernardi mi portò di nuovo a fare il "giro". Questa volta, dopo essere stati dai Martinini, mi chiese se volevo vedere una cosa. Pensavo si riferisse a quel fantomatico don Opilione; invece, tornando verso il Paradisino, imboccò con la moto una viuzza nella foresta, presto rivelatasi breve. Ci ritrovammo in una radura coperta, al centro della quale stava un piccolo bastione circolare di pietre muschiose, al centro del quale sorgeva un albero piuttosto poderoso, coperto dello stesso muschio smeraldino fino a metà del tronco, che poi svettava biancastro, gettando rami e fronde già estive. In fondo alla radura c'era una piccola cappella col cancelletto aperto e un ocello ovale sul timpano.

Il faggio santo, mi disse Bernardi. Lo conoscevi? Qui san Gualberto, fondatore dell'ordine vallombrosano, durante la sua lotta contro i simoniaci di Firenze... Ehi, Cleopatra! Dove vai, non ho finito!

Mi ero già infilata nella cappella: c'era un affresco illeggibile e un altare, o meglio un grosso davanzale, con alcuni ceri spenti e una miriade di foglietti ripiegati sparsi attorno; altri erano appoggiati sulla cornice in rilievo dell'affresco; altri ancora occupavano il piatto dei due bracieri di ferro battuto ai lati; e ce n'erano anche per terra e appiccicati alle pareti con un pezzetto di scotch o una puntina da disegno.

Ah, certo, i bigliettini, mi disse Bernardi, arrivato dietro di me. La gente ancora oggi viene, dice una preghiera, chiede una grazia... oppure esprime direttamente un desiderio. Naturalmente non vanno aperti o si rompe l'incantesimo, mi dice con un sorriso ironico.

Mi guardai intorno, un po' intenerita da quella forma di devozione così infantile e di fatto sovrapposta alla superstizione, in cui il principio divino era un'agenzia a cui far pervenire richieste, eppure sincera proprio nella sua elementarità; al muro ce n'era uno che era stato *affisso* aperto, con quattro puntine agli angoli, e per di più era scritto a macchina:

> Premesso che mi rivolgo a Lei in quanto figura mitologica, astrazione e - qui - proiezione dell'atto-desiderante, ritengo tuttavia che la trasparenza da parte del recante la questua sia sempre d'obbligo, e quindi...

Questo l'ha scritto Girolamo, sicuro!

Sei perspicace.

Ah! Subito mi andò l'occhio su un foglietto di carta da disegno avoriata, perfettamente ripiegata, siglata col disegno di un cuore trafitto da uno stiletto e chiusa con un nastrino nero. Nami... E questi... Noto che sul lato destro del davanzale ci sono almeno venti post-it fluorescenti minutamente ripiegati.

Esatto, di Sayori. Bel gabbione di soggetti, il Paradisino, eh?, disse Bernardi avvicinandosi, invero, un po' troppo. Subito mi spostai. Poi dissi: E tu, che ci fai qua?

Io? Fece un mezzo passo indietro, come assumendo un candore nuovo. Poi disse: Sono stato, come si diceva una volta, malato di nervi. Da ciò la volontà di abbandonare il mio reparto, che, ironicamente, era proprio psichiatria. Non sai quanta fatica costi diventare medico condotto se non lo sei già dall'inizio... C'è tutto il tempo per rimediare un *secondo* esaurimento, disse abbassando la voce. Poi parve in imbarazzo e, come troppo svelato, si ricompose, rimise su il sorrisetto e disse Su, tempo di riportarti al Paradisino. Vediamo se a profezie posso competere con Jessica.

Chi è Jessica?

La conoscerai.

Quasi non fece in tempo a dire agli altri, tutti in cortile a spezzare e ammucchiar legna, che il ritardo (non notato da nessuno) si doveva al fatto che mi aveva portata al Faggio, che subito Antonio indisse una passeggiata in Secchieta.

✱

Mentre camminavamo, Alejandro mi spiegò che le passeggiate in Secchieta e a Massa Nera erano il vero pallino di Antonio, e solo dopo una brutta caduta ne aveva ridotto la frequenza; era in effetti un bel po' zoppo: se di solito riusciva a dissimularlo, salendo per quella mulattiera la scianca si accentuava sempre di più, fino a fargli prendere un'andatura scomposta, quasi spastica, ma senza che la velocità e l'ampiezza del suo passo ne fossero compromesse, e mentre ascendeva parlava, parlava... Parlava di Thoreau e di Jünger, del *Pan* di Hamsun e del *Grande dio Pan* di Machen, della meditazione camminata di Thich Nhat Hanh e degli esercizi spirituali, anch'essi dinamici, dei vallombrosani e di quando da giovane era andato in seminario, "ma solo per prendere il diploma"; parlava ma soprattutto si beava di noi, ci guardava e si diceva pacificato dal fatto che, seppur andassimo su assieme e dormissimo sotto lo stesso tetto, non fossimo suoi figli né suoi adepti e lo considerassimo nostro pari, se non *il buffo vecchio che era con noi*... O almeno così diceva, finché Sayori disse Per forza, noi ormai siamo adepti di Cleo!, e gli lanciò uno strobilo di tuia, una di quelle ghiandine, prendendolo pieno sulla zucca e facendolo infuriare...

Salivamo nella foresta (ecco Macinaia!), tra lazzi e risate, finché, più o meno quando lo scarpinare si era fatto così intenso e continuato da metter fine a ogni celia, la vegetazione non prese a farsi più rada e sparsa, e ci trovammo nello scenario spoglio, lunare, quasi lugubre nonostante l'orizzonte sterminato attorno, di Secchieta: brullolanda in cui a malapena attaccavano chiazze d'erba ingiallita; antenne e ripetitori civili e militari sullo sfondo; davanti a noi edifici alti e rossicci, senza finestre, che potevano essere fienili, e poco più sotto bassi edifici di cemento dall'aria abbandonata che mimavano nell'architettura scalena le forme di un residence alpino. Solo molto più in là cominciavano le spianate dei pascoli.

Poco dopo eravamo sparpagliati, a centinaia di metri l'uno dall'altra: dal prato ripido e punteggiato di cardi che mi ero scelta potevo vedere il puntino rosa della testa di Sayori, la linea nera costituita da Nami, il blu della vecchia giacca a vento di Girolamo. Solo Alejandro non si era mosso e stava ancora lì, all'imbocco di Secchieta, vicino a un piccolo bunker dotato di radar, non si capiva se attivo o abbandonato; raggiunsi Antonio, seminascosto dalla struttura che era andato a guardare da vicino, una specie di tozzo pilastro simile alla cima di un obelisco conficcato nel suolo; quasi uno *Shiva lingam*, a ripensarci.

Che ti guardi?

Leggi...

A PRIMAVERA DEL QUARANTAQUATTRO
FORTI REPARTI NEMICI ATTACCATO
IL PICCOLO PRESIDIO
DI SECCHIETA
LO SOPRAFFACEVANO IN COMBATTIMENTO
NELL'AVVERSA GIORNATA CADDERO
SU QUESTA PIETRAIA
UNDICI UOMINI DEL PRESIDIO
ANCHE PER NOI LA LORO MORTE
ANCHE A NOI IL LORO SACRIFICIO

Quel breve barlume di dignità, disse Antonio: *tutta luce, memorabile coscienza / di sole. Non poté mai sfiorire, / neanche per un istante, neanche quando / l'Europa tremò nella più morta vigilia*... Che illuso.

Cos'è... Pasolini? La buttai là. La buttavo *sempre* là.

Ah, dolce Cleopatra, quanto è raro trovare qualcuno, oggi, preparato! Guarda là sotto, vedi quel rudere di ferro? Neanche vent'anni dopo la sepoltura di quei partigiani fu costruito lo skilift. Lo skilift, ci pensi? Nel 1986 era già chiuso. Non c'era mai la neve, non c'erano la pendenza giusta, lo spazio, niente. Ma lo vollero costruire. Qua, dalla nostra piccola prospettiva, gli anni Ottanta finirono già quando stavano a metà, e quel mondo di belle promesse cominciò anzitempo a disfarsi...

Seguii i suoi occhi verso l'orizzonte: si intravvedevano, coperti da una lieve foschia, quelli che dovevano essere i paesi del Valdarno: spenti e bianchicci, sembravano sputi. Pensai alla mia famiglia: una vera avanguardia, nel passare da borghesi a proletari già allora...

Sai perché, quando, di fronte a un tale sfaldamento, cominciai a interessarmi a questa faccenda del misticismo, trovai conforto, come tutti del resto, nell'India, nelle sue tradizioni? Per anni ho creduto fosse per le tecniche: una volta ero ingegnere e mi seduceva, credevo, l'idea che la grazia potesse non venire dall'arbitrio del Dio, ma dall'applicazione corretta di tecniche e dispositivi. Un certo modo di respirare, un certo mantra, un certo modo di visualizzare, organizzati in infinite tassonomie... Nah. Da qualche anno ho capito: è che la Gerusalemme celeste è una presa per i fondelli. Il Kali Yuga, invece, l'era delle tenebre, della discordia e dell'ipocrisia: ecco qualcosa con cui è possibile rapportarsi, qualcosa di sincero. E lo sai quanto durerà? Mancano giusto quattrocentoventiseimilaottocentottantadue anni. Quanta sensatezza in queste cifre inconcepibili, in questa continua messa in prospettiva dell'uomo e dei suoi secoli, e quanta aderenza all'oggi, a questo mondo nostro, questa nostra piccolissima era, già sfarinata, guasta, sputtanata...

✵

Sentii mio padre un paio di volte, col telefono del bar del paese dato che il mio aveva finito il credito e non lo avevo ricaricato né più acceso, e un altro paio di volte scesi a trovarlo con la moto – incredibile che l'avessi dimenticata lì a Macinaia, o forse *credibile*: segno di esser giunta a un valido approdo. Il fatto che fossi a Vallombrosa, luogo che gli era familiare, lo rassicurava. O forse gli bastava che non fossi in una baracca a morire di freddo, chissà.

Finì che una specie di assistente del dottore lo divenni davvero, visto che lo accompagnavo nel giro ogni volta, e allo scoccare dell'autunno mi portò pure di là. Da don Opilione. Le prime due volte mi aveva lasciato nel giardino, un prato quadrato delimitato da muri nudi ai cui angoli stavano pilastri assommitati da pigne di terracotta, in cui passavano le giornate a coglier vesce, rincorrer cavolaie e fissare il nulla, sorvegliati con bonomia da una suora alla finestra, Gigi e Marietto, due uomini resi eternamente fanciulli dalla malattia, coi quali avevo imparato a intrattenermi in attesa dell'uscita del dottore.

Cleopatra, Cleopatra! Ma te, ci sei mai stata alla Coop?

Io? So' stata pure all'Esselunga!

Seh! E all'Ipercoop?

Eh certo! È a Montevarchi.

Quella di Montevarchi non è più *iper*.

No?

Declassata a centro Coop. Bella eh, però? Tutta quella distribuzione. Io sto tranquillo, perché c'è la distribuzione.

Ti trovi bene, eh, coi ragazzi, mi disse Bernardi.

Mi trovo bene *con Gigi*; con Marietto meno, visto che mi salta sempre addosso.

Su su, stavolta neanche c'è stato bisogno di staccartelo... Salutali, stavolta entri anche tu, mi disse quando le suore – suore che, nel ricordo, mi appaiono come il controllore di *Galaxy Express 999*: piccole ed enigmatiche, coi soli occhi visibili sotto la cornetta bianca (e strano, poi, che usassero ancora un simile copricapo... Nah, dovevano essere solo normali suorine...) – gli vennero incontro.

Qua serve un po' più di forza d'animo. Sai, c'è molta sofferenza...

Dottore! Me l'ha portato i' vino?

Comparve un nano con un cappello da alpino, il grugno di un cucciolo di gorilla, ma rosso, anzi viola: non un capillare che non fosse esploso, con la couperose a formare un reticolo che arrivava alle orecchie e al collo.

Ma Ercolino, il vino ti fa male.

E allora io bevo i' profumo...

No, il profumo no! Me l'hai promesso, disse Bernardi interpretando quella che appariva come una pantomima perfettamente nota, programmata.

E io lo bevo!

No, allora, forse... disse, guardandosi intorno in modo teatrale, e poi tirò fuori dalla tasca della giacca una bottiglietta di Chianti Rufina da 37.5 cl, Ercolino che batteva le manine storpie tutto contento.

Procedevamo, in quei corridoi col pavimento di marmo giallastro, puliti fino a sembrare uno specchio d'acqua eppure squallidi per le misere porte di legno dipinto di bianco, per i rari quadretti con disegni infantili, per quell'aria all'amuchina... In una stanza senza etichetta e con la porta aperta, una donna seduta a gambe incrociate in mezzo al letto, con i capelli grigi sciolti e gli occhi incassati nel teschio, ci guardò e disse: Portatemi via.

Buongiorno, Maddalena.

Dottore. Mi portate via?

Sono venuto per visitare Jessica.

Ma può dire a quelli di portarmi via? Signorina, mi fece, io qui non ci devo stare, ha capito?

Guardai Bernardi, che alzò le sopracciglia.

Capito, signorina?

Uh, guardi...

Non mi dia del lei, io 'un conto nulla. Infatti hanno sbagliato e mi hanno messo qui. Le pare giusto? No, dico, le pare normale?

Vieni, Cleo. Maddalena, ne parlerò con la badessa.

Grazie, dottore. Però lo faccia!

Poveretta, dissi mentre svoltavamo in un altro corridoio e da lì salivamo due rampe di scale, la giornata che ora si mostrava luccicante, di là dalla finestra. Pensa se avesse ragione lei!

Chissà, forse *ha* ragione lei. Conosci l'esperimento di Rosenhan? Otto tizi finsero di essere schizofrenici e si fecero internare. Non ne beccarono nessuno. Fosse stato per i medici, quelli in manicomio ci rimanevano... Oh, eccoci. La stanza D.

Non ero mai stata, capii in quel momento, una persona troppo "di cuore": ma cosa c'è che più lo fa stringere di qualcuno su cui la natura, o la sorte, si sono accanite con tanta ferocia – cosa c'è di più penoso di un *mostro*?

Questo dio intuisce ogni intuire.

Ci accolse, anzi *mi* accolse, con queste parole, Jessica. Un nome un po' tamarro, a maggior beffa per il suo stato tremendo. Per il suo stato tanto osceno che non potei sopprimere il pianto. Quasi tutto, in quel corpo, mancava, e quel poco che c'era non era al suo posto; di troppo, invece, c'era l'abbozzo – più che abbozzo, l'ombra: ma come lo vedevi non potevi più confonderlo per pieghe della pelle, cicatrici o chissà cos'altro – di un secondo volto, una sorella gemella mai sviluppata. Stava lì, potremmo dire nascosta, o custodita, in quella stanza, in quell'edificio: se mai vi fu qualcosa di simile a un oracolo, nel mondo nostro e moderno, mi parve lei, "Jessica con la J", come mi avrebbe detto qualche settimana più in là, con un ghigno amaro, di piena consapevolezza del portato "normale" e un poco goffo di quella frase, una volta che le avrei dato una mano a scrivere una lettera (aveva, Jessica, una corrispondenza con gente che le chiedeva profezie, dopo che tramite Bernardi aveva diffuso il suo indirizzo in certe riviste di astrologia e new age), Jessica che ogni volta che qualcuno entrava si inventava una frase: era un modo per dare un senso alla sua natura, per attirare l'attenzione? Forse. Bernardi mi spiegò che prima o poi, se avessimo fatto amicizia, mi avrebbe anche regalato una profezia personalizzata... Quello che conta – rispetto a quel momento – è che andai lì e l'abbracciai.

✵

Ah, eccoti. Finalmente. Ti avevo pure cercata, ma...

...

Che c'hai da guardare, dietro a quei culi di bottiglia? Non sono stata brava? Ah, ho capito: pensi che l'abbia fatto per te.

Io non ho detto niente.

Cosa vuoi da me, Simone? Vuoi che mi ciucci la crosta di un lebbroso come santa Caterina? Guarda che a me le stimmate non le ha mandate nessuno.

Anche le sue si videro solo dopo la morte: probabile gliele avessero fatte quelli della sua "brigata" con un coltellaccio.

Non è da te dire cose del genere.

Forse sto solo riflettendo una tua tensione. Da brava tulpa.

Non prendermi in giro.

Non ti prendo in giro, il tuo percorso mi sta a cuore.

Davvero?

Lo merita. In questo ha ragione Antonio. Anche a lui sta a cuore, mi pare.

Antonio? Che ha detto?

Non ha importanza, sotto sotto lo hai già capito. Ti dico, invece, che solo da una visione chiara delle fatiche che separano il progetto dalla messa in opera derivano la temperanza e il coraggio, virtù senza le quali la vita è solo un delirio vergognoso. Virtù che tu hai. Altro che Caterina, quella papista... "dolce Cristo in terra"... *Puah!*

Ti ringrazio, ma non so se è vero. Magari sono solo una borghese con una crisi.

Ma tu non sei più una borghese. Hai rinunciato a tutto, no?

Forse...

Guarda dentro di te.

...

Dunque, non si può neanche parlare di crisi, ma di risveglio.

Parli bene tu, eri più matta di me...

Era vero, pensavo quella sera facendomi il letto, che c'era un "ma", un grosso, enorme "ma" che non valeva solo per me. Antonio aveva la pensione. Girolamo la minima, ma comunque arrivava tutti i mesi. Alejandro, dicevano tutti che era pieno di soldi per via della rendita di certi terreni in Cile. Nami stava qua, ma il suo studio continuava a disegnar roba addosso alla gente a caro prezzo. Giusto Sayori non c'aveva una lira, visto che io continuavo tranquillamente a percepire il mio stipendio da ricercatrice. Sebbene la vita fosse frugale, frugalissima, la spesa, una volta la settimana giù a Pontassieve, veniva fatta; se a qualcuno si sfondava una scarpa o si lacerava un giubbetto, venivano ricomprati... Insomma, a parte Sayori, che "stava in comunità" – e potevi ben dirlo, visto che in fin dei conti era venuta qua per togliersi di dosso una doppia dipendenza –, eravamo tutti in vacanza. In "buen retiro", toh, come sornionamente, quasi a ricordarci questo *peccato originale*, diceva a volte Alejandro.

Valutavo che lasciare il lavoro sarebbe stato un brutto gesto nei confronti di Laura, visto che dividevamo l'affitto, e senza la mia metà quella casa in piazza Donatello non se la sarebbe potuta permettere; ora, poi, che aveva perso il lavoro, equivaleva a sfrattarla. Dall'altro lato, però, mantenerlo, oltre a essere una presa in giro nei confronti di Franca, che troppo buona aveva fin lì nascosto la mia sparizione alla facoltà, lo era nei confronti di me stessa: quanto poteva essere ipocrita la mia ricerca, il mio *abbandono*, se la effettuavo nella nozione di avere, comunque, il culo parato? Certo, vivere di elemosine, per quanto Buddha dicesse che era un buon modo per apprendere l'umiltà, era forse troppo per me: ero pronta a rinunciare a quell'ultimo baluardo di dignità non solo borghese, ma anche working-class? A Zeitzé se l'erano risolta tramutandola, con la capacità che da sempre i cattolici hanno di farlo, in più dignitose (e di certo più ricche) *donazioni*, ma per il resto non era certo casuale che altrove, tanto tra gli Hare Krishna quanto tra i Folletti o a Esmeralda, una delle prime cose su cui gli abitanti mettevano l'accento di fronte al visitatore era l'autosufficienza energetica, alimentare, produttiva delle comunità.

L'indomani presi la moto, scesi a Pontassieve, entrai al Monte dei Paschi e bonificai a Laura tutti i miei risparmi, 12.000 euro, un cazzo ma comunque abbastanza per permetterle di pagare l'affitto finché non avesse trovato un posto suo (mi tenni solo quel che usciva dalla cifra tonda, 766 euro che mi sarebbero potuti servire in caso di viaggi o imprevisti) e chiamai Franca per dirle che davo le dimissioni. All'inizio non mi diede retta, ma quando le spiegai che, sì, erano vere e irrevocabili e immediate, non la prese bene, credo, dato che si mise a strillare come un falco, lei che mai prima di allora avevo sentito alzare la voce.

*

Mi fa piacere vederti su così presto. Vogliamo fare due asana extra prima che arrivino gli altri?

C'è qualcosa che devi dirmi?

Io? Cosa dovrei mai doverti dire, di grazia? Mi piace il modo in cui ti sei integrata qui. Fossi stato più giovane, mi sarebbe spiaciuto, vedermi passare avanti così...

Passare avanti?

Ma sì, io, vedi, dolce Cleopatra...

Puoi farla finita con quel "dolce"? Non è divertente.

Io, vedi, *aspra e irta, puntuta, spigolosa Cleopatra*, ho vissuto tutta la vita con un problema: che gli altri si aspettavano da me che stessi avanti a loro...

Immagino.

Non alzare gli occhi così! Non credermi, se preferisci. So che capisci cosa intendo, perché anche tu sei così. E mi fa piacere vedere come tutti, adesso, qui in questo strambo romitaggio – è a causa tua che non dico xenodochio, giacché da quando sei arrivata nessuno lo ha lasciato! –, pendano dalle tue labbra. Oh, buongiorno Nami!

Ciao Antonio, ciao Cleo!

Va bene, stanno arrivando. Dimmi quel che devi dirmi.

Al che Antonio fece una faccia che suggeriva che, davvero, non aveva niente da dirmi, ma sentiva forse la pressione, o meglio era abbastanza vecchio da sentirla, fatto sta che ci rimuginò un poco su mentre arrivava anche Sayori – Che fate, bambini? – e disse, piano: Forse ti riferisci a Bernardi... Sì, gli ho suggerito io di portarti a fare il giro, subito. E sai perché? Perché credo che il tuo percorso abbia qualche possibilità. Qualche possibilità *vera*. Non siamo forse, tutti noi, cresciuti nell'infondata convinzione di essere speciali? Tu no. Anche per questo ce la farai: perché a differenza di me e degli altri, ti chiedi: Signore, perché proprio io?

Sarebbe bello pensarlo davvero, mi dissi, ma non ho creduto, a volte, anch'io di essere speciale? *Perché tu sei speciale*, mi disse questo il babbo, quando gli chiesi perché io avessi il costume di Bradamante, cos'era, carnevale... Vogliamo dire '86? Avevo tre compagni che si erano vestiti da Tenerone, un orrido pupazzo rosa della tv, mentre quello che ebbe l'intuizione più felice, il Garuglieri, si era vestito da Mago Galbusera, l'ineffabile protagonista di certe pubblicità di biscotti, e fu accolto da un'ovazione... Io capivo che c'era dell'amore, e della perizia, nel gesto di mio padre di farmi, col cartoncino Bristol e gli spray color argento e amaranto metallizzato, l'armatura di Bradamante dell'*Orlando furioso*; pure, invidiavo quei Teneroni e quel Mago Galbusera.

Arrivarono anche Girolamo e Alejandro, con la sua vestaglia di tulle viola, così cominciammo gli esercizi spirituali con i consueti tre AUM, e non dissi ad Antonio il "mi stai manipolando" che avrei voluto: le sue parole, quando la mia preoccupazione era se mai potessi, *col mio punto di partenza*, arrivare davvero a qualcosa, una preoccupazione che mi accompagnava ogni mattina e ogni pomeriggio e ogni sera, be' le sue parole, adesso, erano come miele. Era un modo per esercitare un potere? Sicuro, ma anche per trasferirlo, per farne nascere uno, forse, migliore...

✵

Le visite, da don Opilione, erano da sempre limitate, "per non agitare gli ospiti". Ma persuasi Bernardi, e lui persuase le suorine, che a Jessica faceva bene avere un'amica (anzi più di una, dato che a volte prendevo la moto anch'io e mi portavo Sayori, che mi pareva un po' in sbattimento), e presi ad andarla a trovare ogni settimana, alla fine del giro.

Così passarono altri quattro mesi. Ci fu chi arrivò, ma nessuno si trattenne più di qualche giorno. Alla fine eravamo sempre noi sei. L'ultima settimana del quarto mese, Jessica mi fece la profezia. Mi disse:

Allontanamento.

✵

Il bello è che due giorni prima era stata Sayori a venire a parlarmi, a dirmi che era preoccupata per Nami, che la sentiva depressa. Così, quando vidi che non si presentava per cena, mi preoccupai: in realtà non c'era nessuna delle due, ma insomma, Sayori a cena (ma pure a pranzo e la mattina per gli asana) era sempre in ritardo, mentre Nami era come mio padre, una di quelle persone che prima di ritardare un minuto preferiscono arrivare un quarto d'ora in anticipo. Mi sembrò di avere un presentimento – nell'isolamento si sarà più vicini all'assoluto ma si è anche più suggestionabili, e si fa presto a scambiare la suggestione per sensibilità –, così mi alzai di colpo, e mentre Girolamo diceva Calma, calma, bisogna stare calmi, è importante stare calmi, siamo tutti troppo agitati, mi lanciai per le scale ed entrai, o meglio feci irruzione, nella cella di Nami.

Era lì che ripassava un disegno a china, tranquilla: Oh, Cleo. Che succede?

Scusa, dissi, è che non ti vedevo arrivare...

C'hai ragione, disse togliendosi le cuffie. È che ho ripreso a disegnare. Volevo fini' questo, mi dice, e mi mostra un volto di donna in stile "old school", circondato di rovi e rose selvatiche.

Bello! Bof, meglio così. Scusami, chissà cosa mi è preso... Vado a chiamare Sayori e poi andiamo a cena, ok? Girolamo è già in agitazione.

Se dovessimo sta' dietro alle agitazioni di Girolamo..., sorrise appena Nami, poi si rimise le cuffie e intinse il pennellino nel calamaio per dare l'ultima passata ai capelli della donna.

Animo Sayori, muovi le chiappe. Dissi così, entrando senza neanche bussare. Immagina come ci rimasi quando la vidi per terra in mezzo alla stanza, con il sangue che dal polso in vista le colava sul pavimento.

Uh madonna! NAMI!, chiamai e intanto provai a tirare su Sayori. Era inerte, però notai che di sangue ne era uscito poco, troppo poco, a occhio, per averla ridotta in quelle condizioni. Sentii il cuore. C'era. La scossi, ma il capo le andò all'indietro in un modo proprio brutto.

Sayori! Brutta cretina, dài!

Niente, aveva gli occhi all'indietro. Eppure... I polsi erano sì tagliati ma avevano già fatto crosta, sul comodino c'era un rasoio da depilazione da cui aveva strappato le lame, piccole, troppo piccole forse per tagliare bene una vena, mica come le vecchie lamette... O' allora? Nami! NAMI VIENI QUA!

Poi mi accorsi che sul comodino c'era anche un blister di Xanax, due. Vuoti.

Ohi ohi, non ti bastavano le lamette eh?

Non so, pensai che non c'era tempo, o forse che gli altri avrebbero fatto casino, fatto sta che le cacciai due dita in gola e percepii un piccolo rigurgito. Allora la tirai su e la appoggiai con la pancia su una sedia. Riprovai, ancora più a fondo. Ebbe uno scossone e mi vomitò una schiumiccia bianca nella mano. Dài cazzo! Ancora. Ancora!

Quando arrivarono Antonio e Girolamo assieme a Nami, stava riprendendo coscienza: Ehh... Sempre... detto... che lo Xanax... non fa nulla...

Io soppressi le lacrime e la abbracciai, anche se avrei voluto mollarle un paio di schiaffoni. Ci pensai un attimo. Gliene mollai uno, bello pieno.

Ahia! Cazzo fai!

Eh, volevo vedere se eri pienamente cosciente. Vieni, mettiti a letto, ti do un po' d'acqua e poi rivomitiamo... Voi, cosa state lì impalati? Andate giù e mettete sul fuoco la moka grande!

*

Si ricominciava a stare al chiuso mentre una prima neve, molto timida, spolverava le cime degli abeti alla distanza. Un giorno, mentre cercavo di capire qualcosa – a partire dalla biblioteca di Antonio, che scoprivo clamorosamente incompleta – dei punti d'incontro tra dottrine tantriche e buddismo vajrayana, mi resi conto che ormai lo studiolo era diventato *il mio studio*, e che la tarda mattinata era diventata una specie di momento dei ricevimenti: quando qualcuno aveva un pensiero, veniva a parlarne con Cleo...

Che c'è, Nami?

Ma nulla, volevo fa' du' chiacchiere. Tu non ce li hai mai dei dubbi, eh?

Io? Mi viene da ridere... Tutta la mia vita è un dubbio, ormai.

Non ne dai l'impressione.

No?

Mai. Ma è normale, alla fine non damo mai l'impressione de nulla. Per dire, te sembro giù?

Ma che ne so, l'ultima volta fu Sayori a dirmi che ti vedeva giù, e sappiamo com'è andata.

Lo sono.

Vuoi andartene?

Se per prima cosa pensi questo, vuol dire che sei tu che vuoi andartene.

Ma che pensiero contorto è?

Non ci pensi mai alle persone che ti sei lasciata dietro?

Io? Se ci penso vado nel bosco e mi butto in un canalone, Nami. Ho cominciato tutto questo casino per il senso di colpa di aver abbandonato una persona...

Emma?

E tu cosa ne sai?

Sayori ne parla sempre. Le hai raccontato qualcosa, no?

Ah, boh, forse all'inizio, quando ero appena arrivata.

Per me è gelosa. Nel senso: gelosa del fatto che qualcuno abbia potuto scatenare in te decisioni, reazioni...

Io un giorno vorrei capire *come* mi vedete, voi quassù. Comunque, alla fine l'unica cosa concreta che ho ottenuto finora è stato abbandonarne un'altra, di persona.

E allora non abbandonare anche noi! Non credi che Sayori, in fondo, avesse paura che te ne andassi?

Ma che vi prende, oh? A parte che non è la stessa cosa, ma chi vi abbandona, ma che paura è?

Io un po' ne ho. Da quando sei arrivata tu, questo posto ha acquistato... Non so, un senso più profondo.

Voi siete cappottate, figlie mie. Sicura non sia tutto questo stare al chiuso? Forse dovremmo chiamare un maestro esterno per uscire un po' dalla routine? E se chiamassimo quella Kumari? Io non l'ho mai...

Non lo so, non lo so, Cleo. Forse è solo che mi manca tatuare. Forse sono io che devo cominciare a fa' le valigie, sai? Quasi non ricordo più il mio nome vero...

Ma cos'era poi questa storia dei nomi?

Una trovata di Girolamo. Una volta venne un maestro di yoga da una comunità tipo de Osho, che alla fine del seminario voleva darci dei nomi tutti suoi... La cosa ci fece ride, cioè, ma che vòi, no? Così io, Sayori e Girolamo decidemmo di farlo, ma per conto nostro, e alla fine se so' appiccicati, non so, forse una ragione, per dare nomi nuovi a chi comincia, come dicono quelli, "un percorso", c'è... Comunque oh, tanti bei discorsi, la fuga, e poi mi ritrovo qua a pensa' che magari la mia, di realizzazione, il *dharma*, toh, passa attraverso il lavoro, anvedi l'ironia... Non vuoi che te ne faccia uno? Gratis, eh.

A me? Fallo a Sayori!

Gliene ho già fatti nove, ha detto che non ne vuole più. Così, se per caso me ne vado davvero, ti lascio un ricordo.

Ho sempre pensato che perdere tempo per andare a sentir male fosse una bischerata.

Se vuoi vederla così! Ma da quando sto qua ho capito che 'sta cosa, diventata così frivola, diventata una moda al pari dell'abbigliamento, un contenuto spirituale ce l'ha.

Non tirarmi fuori la solita zuppa tribale. Il sangue, l'iniziazione...

No, no. Quello che volevo dire è che in realtà, per chi sa guardare, non è che valorizzano il corpo: lo svalutano. Lo rimettono al posto suo: guscio, veicolo. Non tempio ma vestibolo.

Va bene, fammelo.

Lo dici solo per farmi piacere.

E se fosse? Mi fa piacere, farti piacere.

Cosa vuoi che ti faccia?
Decidi tu.
Ma come!
Non vogliamo svalutare il corpo? Basta che non mi fai una scritta cinese che in realtà vuol dire "tagliolini al maiale"...
Va bene, siccome come dice Sayori sei il "capo"... togliti la camicetta, va'.
Solo verso la fine, come se il resistere a quello scavare nella mia pelle avesse bruciato più calorie del normale, ebbi un piccolo calo di zuccheri e da lì il dolore aumentò fino a farmi tremare le gambe. Ancora un po' e finiamo, disse Nami, e il suo "un po'" era un'oretta buona, ma ressi tranquilla, sebbene *un po'* svarionata. Quando guardai nello specchio e mi ritrovai un'enorme divinità furiosa ancora stillante sangue incisa sulla pelle, con zanne e sciabola sguainata e lingua fuori, rimasi un po' interdetta: Uh, madonna. Speravo in qualcosa di più pacifico, non so, una Parvati, una Tara bianca...
Kali va benissimo per questi tempi: non lo senti, là fuori, il rumore del mondo che va giù per lo scarico del cesso?
Non te lo vorrei dire, Nami, ma il Kali del Kali Yuga non è questa Kali qua.
No! Non... c'entra nulla, proprio?
Nulla.
Vabbe', comunque è venuta da paura no? E poi, il mondo giù per il cesso, ci va o no? Sì che ci va, te lo dico io.
Ohi ohi Nami, ti è presa profetica? Che c'è, sei stata da Jessica?
Poverina, non riceve lettere da diverso tempo. E poi, non me l'hai insegnato *tu* che quella sciabola, e mi indica il braccio, non stacca teste dai corpi, ma l'ego dall'anima, secondo la lettura esoterica e tutte quelle fregnacce che ciclicamente vengono su dall'Oriente?

✵

Così l'anno completò il suo cerchio. A scandirlo, negli ultimi mesi, solo i giri col dottore, le visite mie e di Sayori a Jessica e quelle solo mie al babbo, giù a Montevarchi. Si era rassegnato: era convinto che avessi dato di brocca, ma mi aveva anche creduto quando gli avevo detto che stavo meglio così. Lo rassicurava, forse, vedere che c'era chi se la stava cavando pure peggio: per esempio gli era arrivata la notizia che "un mio amico anarchico" (piaceva molto, a mio padre, l'espressione *i tuoi amici anarchici*: ci metteva tutto il sarcasmo di cui era capace un vecchio comunista) era stato arrestato per il sabotaggio di una centralina ferroviaria. Il Carme, naturalmente. A volte mi chiedeva di Laura, ma la verità era che l'avevo sentita solo una volta dopo la sua comparsa a Macinaia. La prima cosa che avevo fatto un anno prima, dopo aver deciso di restare al Paradisino, era stata chiamare il babbo e lei, giusto perché pensavo che se avessero fatto un secondo tentativo avrebbero trovato Macinaia vuota e si sarebbero spaventati... Quanto è difficile liberarsi dalle aspettative degli altri, se queste includono *la speranza che tu non muoia*... Che poi, di morire avevo rischiato veramente, ma questo era un pensiero che mi rallegrava: pensavo che un simile distacco fosse segno di un buon livello di sviluppo; dell'essere, forse, arrivata a qualcosa. Fatto sta che avevo deciso che un totale isolamento – del resto non più in atto, dato che lì ero comunque in compagnia – a quel punto avrebbe solo fatto soffrire mio padre e dopo che in quella telefonata mi disse di "farmi vedere", continuai a scendere a trovarlo; Laura invece, dopo quella telefonata, che fu fredda e laconica e dolente da parte di entrambe, non si era più manifestata (né io l'avevo cercata: ogni dado è ormai tratto, mi dicevo, non posso più darle quello che lei vuole, e poi non volevo trovarmi in un Emma-bis... Sempre che non ci fossi già e odiassi soltanto ammetterlo). Pure, in qualche modo mi aspettavo un secondo tentativo da quella donna così ostinata. Le sue modalità mi sorpresero.

Credevo di essere stata io a sorprenderla, involontariamente: perché le aveva aperto Nami, e sapendo quanto fosse gelosa, già vedersi aprire da una bella donna la aveva messa sul chi vive; quando poi, seguendola verso la stanza comune, mi vide uscire da una porta ridacchiando assieme a Sayori, fu un attimo perché si risentisse e facesse un mezzo passo indietro; io andai verso di lei ma senza vera convinzione, la vedevo come dietro il proverbiale vetro appannato e lasciai che se ne andasse, Proserpina inversa che proprio dal mio non voltarmi traeva il suo recedere, il suo sfumare all'indietro... Credevo di averla sorpresa io. Ingenua.

Boom!, sussurrò Sayori. È Emma quella, eh?

Macché Emma. È Laura.

Wow. E quella?

Quella chi?

La rossina!

Doveva succedere, no? Eccola Emma, come evocata: eccola assieme a Laura. Eccole assieme in fondo al corridoio, Laura che era receduta, sì, ma poi si era fermata, e l'aveva lasciata entrare. Proprio come in certi sogni che facevo nel periodo della *transizione*, quando stavo rompendo con Emma ma non potevo ancora parlare a Laura di quanti passaggi richiedesse il compiere una simile operazione in modo non dico degno – giacché ogni rottura è sempre *in*degna, è sempre uno schifo perché è un atto di potere da parte di chi d'un tratto *può* fare a meno dell'altra – ma almeno *decoroso*, e mi sentivo in colpa con entrambe, temevo nel profondo la loro sovrapposizione, il loro incontro prima di *aver sistemato tutto nel modo più decoroso*. Eccole assieme, una rossa e più minuta, l'altra castana e alta – entrambe, devo dire a loro merito, con l'aria soprattutto preoccupata, e certamente *degna*, lì assieme, venute per tirare fuori la loro ex fidanzata dalla *follia*... Pensavano questo? Difficile dire: certo è che a me pareva di vederle, più che lontane, in un altrove astratto, non più "lì" di quanto siano lì gli attori da tempo morti di un vecchio film che appare su una tv rimasta accesa per caso...

Mi venne in mente quando, in quegli stessi tempi, vagheggiavo a volte d'averle entrambe, mi figuravo nel letto tenendole tutte e due, ormai buone amiche tra loro, anzi amanti... Quanta vanità... Mi venne in mente quello, ma capii, negli uno, due, tre, sei passi che feci verso di loro, nell'abbraccio che riuscii a dare a entrambe, che era una prova; e seppi, nell'amore che diedi loro, che era grato ma non diverso, ormai non diverso da quello che davo alle pareti al pavimento alle persone nelle altre stanze e al mondo fuori, che l'avrei superata; ed ebbi la certezza, dopo, sentendo come le loro voci piene di imbarazzo e buonsenso mi arrivavano amiche eppure lontanissime mentre parlavamo, mentre facevamo il riepilogo degli anni – che altro si poteva fare, ormai? – che la nave era bella che partita.

Restarono a cena. Era facile immaginare quanto quello che vedevano risultasse loro imbarazzante, forse doloroso. Ma chi mai viene capito in vita? Mi dissi questo – altra vanità! – mentre servivo la minestra e le patate e versavo il vino e vedevo la rabbia di Laura e l'impaccio di Emma mentre si sforzavano di parlare con Girolamo e Antonio (quest'ultimo che a tratti mi lanciava occhiate sornione), mentre la prima guardava con sospetto ora Nami ora Sayori, e la seconda invece scuoteva il capo e mi tirava un'occhiata che era addirittura di *pietà*.

Come? Se Emma aveva il famoso tatuaggio? No, certamente no. Avevo pure un buono spunto per farle la domanda, ma evitai: seppi al solo vederla che non era lei, quella del video, e seppi anche che ormai non importava, davvero non importava più. Cosa ci si poteva dire a quel punto? Lo ammetto: pensai che era un peccato che il Paradisino non fosse la *mia* comunità, o avrei proposto a entrambe di restare. Comunque un gesto di potere, anche se avessero, com'era naturale, rifiutato. Ma di potere lì non ne avevo, non ero veramente il "capo" e avrei fatto meglio, so adesso, a ripensare a quel momento qualche anno più tardi, nella prima stagione qua...

Le guardavo quando tornavo ai fornelli, mi piaceva in effetti guardarle, erano finite a sedere accanto e adesso, anche per il modo con cui Girolamo, saputo che Emma era per metà finlandese, l'aveva assillata con le sue teorie sulla *Winter War*, si erano messe a parlare tra loro. Certo, dovevano averlo già fatto, potevo immaginare lo sforzo compiuto da Laura nel rintracciarla e chiamarla, nel decidere che forse, quella Emma Hagenström che per lei era solo un fantasma con cui confrontarsi ogni giorno, adesso poteva essere una sua alleata, qualcuno che potesse aiutarla a recuperare Cleo, o quantomeno salvarla dal precipitare del tutto nella follia... Curioso, ma in realtà logico, che questo avvicinamento arrivasse da lei che aveva, potremmo dire, *vinto*, che un giorno aveva presentato il suo ultimatum e mi aveva, di fatto, spedita a Stoccolma a rompere, e ci ero andata, con mille teorie in testa sul perché e il percome, su come la nostra relazione si fosse logorata e sulla distanza sopraggiunta tra noi, tutta una prosopopea sulle aspirazioni personali, i rapporti a distanza, i *tempi dell'evoluzione individuale*, quando in realtà la spiegazione era semplice, lineare, avevo rotto con Emma perché mi ero innamorata di Laura, punto.

E mi piaceva, ora, guardarle; era pacificante, addirittura lenitivo vederle conversare tutto sommato in armonia, vedere compiuto quell'accostamento che un tempo temevo, io che non temevo mai niente, al punto di sognarmelo: arrivai però a vagheggiare l'idea che si potessero piacere, mettersi assieme addirittura. Un pensiero ridicolo, e *di nuovo* un pensiero di potere: quanto ero indietro, ancora? La nave è partita, pensavo, e invece quanta presunzione, ancora. Quanta vanità.

Certo che sei proprio tosta tu, eh? Gran donna, davvero una gran donna... Sto parlando con te, disse Antonio avvicinandosi, smettila un attimo di cucinare...

Non stavo cucinando, stavo pensando alla visita che ho ricevuto la settimana scorsa. Ai rimossi. Ci ho parlato molto, con quelle due? Sai che non riesco a ricordare? Volavo alta sopra queste inezie, oppure sotto sotto ero così sbigottita da ritrovarmi con la mente svuotata?

Ma che ne so, vieni qua piuttosto, disse Antonio, e mi abbrancò. Provare a baciare qualcuno conta come molestia? Forse no, almeno non al primo tentativo. Però, non so, forse fu il fatto che sentii, dalla coscia, che ce l'aveva duro là sotto, e mi fece troppo schifo. Lo spinsi via, presi la prima cosa a portata di mano – la bottiglia dell'aceto – e gliela spaccai in testa.

Non fece mezza grinza. Si toccò sulla tempia, dove gli usciva bello copioso il sangue, in quella zaffa d'aceto che si spandeva dalla giacca inzuppata, e disse: Non usa più dire semplicemente "no", eh? Ah, Cleopatra, Cleopatra...

Oh, Antonio, vaffanculo. Buttai il collo della bottiglia nel lavello e andai in bagno a prendere la garza.

✵

Jessica aveva detto solo: *allontanamento*. Che era, se vogliamo, il Frammento 122 di Eraclito – *avvicinamento* – ribaltato. Ma agli oracoli non chiediamo conferme, più che nuovi dubbi?

Sarei andata via perché niente al Paradisino era *mio*, e non era neanche una cattiva ragione. Scegliere una strada che sia solo nostra, a costo di lasciarne di buone ma in ultimo altrui. Come se tutte le strade non fossero intrecciate, o valesse qualcosa *possedere* una via, quando lo scopo di ogni percorso mistico che voglia dirsi tale è abbandonare ogni attaccamento...

Mi sbagliavo, infatti, visto che sarei andata a infilarmi dritta nella strada di qualcun'altra, e poco importa se per mia causa avrebbe cambiato direzione e ampiezza: quel che conta è che avrei lasciato anche quella, ma per una ragione più vasta e profonda, quella della *necessità* di abbandonare, sempre, qualunque percorso e ostinarsi a camminare sul punto in cui non è né strada né bosco... Ma sono cose che ai tempi non potevo capire, e se andai a Pontremoli (o a Shaktiville) era perché sembrava chiaro che si trattasse della *prossima tappa*, e perché pensavo ancora di aver qualcosa da imparare. Su questo non sbagliavo. Non potevo sbagliarmi, perché proprio quella notte, in meditazione, trovai di nuovo il *savikalpa samadhi*, e lo trovai più duraturo e netto e decisivo, tanto che all'alba scesi in cucina in uno stato di vivida consapevolezza, quasi di esaltazione, come *in positivo stato energetico da psichedelici*, sì, "+6", *elevata consapevolezza del corpo fisico e di quello sottile, funzionamento ottimale della coscienza corporea e planetaria, essere innamorati*... Innamorati? E di chi? Buon segno, comunque.

Ciao capo.

Oi Sayori. Che fai alzata già adesso?

Non sono andata a dormire. Come te, neh. Sembri carica come una bobina. Ghigna, poi nota lo zaino e il sacco a pelo: Non penserai mica...

Vado via, sì.

Ma... Le si velano gli occhi.

Sayori, le dico, qua tutti giocano a trattarti da ragazzina, ma lo sanno che in realtà sei la più perspicace. E allora non ti sarà sfuggito...

... Che tu qui non vuoi stare più. Anzi: *che l'esperienza del Paradisino per te è finita*. Ma dove...

Non ha importanza dove, lo sai.

Tanto ti ritroveremo, dice e mi fa la linguaccia tirando appena su col naso.

Lo spero anch'io. Adesso però fammi bere il mio caffè, non voglio ritrovarmi a salutare tutti, è già difficile soltanto con te.

QUINTA PARTE

Una cosa era certa: il Paradisino era una *stazione*. In dodici mesi non avevo mai avuto dubbi sul fatto che si trattasse di una collocazione transitoria – e infatti la ricordo, adesso, se non come un semplice passaggio, come un ingresso; un ingresso oltre il quale avrei trovato qualcuno che, speravo (o *sentivo*? Troppo facile dirlo a posteriori: la verità è che *ero costretta a crederlo*), avrebbe dato, se non una svolta, almeno un nuovo grado di profondità alla mia ricerca. Eccomi così sull'aereo per Chennai – o era il treno per Pontremoli? –, eccomi su un vecchio bus sulla strada lunga e polverosa per Shaktiville, trecentocinquanta chilometri di cui cento in sterrato nell'entroterra indiano, o a piedi su quella brevissima (un sottopasso ferroviario seguito da un tunnel sotto a un grosso edificio smesso, e poi da un ponticello di pietra: certo un posto che poteva ben essere in India) che dalla stazione conduceva al Centro Shakti di Pontremoli; eccomi che, stabilita la totale inutilità dell'infodesk di Shaktiville, chiedo in giro alle sparse presenze umane e internazionali (l'olandese, la francese, il tamil...) attorno al geode centrale di quello strambo esperimento urbanistico che è Shaktiville, o che suono a uno dei campanelli di quel lungo edificio (una vecchia officina, forse un mulino, pensai notando il doppio torrente che ci passava in mezzo) dove la presenza di praticanti la meditazione era segnalata da un ॐ sullo scalino della soglia e dalle bandierine tibetane che si intravvedevano dietro a un finestrone; eccomi che senza troppi contrattempi o ostacoli – una signora in sari arancio, che ha la premura di presentarsi come australiana, *Are you australian too? No, italian. Oh, of courrrse!*, dice che mi porta lei, se voglio, da Kumari Devi, così come la vecchietta pontremolese con la scopa e la paletta mi dice Venga, salga di qua, quando le dico chi cerco – sto per aprire la porta, in entrambi i casi profumata di sandalo e marcata di rosso, in un sovrapporsi di emblemi e simboli e scritte in sanscrito e in tamil, dietro cui avrei trovato Kumari Devi, "la Kumari". La bimba fattasi dea.

*

Cosa vidi? Una vertigine di rosso, di nastri; un luccichio che poteva essere quello dell'argento e del platino come della carta stagnola; una stanza neanche troppo grande allestita come qualcosa a mezzo tra un maestaino a grandezza naturale e una sala del trono, e sul trono, che era poi una sedia di legno imbottita di velluto rosso solo un po' più grossa del normale, c'era... Cosa c'era, chi c'era? È difficile, anche adesso, dirimere nel ricordo i fatti dall'idea, da quella fortissima impressione che si faceva già desiderio – che arroganza, eh? Un'arroganza tutta intellettuale, che dovevo aver ritrovato nei mesi al Paradisino, dato che non ero mai stata una *dominata dagli istinti della carne* – ... c'era, questo posso dirlo con la certezza, almeno, della ricostruzione, una persona che non poteva avere i dieci, undici, dodici, massimo tredici o quattordici anni che doveva avere una kumari, se era vero (sì, mi ero documentata) che al menarca si perdeva il titolo. Quanti anni aveva? Era difficile dirlo, tra il trucco, la fronte biaccata di rosso col terzo occhio enorme, in oro e bianco, appoggiato o appiccicato in mezzo, il copricapo a ventaglio e le trecce di lana rossa e gli argenti e i ricami e gli incensi; ma se poteva, in effetti, averne sedici o diciassette, era più probabile che ne avesse diciannove o venti, se non qualcuno in più; poteva in effetti anche essere una venticinquenne più delicata del normale. Certo è che, pur stando seduta, pensai mentre mi guardava con divertita curiosità, dava l'impressione di camminare – sì, *di camminare con una candela accesa in mano*.

Oppure no, andò in modo opposto: non era lei ad aspettare me, arrivai a Pontremoli trovando deserto il complesso di edifici, vasche e giardini incolti che componeva "il Mulino" e una vecchia mi disse che *la signorina* era in India *a casa dei suoi* – la mise così, senza indugiare sul fatto che casa dei suoi era un'intera città – e mi invitò ad aspettarla lì se volevo; tanto, quindici, venti giorni, cosa saranno mai? E così feci, mi venne assegnata la stanza blu e attesi, dando una mano con l'orto e le galline, finché un'altra donna che viveva lì prese il pick-up, andò all'aeroporto di Pisa e rientrò con una ragazza dall'aria meticcia, vestita sportiva, scarmigliata come chi torna da un volo intercontinentale ma col tilaka, la rossa benedizione di curcuma sulla fronte, ancora fresco e ancora con un segno tripartito di cenere, il tripundra, sotto, e mentre scaricava le valigie da dietro, e una le cadeva e si apriva sparpagliando in giro biancheria e cosmetici e la vecchia si affrettava giù per aiutarla, mi notò seduta sulla pietra delle scale esterne ancora calda per il sole e quando mi guardò con quegli occhi che se non diventavano pozzi abissali erano ammiccanti, luccicanti, stupiti, addirittura *simpatici*, fui *io* a dire le parole fatidiche, io a dire: Ti stavo aspettando.

✷

Sarebbe facile adesso essere melense o retoriche. Dirò solo che già in quel momento, che resta fisso nella mia memoria come inscritto nel giardino di uno smeraldo nonostante sappia bene oggi che segnava tutt'altro, che era il rintocco di un *allontanamento*, capimmo che avremmo potuto essere l'una il completamento dell'altra. C'era, per fortuna, qualcosa di più della sola attrazione, in quella sensazione: c'era un effettivo completamento – teorico, tecnico, esistenziale. E non tanto perché io avevo lasciato il Paradisino e con esso, per sempre, Laura, Emma e – credevo – ogni altro possibile legame, mentre lei tornava sì da Shaktiville, ma da un funerale, quello dell'unica persona che avesse mai amato: lei che era stata educata a vivere come una dea, a esistere ben sopra agli umani *e alle loro passioni belluine*, aveva conosciuto là, ragazzina, l'amore, per un giovane pellegrino giunto dal Nepal, uno studente d'ingegneria di vent'anni *tutto forza e fede*, così lei l'unica volta che ne avrebbe parlato, il quale poi era rimasto là in veste di officiante e tuttofare, legato alla dea in quello che era diventato qualcosa a metà tra l'affetto fraterno e la devozione, finché una febbre non se l'era preso, proprio come nelle vecchie storie. Non era solo quello, e di nuovo dico per fortuna: io scoprii di possedere il fuoco; lei custodiva stoviglie e ricette.

✵

Il primo giorno quasi non la vidi. Poi, il mattino dopo, mi invitò a meditare con lei, sulla riva del ruscello più piccolo dei due che confluivano al Mulino, e mi bastò guardarla prendere posizione per capire che non potevo competere. Capii, anzi, la profondità della mia ignoranza, che si fece abissale quando, a pranzo, mangiando riso in bianco con accanto una specie di masala di verdure fatto dalla seconda donna (Rossana, laddove la vecchia si chiamava invece Celestina), la conversazione, dalla filosofia orientale, dove sapevo già che non c'era partita, finì su quella occidentale; mi stracciava anche lì, né valse a qualcosa, dopo aver incespicato tra un "certo" e un "in effetti", il mio tentativo di svicolare sulla letteratura: quando mi spesi Bernhard, Kumari improvvisò una contestualizzazione incastrandolo tra Musil e Handke alla luce dell'esistenzialismo ontologico. Azzardai una menzione di Heidegger e lei mi disse con una risata, Ah, l'imbecille delle Prealpi? Era Bernhard a chiamarlo così, no?

Restai muta. In più era umile, si capiva che non dava importanza a quello che diceva: le pareva normale, anzi banale, *sinceramente banale*. Mi intimidiva? Non credo che qualcuno sia mai arrivato a intimidirmi (adesso so che non era coraggio ma tracotanza) ma certo bramavo dalla voglia di affermare qualcosa: qualcosa che potesse colpirla.

La mattina dopo mi svegliai nella stanza blu. Era presto; uscii nel salottino e scandagliando la sua (enorme) biblioteca mi dicevo: cosa posso mai insegnarle? Poi mi tornò in mente ciò che ancora custodivo nel portafoglio. Tirai fuori quel pacchettino fatto con uno scontrino e lo aprii rivelando i tre quadratini di carta. Parevano intonsi.

Quando, dopo la meditazione del mattino, glieli mostrai, lei sorrise, disse che aveva degli amici nella Parvati Valley che erano gran cultori della materia e a volte l'avevano assillata, ma non aveva mai provato. Prima che potessi dirle qualcosa (o dividerne uno a metà, come era il mio intento), ne prese due dalla mia mano e se li ficcò in bocca con un sorriso. A quel punto, dirle che 410 microgrammi erano troppissimi avrebbe potuto far solo danni: mangiai l'altro *and help me God*.

*

Non avevo mai visto qualcuno reagire così, e sì che ai tempi delle feste di reazioni inusuali ne avevo sbirciate. Benché fosse la prima volta, e benché 410 µg per un'iniziazione – sì, la stavo *iniziando* (io a lei!) e forse il mio errore fu non posizionarmi da subito come un semplice Battista – fossero davvero tanti, non rise mai istericamente, né sgomentò guardandosi le mani o il volto allo specchio, né restò incantata di fronte alla rinvenuta meraviglia di una foglia, di un fiore, del cielo stellato o anche solo della marezzatura di luce sulla schiuma della tazza di *chai* che le preparai quando me la chiese. No, Kumari, durante tutte le otto ore di quella notte incantevole, al massimo sorrise, o annuì, o alzò le sopracciglia mettendosi la mano sulle labbra per trattenere l'inizio di una risata o di un commento. Poi, dopo questo così composto viaggiare dentro di sé e fuori dalle cose, quando al mattino guardavamo sorgere il sole sopra gli orti, avvolte in due coperte recuperate in casa durante una delle fasi più matte del picco (matte più per me che per lei, che, sia pure incespicando tra i frattali e le fughe di specchi e i cambi subitanei di dimensione al solo entrare in un'altra stanza, si muoveva ed esprimeva sempre con somma *misura*, senza mai mettere in pericolo la fiamma della candela), le scese dall'occhio destro una lacrima sottile, che i primi raggi fecero scintillare. Non osai chiederle cosa avesse pensato, ma qualche minuto dopo mi disse che aveva capito *che aveva fatto bene a non dubitare mai.*

Erano ancora lontani a venire i giorni in cui, per la mia incapacità di frenare il suo entusiasmo – poiché già vedeva la possibilità di attirare adepti, *di dar loro subito qualcosa di meno astratto* –, ci saremmo dovute preoccupare di come farne arrivare migliaia, di quei fogli di carta punzonata e intinta nella venticinquesima dietilamide dell'acido lisergico, di come cambiare i soldi in criptovalute e fare acquisti sicuri dai seller giusti del dark web; erano lontani anzitutto perché al Mulino c'eravamo solo io, lei, Celestina e Rossana. Anche i corsi di yoga, esauriti gli interessati tra le persone di Pontremoli e dei minuscoli paesi attorno, facevano fatica a partire, e il b&b, mi disse, *funzionicchiava* solo d'estate. Eppure, come in una conferma delle teorie dell'*élan vital* di Bergson (caro amico di nonna, mi disse lei una volta, anche se raccontava che ci provava sempre...), la nostra fusione cominciò a dare frutti ancor prima di esistere, e molto prima che sapessimo di volerli: le prime cinque persone arrivarono la sera successiva, ero nell'orto ancora un po' sensibilizzata e spuntarono questi ragazzi arrivati dall'Irlanda, più un bengalese. Chiesero se potevano restare, se era qui che si imparava la meditazione, e cosa dovevo dire io, lì a strappare le erbacce intorno alle cicerchie? Gli dissi: Certo, benvenuti.

Forse è un equivoco, mi dissi, ma di certo non fu un equivoco ciò che accadde dopo.

✵

Quando,
come un cristallo di grandine,
come un'immagine su cera
la carne si scioglie in piacere
– come posso dirlo?

La gioia ruppe gli argini,
dagli occhi passò sulle guance;
ti toccai e ti trovai,
signora dei fiumi che s'incontrano:
come parlare a qualcuno di questo?

✵

Più tardi, a letto:

Che fai, mi ascolti la pancia?

Sì.

Cosa senti?

Rumori, discese e cadute, diavoletti di Cartesio e mormorii, spostamenti di granchi e di lumache...

È una citazione?

Morelli.

Chi è?

Quello che per certi versi mi ha fatto arrivare fin qua.

Allora ha fatto una gran cosa. Perché faremo grandi cose insieme, Cleo, sai?

Io sono qui soltanto per imparare.

Tu non sei il tipo di persona che apprende ascoltando, come la scolara dalla maestra. Tu apprendi insegnando. Aiutami a rendere questo giardino un cenacolo. A fare di questo bed & breakfast – è ridicola anche solo la parola! –, di nuovo, un ashram. Imparerai le tecniche insegnandole.

Ma...

Neghi di essere benedetta da quella sfrontatezza che ti permette la postura della maestra rispetto a cose che fino al giorno prima non avevi sentito neppure nominare?

Io?, dissi cercando di far la stupita, ma mi venne da ridere.

Mi hai mostrato la trascendenza. Ma è stato come se qualcuno mi avesse portata all'interno di una fortezza su un picco grazie a un animale volante e subito mi avesse riportata giù.

E... quindi?, dissi, in realtà senza seguire troppo, distratta dal suo viso, la cui bellezza mi pareva farsi più intensa e oscura quando parlava da sapiente.

Quindi, anche se prima di incontrati non avevo varcato l'ultima e più interna porta, quell'*unità col tutto* che ho sempre saputo esistere ma non avevo mai veramente esperito, adesso sta a me insegnarti il sentiero che porta fin lassù. Perché il vero yoga, che nulla ha a che fare con la ginnastica *e nemmeno con la meditazione,* si apprende solo di maestra in maestra. Anche quando l'allieva è migliore di chi insegna.

✵

Ora, non andò liscia come magari si racconta ancora in giro. Fu anzi l'opposto: "andò" solo perché sopportai le sue arie e i suoi occasionali scatti d'ira, e tenni duro, forse irrazionalmente, per un tempo davvero lungo. Per dire, quel quintetto giunto poco dopo di me se ne andò dopo due settimane, e per molto, moltissimo tempo non arrivò più nessuno. Certo, mi aiutò a reggere il fatto che due anni dopo il mio arrivo lì ci fu la prima pandemia e ci trovammo rinchiuse assieme per mesi, ma ci vollero comunque altri due anni prima che le cose si muovessero. Quattro anni tra Pontremoli, immobile, come incastrata tra gli ingranaggi bloccati del tempo, e Shaktiville, dimenticata tra le sue sabbie rossastre, come un capitello spaccato che spunta da una duna nella rappresentazione oleografica di una civiltà perduta; quattro anni prese l'una dall'altra e dal nostro infinito, ormai davvero infinito, meditare. E meno male il *vero yoga* non doveva aver nulla a che fare con la meditazione! Non facevamo altro... Per quanto i mesi al Paradisino mi avessero debitamente staccata dal mondo, e per quanto il mondo ci mettesse del suo a staccarsi da sé, coi focolai virali, il clima impazzito e tutto il resto, c'era comunque *un mondo*, là fuori. Un mondo che finiva, ma solo gli ingenui, o gli occidentali, arrivano a immaginare l'Armageddon, i cavalieri dell'apocalisse, l'agnello a sette teste, i sigilli, il ragnarok o il Götterdämmerung. Sono sempre solo *i mondi* a finire, piccole epoche: neanche *yuga*, ma periodi, semplici periodi. Così, se quel nostro mondo cominciava a tramontare, c'era pur sempre un mondo là fuori, come c'è adesso. E rispetto a *quel* mondo non ero che una tizia che si era rifugiata in un centro yoga-b&b senza clienti in Lunigiana, che accompagnava la sua ragazza in visita a una città utopica senza più utopisti nel Tamil Nadu e che, se lo faceva, era perché si era innamorata e non aveva chissà che altre scelte, più che per il *percorso*.

Certo, imparavo. Ma non si impara sempre qualcosa anche nella più ordinaria delle relazioni, finché è sana? *Relazione sana*... Vedi, anche con le parole torno a quel momento di normalizzazione in cui la fede nella possibilità di andare *oltre*, se c'era mai stata, davvero vacillava. Ma sai, a volte nelle *relazioni sane* entra in campo anche l'abitudine, il suo normale conforto, e quindi in qualche modo accettavo che sarei stata quello; che il mio percorso, che includeva il sacrificio di Emma e poi di Laura, mi aveva portato a essere un'aiuto-insegnante di meditazione di Pontremoli, convinta, come tutti gli innamorati, che la sua donna fosse speciale, prima ancora di considerare la sua conoscenza dell'Advaita Vedanta, della *dottrina della vibrazione* e della "conoscenza del tremendo".

Dall'altro lato, se mi dedicavo con disciplina ossessiva alla meditazione, ormai sette, otto, anche dieci ore al giorno, era perché non mi rassegnavo al fatto che la mia, dopo tutti quegli intorti mentali, potesse essere solo un'altra vicenda piccolo-borghese. E così facendo anche Kumari mi veniva dietro, non mollava – anche se il piano quantitativo non aveva tutta quest'importanza, mica poteva farsi superare dall'ultima arrivata – e così alzava la posta del nostro cercare. Ma se quattro anni dopo ero ancora lì, a tentar di far quadrare i conti del b&b e monitorare i voli per beccarne uno non troppo caro e fare un salto a Shaktiville anche il semestre successivo, era per la nostra serena quotidianità, non per tutta la saggezza dell'India o del Tibet. Pure, c'ero ancora, c'eravamo e ci saremmo state, custodi di un segreto che ormai sembrava essere solo *il nostro segreto*, quando le cose avrebbero iniziato a muoversi.

✵

Shaktiville, poi. Non dico che non restai sbigottita, la prima volta che Kumari mi ci portò: aveva pur sempre una città tutta sua in mezzo al nulla, fatta di strutture tra l'avanguardistico e il balzano, e con una enorme palla in mezzo, presente la Géode a Parigi? Oppure, ancora meglio, la sfera di Disneyworld, che si vedeva a volte in foto su "Topolino", primo premio di certi concorsi il viaggio laggiù... Bene, la nostra si chiamava Matrimandir e secondo l'idea della madre di Kumari doveva simboleggiare il centro focale della conciliazione tra i popoli: era una grande sfera dorata, o meglio un *geode*. Ora ne resta solo metà, come fosse una coppa enorme e sbeccata, piena di macerie e acqua piovana. Non c'era molto all'interno, in realtà: solo *un'altra* sfera. Una grossa sfera di cristallo purissimo, di strabiliante trasparenza, che era stata donata ai genitori di Kumari dalla Zeiss, pensa tu. *Alla fine di ogni distinzione superficiale c'è solo la consapevolezza-non consapevolezza*, una morale del genere. Ma quando Kumari mi ci portò era solo un'attrazione per quei pochi turisti, per quelle sparse coppiette della nuova classe media indiana che arrivavano lì sulle loro Tata, facevano due selfie a quella *curiosità* e via. Di tutti i princìpî che avevano ispirato la fondazione di quel luogo, rimaneva poco, e quel che rimaneva era fermo e quindi snaturato: nelle case degli "Originals" – sì, si facevano chiamare così, e ho detto tutto –, in quelle case abitate dai figli o dai nipoti di chi era arrivato lì negli anni '60 c'erano foto della madre di Kumari, della madre assieme al padre, o anche di Kumari stessa, bambina, e c'era pure chi periodicamente, ancora, cambiava le corone di fiori attorno ai ritratti, ma la cosa finiva lì. Mi ricordò quando con quelli del collettivo di Scienze politiche andammo a Cuba, e nelle case c'erano tutti quei Che, quei Fidel, quei Camilo Cienfuegos ormai ridotti a santini...

Fu in una di quelle case di Originals che incontrammo per la prima volta Dattadeva. Doveva avere dodici o tredici anni, era assieme ad altri figli di Originals che erano venuti a conferire di mistica con noi, e anche se sembrava più una sceneggiata, una commemorazione di un tempo che non era più, la preparazione di quei ragazzini era abbastanza impressionante. In particolare impressionava, oltre alla preparazione, la capacità retorica di uno di loro, la testolina tonda come un pallone da pallamano, che in cinque frasi e tre citazioni dalle Upanishad mise subito nell'angolo non solo me ma pure Kumari. Mi fece pensare a come doveva essere stata lei alla loro età, anche se l'intensità di quel piccolo Dattadeva, e la protervia con cui voleva dimostrare l'altrui ignoranza, mi parvero incomparabili. Lo spirito che sopravviveva in lui era del resto l'eredità di un luogo progettato per essere così *carico*: c'erano pure stratificazioni sociali effettive tra gli Originals, i pochi Newcomers e i Guests, per non parlare dei lavoratori a giornata, di tutti quei tamil poverissimi che venivano lì a lavorare nei laboratori residui, la tintoria, la fabbrica di strumenti musicali, le vasche per la produzione di spirulina, o a dare una mano con la riforestazione – ecco, l'unica cosa che aveva ancora una vita, che parlava agli abitanti del presente, era la linea ecologica, l'idea di piantare alberi, e infatti Kumari mi raccontava che quando lei era piccola era tutto un deserto di terra rossa. Giravamo di *unit* in *unit*, sempre con l'accoglienza che merita una dea col suo seguito, ma era solo una forma estrema di cortesia: la linea spirituale era senz'altro estinta se doveva esser rappresentata da una palestra per lo yoga, una vasca per lo shiatsu acquatico, addirittura un centro reiki... Quando Kumari mi chiese come ci avrei messo le mani io, dissi: Spazzando via tutte queste fricchettonate. Si incupì per un attimo, poi quegli occhi enormi le si illuminarono: E poi?

Buh, direi rimettendo al centro la meditazione e i testi, togliendo di mezzo qualunque cosa puzzi di new age, inventando un calendario rituale serio e poi puntando su quello che va di fare ai giovani: alberi, certo, poi raggiungere la piena autosufficienza energetica, mettere in regola tutti i lavoratori, *tornare a essere un modello*...

✵

Ogni volta che accompagnavo Kumari a Shaktiville era un'occasione per imparare qualcosa dall'India, a cominciare da Chennai, dove atterravamo sempre, e dove visitammo il tempio di Kapaleeshwarar, lo Sri Ramakrishna Math e pure la basilica di San Tommaso, uno spaventoso edificio bianco in stile neogotico simile a una cappella per i matrimoni di Las Vegas e dove però sarebbero custoditi i resti dell'apostolo; lasciava sgomente, ancor prima della qualità, la *quantità* di mistici che qualunque angolo di India esprimeva, e c'era da perdersi in quelle storie e in quei simboli, che fossero i pilastri del settimo secolo alla base dell'altrimenti coloratissimo tripudio di stucchi che è il tempio di Kapaleeshwarar, tutti quei pilastri scolpiti in ali a formare corridoi fatidici in fondo ai quali scintilla di pura essenza la pietra nera e stondata dello Shiva Lingam, la forma senza forma dell'Assoluto trascendente che non conosce principio né fine, o che fossero vicende più recenti, come quella della futura santa Sri Sarada Devi che ancora adolescente raggiunge il guru Ramakrishna al tempio di Kali e farà poi da madre spirituale ai suoi discepoli, uno dei quali, Vivekananda, fonderà proprio il Math, il centro studi e ashram in cui ci trovavamo (e dove naturalmente Kumari era stata accolta con ogni onore), e molto, moltissimo c'era da apprendere dall'approccio di Ramakrishna, che cercava una sintesi tra la devozione tradizionale, le discipline tantriche e il non-dualismo dell'Advaita Vedanta, e che proprio allora, a partire da un libello in inglese che mi donarono là dentro e mi misi subito a tradurre, cominciai a studiare... O, al contrario, avrei fatto meglio a smettere? *Due sono le tipologie di persone che possono raggiungere la realizzazione: coloro che non sono minimamente oppressi dalla conoscenza, ciò a dire coloro le cui menti non sono affollate da pensieri presi in prestito da altri; e coloro che, dopo aver studiato tutte le scritture e le discipline, sono arrivati a rendersi conto che non sanno niente*, ammoniva socratico il maestro, con la sua faccia da manovale fumantino... *Immaginate che una spina si sia conficcata nel piede di qualcuno; costui utilizzerà una seconda spina per estrarre la prima, dopo di che le butterà via entrambe: così, si butterà la spina della sapienza dopo aver estratto quella dell'ignoranza...*

Da lì mi sarei portata dietro anche la quadratura del cerchio etico morelliano: *l'essere realizzato è attivo e compie il bene nonostante la consapevolezza dell'illusorietà del reale, perché, riconoscendo che tutti gli esseri viventi sono incarnazioni del divino, ne desume che servirli è il modo migliore per servire anch'esso*. Pure, fra tanta saggezza...

Cos'hai, Cleo?, mi chiedeva Kumari guardandomi con quegli spropositati occhi d'ambra nera, mentre sedute a gambe incrociate su vecchi tappeti spelati dalle nocche di innumerevoli pellegrini finivamo di mangiare la frugalissima cena offertaci dagli accoliti di Vivekananda, dai nipotini di Sri Sarada Devi.

Potevo mai dirle che provavo un senso di colpa per il mio sentirmi, lì e allora, niente più che un'allegra turista, una stolida vispa teresa in sandali e occhiali da sole che si beava di girare per luoghi esotici con la sua innamorata riverita da tutti?

Io? Niente, dissi, e la baciai sulla fronte.

Il mattino dopo mi rasai i capelli e scambiai le cose che avevo addosso con il sari più semplice tra quelli che al Math avevano nel deposito dei vestiti per i poveri (in Italia ebbi modo di capire dopo qualche anno che era il caso di usare invece un semplice vestito, come quelli che portano le vecchine di campagna: fuori dal suo contesto usuale, pure quel sari sdrucito *mandava un messaggio*).

Fu da quel momento, credo, che mi buttai in una devozione matta e disperatissima, e in una altrettanto fervente operosità rispetto alla crescita del nostro ashram – arrivai a stampare manifesti e attaccarli in giro nottetempo, ma la cosa che *davvero* avrebbe dato l'impulso decisivo era la presenza, lì a Shaktiville ma anche sparsi per l'Italia, ormai lontani da Pontremoli ma pronti a riavvicinarsi se qualcosa si fosse mosso, di un piccolo numero di devoti: devoti, se non proprio a lei, ai suoi genitori e all'idea che avevano diffuso di lei. Si trattava di riprenderli, rimotivarli, organizzarli e metterli a sistema. Non era così difficile: bastava parlare a nome suo.

Lo facevo anche perché volevo competere con lei, certo; essere alla sua altezza. Ma lo facevo soprattutto perché in quei giorni per il resto gioiosi ebbi chiara la sensazione di come la mia felicità si reggesse su una moltitudine di scelte, torti e sacrifici che, se non messi a frutto verso un bene più certo e più grande, verso l'obiettivo davvero *trascendente* che mi ero data ormai molti anni prima, sarebbero stati solo *male* non appena quella felicità fosse passata.

✵

Così, dopo quattro anni, cominciarono ad arrivare anche accoliti del tutto nuovi. I primi sparsi, spaesati: alcuni come gente che si è perduta per strada, altri come gente a cui non è ancora scesa la botta dopo un rave, altri ancora come chi cerca solo un tetto e del cibo. Non pochissimi erano anche quelli che facevano la Francigena a piedi e ci includevano tra le tappe. Mi occupavo personalmente di tutti loro. Poi cominciarono ad arrivare quelli che non avevano solo sentito dire che al Mulino si poteva dormire gratis, ma avevano sentito parlare in modo specifico di noi, del nostro yoga e della nostra dottrina. Si poteva "insegnare la trascendenza"? No, checché ne dicessero tutti i maestri che nei loro scritti si preoccupavano prima di tutto di dire ai cercatori di trovarsi un maestro: si poteva solo fornire un ambiente sereno e un pugno di tecniche per cominciare; magari, a esser moderne (e noi lo eravamo), permettere lo sguardo su uno scorcio di eternità grazie alle molecole giuste; ma la verità era che il vero sentiero ciascuno lo doveva tracciare, anzi *scavare*, dentro di sé, con un micidiale movimento verso l'interno. Rispetto a questo, l'unica cosa che si poteva fare era dare l'esempio, sottoponendosi a una disciplina più ferrea di quella che si imponeva agli altri, e lavorando ogni giorno per riuscire a integrare quelle rare stille di verità che essudavano da intere stagioni di meditazione, da quell'infinito specchiarsi in noi stesse e l'una nell'altra nel tentativo di andare più a fondo.

Io dico: Kumari Devi, che cos'è la tua realtà? Cos'è quest'universo colmo di stupore? Cosa fa da mozzo alla ruota della realtà? Cos'è questa vita al di là della forma che pervade le forme? Come possiamo entrarvi pienamente, al di sopra dello spazio e del tempo, dei nomi e dei connotati e delle categorie? Chiarisci i miei dubbi!

Kumari risponde: O radiosa, quest'esperienza può albeggiare tra due respiri. Dopo che il respiro è entrato dentro e subito prima che torni fuori – *il beneficio*.

E continua: Mentre il respiro si capovolge da giù a su, e di nuovo mentre il respiro svolta da su a giù – attraverso entrambe queste svolte, *sii consapevole*.

Ovvero, tutte le volte che l'inspirazione e l'espirazione si fondono, *in quell'istante* tocca il centro privo-e-colmo di energia.

Ovvero, quando il respiro è tutto fuori e si ferma da sé o tutto dentro e si ferma – in questa pausa universale, il piccolo io individuale *svanisce*.

Considera la tua essenza come raggi di luce che salgano da centro a centro su su lungo le vertebre, e così la *vitalità* sale in te.

Ovvero negli spazi intermedi, sentilo *come lampo*.

Cleo, immaginati le lettere dell'alfabeto nei nettarei punti focali della consapevolezza, prima come lettere, poi più sottilmente come suoni, poi come sensazione sottilissima. Allora accantonale e *affrancati*.

L'attenzione tra le sopracciglia, lascia che la mente sia prima del pensiero. Lascia che la forma si riempia di essenza-del-respiro sino alla cima della testa, e là *piova come luce*.

Intona un suono, per esempio AUM, lentamente. Quando il suono raggiunge la pienezza, *tu fa' altrettanto.*

Nel principio e nel graduale raffinarsi del suono di ogni lettera, *svegliati.*

Via via che il suono diventa meno udibile, sprofonda in *questa silenziosa armonia.*

Immagina lo spirito simultaneamente dentro e intorno a te finché l'intero universo *si spiritualizza.*

O mia gentile, fingi che l'universo sia una conchiglia vuota in cui la tua mente scherza *all'infinito.*

Dolce amore, medita sul sapere e sul non sapere, sull'esistere e sul non esistere. Poi respingili entrambi perché tu possa *essere.*

✵

Realizzazione è una parola sfuggente. Mentre Kumari mi educava ai segreti delle discipline tantriche (altra contraddizione: si basavano su una linea maestro-discepolo, mentre noi puntavamo a parlare a una collettività), che avevano come scopo la realizzazione in senso mistico, io pensavo a come declinasse quella parola la nostra società al tramonto: il successo professionale o, ancor meglio, il vivere di ciò che ci piace, se non della propria *vocazione*, amore/coppia/famiglia, l'essere felici e in buona salute...

Certo, stando ai fatti, la mia vocazione doveva essere proprio quella di costituire un punto di riferimento per le persone, di organizzarle e dirigerle: mi veniva con facilità e sotto la mia guida la comunità cresceva in un modo che non poteva non dare soddisfazione; non c'era dubbio che amassi Kumari, e che lei amasse me; non ero mai stata meglio fisicamente (non saprei neanche dirti quando avevo smesso di fumare, né quando avevo smesso di mangiare gli animali: era venuto tutto così naturale...); pure, nonostante la finezza di quelle antiche discipline, la loro capacità di trascendere la meditazione come tecnica e indicare la via di una *realizzazione* secondo l'idea, che era poi quella dei mistici cristiani di cui si riempiva la bocca il Tesauri, che il *nirvikalpa samadhi*, l'unità tra umano e dio o meglio tra anima individuale e anima collettiva, *o era o non era*, e nonostante i passi avanti teorici fatti grazie a Kumari, non potevo fare a meno di pensare, di *sapere*, che ero stata più vicina a *qualcosa di vero* quando ero da sola a Macinaia e finii assiderata... Era una questione di concentrazione, di assenza di altri stimoli, inclusi quelli della speranza? Pure, anche la comunità – se aveva senso chiamarla così – del Paradisino mi sembrava migliore della nostra, che andavo sviluppando secondo le mie idee e a partire da tutto ciò che avevo imparato lì e altrove, e che già allora contava cento volte più accoliti.

Kumari vedeva un'altra realizzazione, anch'essa ben diversa da quella mistica, nell'improvviso fiorire della comunità: la sua realizzazione come precipitato dei desideri dei suoi genitori, il non-tradimento di una predestinazione; io non potevo evitare di pensare a come quelle sempre più numerose schiere di cercatori che si affidavano a noi, e che noi, in buona fede, facendo del nostro meglio, conducevamo verso ciò che ci pareva la conoscenza del trascendente (una conoscenza che è non-conoscenza: paradossi, paradossi ovunque...), cercatori non di rado dotati di una buona infarinatura di base, con anni di meditazione alle spalle, qualche esperienza psichedelica, questo o quel ritiro presso questo o quel reputabile centro buddista, non valessero, per gli obiettivi che avevamo, un capello della banda di spostati del Paradisino... Era un ragionamento distorto, figlio di affetto per quei cinque soggetti che, sì, mi mancavano? O c'era un ineludibile conflitto tra quantità e qualità, specie in una ricerca così elusiva quale era quella spirituale? Mi imponevo di rifiutare questa lettura, che portava con sé l'inconciliabilità tra salvezza individuale e salvezza collettiva (ed eccoci di nuovo a Morelli): ma allora la strada da seguire avrebbe dovuto essere quella di una politicizzazione di fatto della comunità? Poteva esistere un misticismo rivoluzionario, o solo una *mistica della rivoluzione*? O forse il punto, andando al cuore dei tantra, era che la sola vera comunità di ricerca spirituale può essere quella che, di fatto, *non sta cercando niente di specifico*?

✷

Kumari sentiva tutti i miei turbamenti, anzi li anticipava, ne percepiva il montare come un'onda che ancora rovella sotto la superficie del mare, e intuendo da dove venivano, da questo senso di impossibilità di afferrare tutto ciò che si dovrebbe, di dominare non solo lo scibile ma anche il non-scibile, subito organizzava una spedizione di studio (una volta aveva proposto una *vacanza*, nell'appartamento a Parigi che le avevano lasciato i suoi, ma la mia indignazione era stata tale che non si era più azzardata: avevo esagerato? Forse, ma ormai che eravamo in ballo credevo davvero che ogni deviazione dal nostro *dharma* sarebbe stato un peccato grave. Quell'appartamento può diventare la nostra prima sede francese, dissi, e così fu). Saremmo tornate a Shaktiville, che sotto l'egida di un abilissimo Dattadeva, indicato da Kumari come suo luogotenente sul posto, stava diventando l'altro grande polo della nostra comunità, ma stavolta ne avremmo approfittato per volare a Lhasa e fare il giro dei monasteri tibetani, dove aveva passato lunghi periodi da piccola: per quanto i suoi avessero fatto di lei una dea secondo la tradizione nepalese, mi spiegava dopo lo scalo a Shanghai, ben presto avevano stabilito che il buddismo tibetano aveva un potenziale didattico maggiore. È forse per questo, mi diceva chiudendo gli occhi per entrare in meditazione, lì sul sedile dell'aereo, che appena ho avuto autonomia dottrinale ho abbandonato anche quella linea per tornare alle radici – al tantra.

Eccoci così al monastero di Drigung Thil, 4465 metri sul livello del mare, sede della scuola Kagyu del buddismo tibetano, e molti altri ne avremmo visitati, ma di quel viaggio ricordo, più che le architetture possenti e le sale che nei colori e nelle forme ricorsive parevano riprodurre una mente durante il samadhi, le mie riflessioni su quelle istituzioni. Non si poteva negare che si facesse sul serio, *molto* sul serio, né che vi fosse una tradizione esoterica forse superiore per cura, dettaglio e ramificazioni, a tutte le altre. Eppure, mi dicevo quando passavamo di monastero in monastero, di scalinata in scalinata, chissà quanto di quel sistema si doveva alla sua mutazione da piccoli parnasi per eletti mossi da una viscerale volontà di ricerca spirituale a istituzioni di tipo educativo; mi chiedevo, a vedere tutti quei monaci ragazzini, quanto di quella tradizione fosse figlio delle sopraggiunte necessità didattiche e disciplinari, ad esempio l'enfasi sulla meditazione seduta, le nottate di lavoro e dibattito sui testi... E poi, mi dicevo anche, guardando quelle pareti laccate con l'illustrazione di tutti i bodhisattva di una determinata linea, organizzati per squadre e filoni e affinità, era mai possibile prendere possesso di tutta quella conoscenza? Non era forse quella pur finissima proliferazione concettuale a modo suo una degenerazione? I testi, in fin dei conti, parlavano chiaro: o sei risvegliata o non lo sei, e pochi, pochissimi tra i risvegliati potevano dirsi davvero a conoscenza di tutte le tradizioni... E poi, pensavo camminando tra quegli antichi scaffali ricolmi di *pecha*, i libri fatti di lunghe pagine orizzontali non rilegate e impacchettate nella stoffa, divisi tra dottrina, commento alla dottrina e pratiche, pensare di raggiungere la liberazione piena, permanente e definitiva leggendo quei testi non era un po' come pensare di venire lì a Lhasa guardando molto intensamente una cartina del Tibet?

Diversa fu invece la visita al monastero femminile di

Shugseb, 4393 metri sul livello del mare, sul lato orientale del fiume Kichu, non distante da Lhasa. Kumari mi spiegò che sua madre, prima di diventare architetta, si era dedicata alla fotografia e aveva realizzato una serie di scatti, considerati molto importanti, alle monache, inclusa Dechen Chökyi Drönma, la 12ª Samding Dorje Phagmo, l'ultima reincarnazione di una linea risalente al Quattrocento. Tirò fuori una cartellina dallo zaino, e da essa, mettendosi di spalle al vento, pescò una busta trasparente da raccoglitore con dentro una foto:

Ma quando l'ha...
Nel '56, credo.
Ma scusa, tua madre quanti...
È nata nel '35, del resto Shaktiville l'ha fondata nel 1968,

non avevi fatto caso all'iscrizione in alto quando siamo andate nella Sala della Memoria?

Quindi tu...

Sai, Cleo, una volta, poco dopo aver raggiunto la maggiore età, decisi di andare a cercare i miei genitori biologici. Che mi avessero adottata lo avevo capito da sola a tre anni, perché altrimenti sarebbero stati così vecchi e così chiari di carnagione?

Puntavamo alla grotta di Longchenpa. Kumari, come attivata da quell'aria pungente e rarefatta, le gote che le si facevano rosse nonostante la carnagione, era ispirata nel ricordo: Per molto tempo mi ero detta che non aveva importanza. Anzi, che ero stata fortunata a essere stata strappata alla povertà e a un destino tragico. A sedici anni cambiò qualcosa. Forse a causa della morte di mio padre, non so. A quei funerali grandiosi, lì a Shaktiville, mi sentivo come un camaleonte che ha sbagliato la miscela dei colori: bizzarra, fuori posto ed esposta agli sguardi. L'unica cosa che sentivo vicino era il decadimento di quel luogo. Non rispondeva più alle aspettative che in tanti vi riponevano ancora. Non giustificava più la pompa del suo aspetto e del suo nome. In quello, io e quel luogo eravamo uguali. Mi sentivo anche come un pavone impagliato. Lì mi venne l'idea di saperne di più su di me.

Mia madre non parlava volentieri dell'argomento. In più usava il suo dolore come scudo. Si esprimeva per silenzi e frecciate crudeli. Sembrava una vecchia tartaruga mordace. Ci vollero quasi due anni per cavarle fuori un nome: *Sholinganallur*. Scoprii che era un quartiere di Chennai. Uno dei più poveri. Almeno la metà era una bidonville. Con la scusa di tornare a Shaktiville da sola, volai di nuovo verso Chennai. Mia madre diventava sempre permissiva se c'era di mezzo Shaktiville. Sapevo già come sarebbe andata, mentre un rickshaw mi scaricava là, tra un mucchio di baracche di legno conficcate a caso nel fango e una discarica di rifiuti metallici dove rovistavano due ragazzine. Mi sentii dentro a un animale malato, a cui era assurdo parlare invece di somministrare lo sverminante. Quel posto avrà avuto venti o trentamila abitanti, quasi tutti bambini. Le uniche memorie erano quelle, sparse e incerte, di qualche vecchia seduta su un secchio rovesciato fuori dal suo abituro. Chi poteva ricordarsi del passaggio di due forestieri vent'anni prima, fossero pure stati i fondatori di Shaktiville? Ciò nonostante, mi feci da una parte e parlai a ciascuna di quelle megere.

Megere, o nonnine. Mutavano col mutare del mio smarrimento. A volte le scoprivo giovani, e in una che vuotava il secchio d'acqua saponata in un fosso lurido vedevo Sarasvati, la leggiadra; più spesso, in quei volti consumati, in quelle ricrescite bianche, mi fronteggiava Dhumavati, la vecchia signora dei desideri insoddisfatti e dei cattivi auspici. La mia madre biologica era una di quelle donne? Era possibile. Ma nessuna ricordava quel passaggio di stranieri, oppure erano ricordi vaghi, riferiti a chissà chi. Restai una settimana. Dormivo in una pensione più a nord, all'alba andavo a Sholinganallur e facevo il giro delle case fino alla sera, finché non vedevo il mio volto riflesso in quello di chiunque. Mi sentivo come una chiocciola col guscio fatto di specchi, e quegli specchi erano rotti e cominciavano a sanguinare. Rischiai tre volte di essere violentata: per fortuna conoscevo la lingua e non avevo problemi a gridare come un'ossessa. Una donna sui cinquant'anni – era lei mia madre? Poteva! – mi disse l'unica cosa di un qualche interesse, che mi trafisse come un arpione. Mi parlò di un gruppo di stranieri, capeggiati da una donna, che *facevano fare dei giochi ai bambini*.

Sì, sarà stato diciotto o vent'anni fa...

Che giochi, signora? Non ricorda?

Mah, dei giochi... Dei giochi colorati.

Si dice che i ricordi comincino a formarsi a tre anni: io di quell'età ricordo bene molte cose, e di certo ero già con i miei genitori adottivi. Mi colpì qualcos'altro: una memoria più vaga e antica. Una forma, un esagono, forse, rosso. Un triangolo verde, di legno... Forme, colori...

Rientrai carica, sbuffante. Avevo passato tutto il viaggio a inviperirmi, lasciando che quell'energia sobbollisse e montasse dentro di me. Ero un cobra col cappuccio spalancato quando inchiodai mia madre. La misi al muro. La interrogai. Le chiesi se avevano fatto una selezione, se avevano testato l'intelligenza dei lattanti. La qualità del prodotto. Ebbe un lampo nell'occhio sinistro. Le sputai. Accusò il colpo solo per qualche minuto. Poi assunse una postura di estrema stanchezza e sofferenza, mi spinse con la mano, raggiunse la sua poltrona e si buttò lì, simile a un vecchio asino provato. Poi disse: *La belle affaire! Bien sûr qu'on t'a achetée.*

✵

Ci fermammo in una casupola per rifocillarci. Subito prima che entrassimo, due monachelle uscirono di gran lena, ci guardarono un po' stupite, ridacchiando tra loro, e se ne andarono verso monte saltellando come stambecchi. Va da sé che pure il responsabile di questa specie di rifugio conosceva Kumari: la guardavo ammirata chiacchierare in tibetano con costui, mentre ci preparavano del tè col burro e delle patate bollite.

Quando ci accompagnò fuori, ci indicò il picco noto come Gangri Tokar, "la montagna del teschio bianco". Mentre salivamo, Kumari mi spiegò che la montagna rappresentava la suprema Buddha femminile Dorje Pakmo, nella sua forma primaria, la divinità tantrica Vajravarahi: il crinale della montagna era il coltello rituale, le due sorgenti minori erano i seni, la sorgente principale d'acqua era la vagina, mentre il monastero di Shugseb ne rappresentava il ginocchio sinistro sollevato. Quando ero con Kumari in Oriente, uno qualunque dei suoi molti Orienti, io che fino a poco prima potevo al massimo figurarmeli basandomi sull'"Abbandono dell'Oriente", la mossa speciale di Virgo dei *Cavalieri dello zodiaco* – perché mi veniva in mente proprio quel ricordo d'infanzia, e proprio lì? E sì che di testi ne conoscevo ormai, e sì che ero avanti nella pratica –, mi ero abituata a considerare normali le cose più straordinarie, così il fatto che al posto della badessa (e sarebbe già stato straordinario che ci ricevesse lei), nella grotta detta Orgyen Dzong Osel Tinkyi Kyemosel, la "Cittadella di Orgyen, Boschetto della Chiara Luce", su di un letto di legno, seduta nella posizione del loto e alle prese con un grosso libro di preghiere, ci fosse proprio Dechen Chökyi Drönma, la 12ª Samding Dorje Phagmo, che adesso appariva come una signora un po' attempata rivestita di stoffe luccicanti dei colori dell'autunno (era davvero lei la ragazza della foto? Non avrei saputo dirlo; Kumari mi assicurò di sì), mi sembrò normale. Non era del resto *ancora più stupefacente* il fatto che ricevesse Kumari così, che la benedicesse ridendo e poi si mettesse a parlare con lei come con una vecchia amica? Forse ero io che sottovalutavo la reputazione di Shaktiville, e davvero per tanti la mia Kumari era ancora una sorta di papessa; o forse era normale che quella donna, che rappresentava la più alta autorità spirituale femminile di quella sfortunata nazione, trovasse una confidenza con Kumari: sia pure in contesti diversissimi, non erano state forse entrambe cresciute per essere dee, gravate fin dall'infanzia da un fardello inconcepibile anche per un adulto? Così eccole lì che ridono, Dechen Chökyi Drönma che poggia la mano sulla testa di Kumari come su quella di una cara nipote; poi mi guardano e ridono bonariamente; subito Kumari mi fa cenno di venire lì. Qualcuno di più suggestionabile, al tocco di quella mano sul capo, avrebbe forse sentito una *vibrazione di energia pura e cristallina*: io sentii solo un tepore rassicurante. Penso sia normale che mi fosse venuto da pensare a mia madre, tant'è che quando Dechen Chökyi Drönma mi chiese, subito tradotta da Kumari, se avessi pensato a mia madre, valutai che doveva essere una specie di trucco da mentalista, per quanto eseguito senza malizia. Pensai che il mio scetticismo fosse un bene. Che fosse un segno di forza. Era arroganza?

Entrò una giovane monaca con tè e biscotti. Dechen Chökyi Drönma ci indicò fuori dalla finestrella aperta tra le pietre che rinforzavano la caverna. Kumari mi spiegò che non stava indicando il paesaggio sterminato che si apriva da quel foro quadrato, ma la pianta di ginepro che ne lambiva il bordo. Stava dicendo che Longchenpa – il buddha del Quattrocento noto come l'Onnisciente, capostipite di non sapevo quale linea e autore dei *Sette tesori*, il libro che aveva sintetizzato seicento anni di non sapevo quale tradizione, ma insomma, uno degli umani realizzati più potenti di sempre (lo pensai così, secondo la categoria della *potenza*: stavo regredendo? Era l'aria rarefatta? Ancora un pensiero da cartoni animati...) – aveva scritto le sue opere, e con la mano indicò il libro che aveva davanti, con un ramo di quel ginepro. Sei secoli di tradizione per Longchenpa, più altri sette tra lui e noi. Quella donna incarnava milletrecento anni di studio e meditazione, ma lungi dal causarmi ammirazione, pur nella reverenza che inevitabilmente ispirava, le concatenazioni di eventi, scelte e competenze che avevano portato a mettere *lei* in quella posizione, e non altre, mi sembravano una burocratizzazione della mistica portata all'estremo: come non pensare alla libertà dell'India, in cui qualunque scappato di casa può fondare la sua scuola? Annuivo ai discorsi amabili e saggi di Dechen Chökyi Drönma e a Kumari che me li traduceva, ma intanto le guardavo e mi sembravano al tempo stesso radiose e tristi, portatrici di una lunghissima linea di tristezza: non c'era dubbio che il *metodo* tibetano prevenisse l'ascesa di impostori e ciarlatani già a ranghi mediani, e per quanto riguardava quelli elevati, se li cresceva fin da piccoli, modellando la persona sul ruolo, un ruolo custodito proprio da quei mediani così opportunamente selezionati, ma non rischiava così di sommergere in partenza anche i più dotati, specie se poco propensi all'ascolto e all'obbedienza? Pensai a quando, nei *Cavalieri dello Zodiaco,* Phoenix riesce a essere sbruffone anche al cospetto di Virgo, che era letteralmente la reincarnazione del Buddha. Dechen Chökyi Drönma si alzò dal letto e ci disse che potevamo restare proprio lì, nella Cittadella di Orgyen, Boschetto della Chiara Luce. Kumari cercò in ogni modo di rifiutare, di dire che non meritavamo un simile onore, ma Dechen Chökyi Drönma fu allegramente irremovibile.

Furono giorni belli. La mattina e a mezzogiorno la monaca incaricata del giro ci portava delle patate bollite, del burro e del tè bollente. La sera ci invitavano in una cappella vicina dove le monache si riunivano per la cena. Dechen Chökyi Drönma non ricomparve, e solo la prima volta a cena si unì a noi la badessa, che chiese a Kumari di "condividere la sua saggezza con le novizie". Era curioso, pensavo guardandola mentre incantava quelle giovani monache con chissà che storie, da me inimmaginabili poiché non poteva fermarsi per tradurmi il tibetano, ma per questo anche più fantastiche, quanto facilmente si calava nella parte della papessa se qualcuno glielo chiedeva, e quanto invece le riuscisse difficile laddove era costretta dal contesto alla posizione di massima autorità presente. A volte, con l'assistenza di Kumari, le novizie mi facevano delle domande sul *mio mondo,* e rispondevo come potevo. L'ultimo pomeriggio la badessa ci fece accompagnare da due monache a visitare le altre grotte legate a Longchen Rabjampa: la grotta della Meditazione, la grotta dello Specchio, la grotta della Beatitudine, la grotta dell'Est... In ognuna di queste caverne incredibilmente frugali eppure ricche di un curioso *senso del sacro* viveva una monaca in ritiro. Saranno state così, pensai, le cappelle attorno al Paradisino, mille anni prima? Alcune erano libere di parlare e con loro bevemmo del tè e scambiammo qualche parola. Altre erano sigillate nella meditazione. Io pensavo soltanto a una cosa: al fatto che una vera maestra, una maestra *davvero vera*, davvero incontrovertibilmente sicurissimamente vera (mi gingillavo con questi calembour per non vedere appieno l'enormità di ciò che andavo mettendo assieme) era quella che aveva la forza di dire Va bene, basta, adesso facciamo come dico io, perché è l'assoluto che parla per me. Proprio come il primo dei ciarlatani.

*

Abbandonai ogni perplessità. Fu allora che capii cosa fosse la fede, quale forza delirante conferisse. Non c'entrava credere nel dio (era ridicola anche l'espressione: nel momento in cui si accettava che il dio era ovunque, era *la cosa più reale che ci fosse*, anzi l'unica reale): c'entrava, semplicemente, *credere*. E tanto più credevo, e studiavo (anche il buddismo tibetano, a quel punto, che pareva un ulteriore oceano rispetto alle mie scarse competenze), tanto più facevo e organizzavo (e imparavo anche a gestire i fondi: fui io a trasformare il Centro Shakti nella *Fondazione* Shakti), tanto più i devoti arrivavano, e arrivavano a un ritmo da grande pellegrinaggio – Da Khumb Mela!, diceva Kumari esagerando – che faceva sì che la nostra prima preoccupazione fosse ormai capire dove metterli.

Era facile, mentre accadeva, pensare che fosse merito nostro; che avessimo trovato la chiave di qualcosa. E forse era pure vero, all'inizio: quando la comunità cominciò a crescere, e l'organizzazione e la dottrina con lei, poteva essere davvero perché offrivamo qualcosa di più o di meglio degli altri. Perché eravamo limpide e trasparenti, perché sapevamo ridere anche dei nostri precetti e non solo del mondo, perché gli esercizi spirituali di Kumari, figli delle parti più nobili del tantrismo shaivita del Kashmir e dell'Advaita Vedanta, erano effettivamente *più potenti* degli altri, Kumari li conosceva meglio di chiunque (almeno: meglio di chiunque in Europa) e le tecniche che stavo sviluppando per trasmetterli, per avviare gradualmente ma rapidamente alla pratica, funzionavano; di certo funzionava bene il far sperimentare il samadhi, inducendolo col corretto mix di molecole: sebbene non fossimo le prime a farlo, lavoravamo con maggior equilibrio e progettualità, forti delle esperienze passate, a seconda del peso somministravamo dai 200 ai 300 µg di LSD e dai 100 ai 150 mg di MDMA tre ore dopo. E la ketamina al mattino, il *dolphin-flip* di John Lilly (ed è subito "+24"!), ma solo a chi aveva già una certa esperienza di quel campo totalizzante; ed eravamo brave anche nell'integrazione: avevamo sia l'onestà intellettuale nell'ammettere che stare nel samadhi solo qualche ora non significa averlo raggiunto ma solo visitato, sia le capacità di ascolto e di analisi per lavorare con chi, incontrando nodi interiori impegnativi, faceva dell'esperienza non tanto una ierofania quanto l'inizio di un processo di guarigione. Forse anche la nostra *etica* valeva qualcosa, l'idea di mondo che proponevamo, che era anche un bel po' *cristiana*, scusa Shiva, scusa tanto Kali, ci perdonino i deva tutti, ma alla fine si tornava lì, alla questione dell'amore: una visione weiliana, magari, radicale ma senza esaltazione né *perversione* (vogliamo dire *dolciniana*?), dato che conoscevamo l'assoluto, lo avevamo visto e *abitato* come lui abitava noi e sapevamo che *era noi*, me e lei e te e voi, che la transustanziazione valeva per tutti, contavano solo il discernimento e la devozione, e dopo un po' neanche quella dato che non si trattava di ascendere chissà dove, ma di *tornare a casa*, anzi, di *esserci già*. Così la gente veniva, trovava qualcosa, ne parlava, faceva venire altra gente. Così chi prendeva confidenza con la dottrina, o anche solo sentiva di aver trovato qualcosa grazie a noi, si offriva di aprire una sede nella sua città. Ci sembrava normale. Eravamo soddisfatte, a volte entusiaste, a volte addirittura raggianti, ma ci sembrava normale.

Quello che accadde *dopo*, ecco, era più difficile, e certo è difficile adesso, ascriverlo a meriti. Davvero se Buddha, tra i mille e mille mistici partoriti dall'India, cinque secoli dopo si affermò in tutta l'Asia, era merito di una incontrovertibile superiorità dei suoi insegnamenti? Quanti altri messia costruiti sul paradigma egizio del figlio del sole aveva surclassato Gesù Cristo? Cosa sarebbe successo se Maometto fosse stato sconfitto a Badr? Valeva anche in negativo: una volta Girolamo, al Paradisino, mi predicò l'ineludibilità del male (ma allora si poteva parlare anche di ineludibilità del bene?): disse che a poco sarebbe valso soffocare Hitler nella culla, perché qualcun altro avrebbe preso il suo posto, Himmler o Goebbels o altri nomi che possiamo dirci felici di non aver conosciuto ed ebbero invece tutt'altra parabola; eggregore, insisteva Girolamo, i "mostri" non sono che intercambiabili forme-pensiero della storia e la cosa che veramente contava era evitare che si coagulassero, che venissero in esistenza incarnandosi in qualcuno, e se valeva per i mostri, forse lo stesso valeva per profeti e messia... Prima di cedere a paragoni imbarazzanti, però, è necessario arrivare a un punto: all'evento che ci fa parlare, oggi, di un *prima* e di un *dopo*, alla fine di quei giorni. Mancava ancora molto. Intanto, nel dubbio, imparavo:

Dimmi, Cleopatra, di quale luce si serve l'umano?

Della luce del sole, Kumari Devi. Nella luce del sole egli si siede e si muove, compie il suo lavoro e torna a casa.

Così è infatti, Cleopatra. Ma quando il sole è tramontato, quale luce resta all'umano?

Vuoi la risposta romantica o quella realistica?

Fai poco la furbetta e rispondi.

Mmm... *La luce della luna, o Devi.* Il lume della luna, gli resta. E se la luna fosse velata, grazie al suo ingegno – bene così? – avrà sempre quella elettrica, oppure a gas. Alla luce elettrica, o a gas, si siede e si muove, compie il suo lavoro e torna a casa.

Ma quando anche la luna è tramontata, il gas è finito e l'elettricità è stata dimenticata, che luce rimane all'uomo, Cleopatra?

Gli rimane, Kumari Devi, il chiarore del fuoco. Al chiarore del fuoco egli si siede e—

Ma quando il sole è tramontato, la luna è tramontata, il gas è finito, l'elettricità è stata dimenticata e il fuoco è spento, Cleopatra, di quale luce dispone l'umano?

Ci pensai un poco. Poi dissi: Del verbo, o Devi. Quand'è impossibile persino distinguere la propria mano nel buio, ci volgiamo nella direzione da cui proviene la voce.

Così è, Cleopatra, mi disse Kumari strizzando in un sorriso gli occhi fino a due fessure nere; ma quando anche la voce è ammutolita, quale luce ci resta?

Ci resta la luce dell'atman, Kumari Devi, dissi con la sicurezza che a quel punto ci si aspettava da me.

Quando mi chiese E cos'è l'atman? Dimmi, Shakti Devi, il tono era passato da quello del presidente di commissione del più severo esame della tua vita a quello dell'amica con cui ripeti le lezioni alle medie, e io capii di aver avuto un'investitura. Anzi, di essermela presa.

✵

Hari om, Shakti Devi.

Hari om, dico alla vecchia che mi saluta chinando il capo (chi è questa, poi? È arrivata così tanta gente che non ricordo mai il nome di nessuno...) mentre vado a ricevere la delegazione tibetana del convegno interreligioso che abbiamo organizzato a Shaktiville, giunta al completo nonostante tutti i problemi coi trasporti.

Hari om, Shakti Devi.

Hari om, dico a questo ragazzone di due metri, barbuto e già canuto, che deve essere arrivato in Fondazione mentre eravamo in India...

Hari om, scrivo in fondo a un testo introduttivo per il nuovo pamphlet col mio commento allo *Shivasutra* di Vasugupta, e accanto a quel saluto i grafici appongono la riproduzione della mia firma: Shakti Devi.

Pensavo a volte che fosse una magia, nel senso che intendeva quel libro di Aleister Crowley che avevo sfogliato a Esmeralda: magia come dominio della volontà individuale sull'illusione che chiamiamo realtà, tramite un allineamento della propria volontà a quella intrinseca del *brahman*: era come se adesso che c'ero io, adesso che aveva qualcuno in cui specchiarsi, gli occhi di Kumari dicessero che tutto era completo e le cose *non potevano che andare così.* Ora che c'era tutto ciò che serviva, lei aveva la forza di accoglierli e così i fedeli arrivavano alla dea come l'acqua scende a valle; così i nuovi edifici venivano tirati su da quei fedeli allo stesso modo in cui i germogli spuntano dalla terra. E quei pavoni? Deve averli portati qualcuno in questi giorni...

È la più pura normalità, pensavo a volte, quando al mattino, alzandomi per le abluzioni e gli asana, vedevo già i nuovi che si affollavano fuori dal cancello e venivano accolti da gente arrivata magari una settimana prima ma che si comportava come se fosse lì da sempre – e come se avesse intenzione di restarci per sempre.

Dov'erano finite, però, certe mie idee? Quella di provare a rinunciare del tutto alla ritualità era evaporata di fronte alla contrarietà di Kumari, a cui non sapevo dire mai no; quella di riprendere certe idee di sua madre e provare davvero a creare una comunità ideale, sulla scorta di Platone, Moro e Campanella, prima ancora che di Ferrine Léger, era affondata di fronte alla mia inadeguatezza, al fatto che avrei dovuto studiare chissà quanti anni, e già avevo il mio da fare con le dottrine tantriche e quelle buddiste che andavamo rielaborando; quella di essere il motore di un vero cambio di paradigma, l'avevo accantonata nella consapevolezza di non essere all'interno della giusta congiuntura storico-sociale... Più spesso ancora non avevo il tempo di pensare, perché, a tanti anni dal periodo dei rave, mi trovavo di nuovo in mezzo a un *effetto valanga*, e c'era da gestire le finanze della Fondazione e stampare i nuovi pamphlet, da formare i nuovi arrivati e tirare su i nuovi padiglioni e trasformare in edifici quelli vecchi, da impostare i lavori per la nuova sede satellite, e poi per le nuove tre sedi satellite della sede satellite...

✵

Un giorno, mentre stavo meditando sotto al fico, sentii un solletico sotto al naso.

Però, è diventata brava, disse una voce che aveva qualcosa di familiare. Aprii un occhio e vidi qualcosa di rosa-zucchero-filato davanti a me. La testa rosa-zucchero-filato di qualcuno steso davanti a me bocconi, che mi faceva il solletico al naso con una piuma di pavone.

Sayori...!

Ciao capo.

Non chiamarmi capo, dico mentre mi alzo, la tiro su e la abbraccio. Ma cosa...

Cosa ci faccio qui? Vuoi dire cosa ci facciamo, e indica la porta da cui entra Nami, coi capelli appena rigati d'argento, e poi – quasi lo tira dentro –, a capo basso, ma con un sorrisetto sotto a dei nuovi e un po' ridicoli baffi a manubrio, Girolamo.

E tu?, dico a Nami. Non dovevi tornare a casa?

C'ho provato, ma non me ci ritrovavo più. Alla fine ho venduto il negozio e sono tornata al Paradisino. Ogni tanto arrivava qualche notizia su di te... Sai, Sayori insisteva che senza di noi ti saresti messa nei casini.

Vorrei vedere, risponde quella, calcola come l'abbiamo trovata la prima volta! Cioè, Jack Nicholson alla fine di *Shining*, presente? Ahia! Sempre manesca eh, Cleo?

Ma se mi sono trattenuta. Venite qua, fatevi abbracciare anche voi. Ma come...

Antonio è morto, dice Nami.

Ah.

Gli abbiamo fatto un funerale alla Shelley, dice Girolamo.

O alla Ramakrishna, dice Nami serrando un po' le labbra.

Cioè lo avete... Ma dove?

A Massa Nera, ci andava sempre a fare le sue passeggiate, ricordi? Grazie al forestale abbiamo avuto l'autorizzazione a fare una pulitura dei cespugli, e quindi un fuoco controllato.

Era solo al mondo, eh?

Per niente. È venuto a prenderlo uno dei figli – cinque, ne aveva! – con la moglie. Ma lui aveva già lasciato tutte le indicazioni. Al notaio, che non voleva essere visto morto e quindi di sigillare la bara; a loro, di cremarlo giù a Firenze; a noi, di scambiare il corpo con la carcassa di un caprone che Alejandro aveva preso chissà dove.

E lui?

Alejandro? Sparito. Già quella sera non lo si è visto più. Ma sai, strani eravamo strani tutti, là. Comunque, Antonio i suoi libri – lo *scaffalino scienza sacra*, ricordi? – li ha lasciati a te.

Così siamo venute a portarteli, ghigna Sayori. Cos'è, pensavi di liberarti di me? Non guardarmi così, lo so che c'hai la morosa...

Ora, "morosa"...

È vero! Un po' di rispetto! Capito ragaz? Allora, non ci dici niente?

Mi fa... piacere.

Ci crediamo che ti fa piacere! Quali sono i nostri alloggi?

✵

Temevo che Kumari avrebbe reagito male. Il che era un po' assurdo visto quanta gente arrivava in quei giorni, ma era vero che ogni tanto nei suoi occhi rispuntava una certa aggressività latente. Forse lo temevo perché *io* sarei stata gelosa se fossero apparse persone con cui lei avesse mostrato profonda confidenza? Ero ancora legata a istinti così bassi? Fu lei, invece, a mettere subito quei tre in posizioni di responsabilità, e lo fece vedendo il legame che avevo con loro, fidandosi di esso. Del resto io non mi ero ugualmente fidata degli ex adepti dei suoi genitori, che adesso, felici di esser stati richiamati a un ovile che credevano aver tradito le proprie promesse, rendevano possibile quella continua crescita?

⁂

Eccomi fuor dall'abbaino seduta sul tetto, oppure in cima all'osservatorio. La meditazione del mattino ha già avuto luogo; la colazione pure. Brulica serena la vita in questa giornata – in questa ennesima giornata – alla Fondazione Shakti. Sta arrivando altra gente: basteranno i nuovi alloggi in costruzione? S'intravvede Nami in fondo al padiglione grande che dà disposizioni ai nuovi, dagli alberi sventolano le bandierine, di là nello scrittorio qualcuno sta sbobinando i dialoghi intorno al *Vijnanabhairava* che ho registrato con Kumari... Si riduce dunque tutto a questo? *Ora et labora*, quasi millecinquecento anni e nulla di veramente nuovo?

Cos'hai, Shakti Devi?

Nulla...

Non dubitare!

E chi dubita, dico mentre guardo Kumari uscire dalla stanza. Certo, penso, non era solo *Ora et labora*, avevamo anche lo shaivismo tantrico, la psichedelia: non rimandavamo certo la realizzazione a un'altra vita, quanta gente avevamo messo *davvero* in contatto col trascendente? Ma anche quelle non erano cose nuove: vecchia di tremila anni una, di sessanta l'altra... Mi dirai: perché dovrebbero essere nuove? Vero, ma nuove erano le sfide, nuovo il precipizio sul cui orlo ci trovavamo: ci si poteva ancora accontentare dei risultati individuali? E anche volendo metterli al centro... Com'era quell'assurda tassonomia dell'illuminazione che avevo visto al Paradisino? Da -24 a +24? Anche volendoli mettere al centro, dove stavo normalmente? +5, +6 a essere ottimiste? +7 o +8 quando una sessione di meditazione veniva davvero bene? Così tanti affanni per *questo*?

✵

Poi, un giorno, arrivò il naga baba. Spuntò un martedì, in fila per la colazione come tutti: che non fosse un vecchio fricchettone dei soliti si capiva subito. Era indiano, per cominciare; e fin lì... Ma la cappa porpora che portava era lisa di un liso che viene solo col dormirci dentro, alla notte, e soprattutto teneva una mano in alto, come in un pugno chiuso, ma il braccio era perfettamente verticale ed era secco, come atrofizzato; dalle dita della mano spuntavano unghie lunghissime, avvolticciolate in spirali scure... Bastava un'occhiata per capire perché fosse così: perché non l'aveva mai abbassata da chissà quanto, forse da quaranta o cinquant'anni. Diedi di gomito a Kumari per indicarglielo. Le si bagnarono gli occhi, corse verso di lui (i sannyasin subito si aprirono in due sponde) e con sgomento, e brusio, di tutti si inginocchiò e gli baciò il lembo sdrucito della cappa.

È baba Amar Bharati, mi disse poi mentre mangiavamo e lui rosicchiava la singola pagnotta che si era preso (scegliendo, mi pareva, una di quelle più schiacciate e piccole). È molto importante nell'Himachal Pradesh. E non solo lì.

Ed è venuto da noi?

Come vedi.

Mi diede da pensare. Quell'asceta, che ancora teneva su il braccio che aveva offerto in sacrificio a Shiva, facendone tridente d'osso e carne, era partito a piedi da Varanasi due anni prima per venire a Pontremoli da noi. Non era in qualche modo... *troppo*?

✵

Stavo leggendo i report di Girolamo sull'apertura delle nuove sedi in Canada, in cui di nuovo aveva avuto un ruolo decisivo l'infaticabile impegno della nuova generazione di Shaktiville (e in particolare di Dattadeva, che nel suo ruolo di plenipotenziario mostrava capacità organizzative, teoretiche e decisionali rimarchevoli), quando suonò il telefono. Risposi subito, avendo notato il prefisso, e riconobbi la voce della Lina, la donna di Montevarchi che dava una mano al babbo con gli ulivi al momento della raccolta, e vidi già tutto: mi vidi cercare dei vestiti "normali", ché se già, considerando quante voci potevano essersi accumulate su di me, sarei stata esposta allo stesso tipo di sguardi che i montevarchini, quando ero ragazzina, potevano riservare a quella o a quello che si fosse colorato i capelli, derubricandolo a tossico o invertito da lì e per i secoli a venire, mi pareva eccessivo, irrispettoso quasi, vista la circostanza, dar loro fiato presentandomi agghindata come la santona che probabilmente già mi ritenevano; un gesto forse addirittura indicativo di un mio cambio di mentalità, io che in gioventù avevo pronunciato fin troppo il lemma "rivendicazione": ma un funerale non era contesto atto a rivendicazioni, giacché ogni gesto che toglie attenzione al defunto risulta fuori luogo; mi vidi allora vestirmi con quel semplicissimo set di abiti – jeans, anfibi, una maglietta nera, il mio vecchio parka – che avevo al momento del mio arrivo al Mulino, andare alla stazione all'alba e intraprendere il lungo tragitto, da regionale a regionale, che da Pontremoli reca a Pisa, da lì a Firenze e poi verso Arezzo o Chiusi, per scendere a Montevarchi e raggiungere a piedi, attraverso una piazza della Repubblica irriconoscibile, gli alberi tagliati, l'erba secca e gialla ma alta fin quasi a nascondere i giochi per bambini ormai arrugginiti, la chiesa di Sant'Andrea, dove alle 11:30 si sarebbe svolto il funerale di mio padre.

✵

L'anno successivo l'ashram passò da millenovanta a quattromilaseicento adepti (senza contare le "presenze", quelli che venivano per i seminari o i corsi brevi, o chiedevano solo ospitalità per un po'); le sedi, da cinque a venti. I fondi, grazie a corsi e seminari, erano sufficienti; lo spazio c'era; io avevo trovato, dalla sepoltura di mio padre, che si era svolta come immaginavo – poca gente e commossa, qualche bisbiglio al mio indirizzo – un fuoco ancora più ardente e determinato, un nuovo e definitivo senso di *autorità*: comprammo i terreni attorno e dotammo la sede di una stamperia.

L'anno ancora dopo, contando le nuove sedi che sarebbero nate – ecco Nami che entra in ufficio portando l'ennesimo faldone –, il computo totale solo per la sede centrale sarebbe stato di novemiladuecentoventitré: più degli abitanti del paese. Con le prime sedi internazionali che sbocciavano in giro e generavano a loro volta sedi satellite, non era difficile immaginare che la tendenza – quasi un salto di grandezza di scala l'anno – sarebbe continuata, e infatti dopo ancora un anno e mezzo toccammo sessantaseimila adepti complessivi, e almeno il triplo di presenze. L'anno dopo, cosa sarebbe successo?

Dopo un tempo così ridotto cominciavano a formarsi ramificazioni dell'organizzazione di cui non conoscevamo neanche i vertici; per quanto cercassi in ogni modo di mantenere tutto al massimo grado di semplicità, i materiali, a parte il primissimo pamphlet, che continuavamo a realizzare nella nostra stamperia, venivano ormai prodotti in una vera tipografia, attigua alla sede di Milano, e da lì distribuiti in tutto il mondo; già nelle sedi secondarie c'era chi si faceva un nome per saggezza, solerzia, carisma o preparazione.

Che facevo io? Riscoprivo la mia attitudine al comando, all'organizzazione, alla teoresi, caratteristiche giovanili abortite per mancanza di contesti in cui esprimerle. Adesso le mie azioni recavano effetti immediati e me ne compiacevo, anzitutto perché compiacevano Kumari; scoprivo, se vogliamo, la gioia di fare qualcosa per qualcun altro (era questo *l'amore*?) e in quelle fitte giornate, ma che dico giornate, in quei fitti *anni* arrivavo a convincermi che quello fosse il mio *dharma*, il mio compito su questa terra, in questa illusione... Così organizzavo sedi, coordinavo nuovi arrivi, reinventavo rituali, organizzavo spedizioni sempre più consistenti di psichedelici, entactogeni e dissociativi dal dark web (e curavo il portafoglio bitcoin dell'organizzazione, messo su per tali acquisti e divenuto consistente per il levitare delle criptovalute), iniziavo accoliti, trasmettevo tecniche, trascrivevo dottrine antiche e moderne, ne discutevo con Kumari, le mettevo in relazione tra loro, ne facevo pubblicazioni; confortavo chi veniva da me in cerca di conforto, non giudicavo mai, perdonavo sempre e compivo ogni giorno le "azioni prescritte"; ma nonostante questo ero ogni giorno più lontana dal vero, a meno di accettare come vero la *nazione a due*, quello che io e Kumari rappresentavamo per noi stesse. Ero sprofondata in un'*esistenza relativa*?

✵

Ecco che oltre l'orizzonte, ancora dietro ai colli, prende forma una figura. Stavolta non è un baba: ha una giacca a vento malconcia, scarponi da montanaro, una borraccia al collo e la faccia esausta di chi sta scappando; un ciuffo rado, di capelli castani e grigi, è appiccicato sulla fronte dal sudore già asciutto e gli passa dietro ai grossi occhiali squadrati. Ha un bastone e l'aria di chi lo ha usato per difendersi dai cani. Adesso è sulla strada bianca dei colli: i suoi passi alzano piccole nuvole di polvere ma procede con piglio più deciso, vede alla distanza un luogo che potrebbe essere quello a cui punta: piccole note di colore – di arancio – che ricorda, forse per lo sproloquio di un qualche vecchio freak a qualche antico campeggio di festival rock di provincia, essere plausibilmente collegato a ciò che cerca, *arancio, anzi giallo zafferano, il colore del fuoco che brucia le impurità: il colore della rinuncia...*

Un'ora e mezza più tardi, col sole che comincia ad approssimarsi allo zenit, passa sotto altri colori, il blu, bianco, rosso, verde e giallo dei "cavallini del vento" o *cinque luci pure*, le bandiere che mosse dalla brezza spargono preghiere; eccolo che supera le bandierine e scambia un'occhiata con un monaco, o almeno quello che crede essere un monaco, non ricambia il saluto di un gruppetto di ragazzi, raggiunge il primo edificio, chiede di me.

❋

Sei cambiata.

Be' Carme, qualche anno è passato.

Ma questa lucetta che emani?

Prendi poco per il culo.

Alle corte, Cleo, sono un po' nelle beghe, posso stare qua per un po'?

Certo che puoi stare.

❋

Così abbiamo un nuovo ospite.

Be', solo oggi ne sono arrivati ventotto. Eh, non guardarmi così, Kumari. Non ti piace?

È un corvo, porta una tempesta.

Non sai quanto lo renderesti felice a dirgli questa cosa. La porta o la annuncia?

C'è differenza?

✷

Le stagioni si sfogliavano su di noi; tutto ciò che eravamo e facevamo cresceva. Era forse che in un mondo allo sbando offrivamo ancora un'alternativa? Quando *io* facevo la tesi, in quell'epoca lontana come un sogno tremulo e già ialino (così come mi sembrava a volte di essere *in quel momento* in un sogno, forse neanche mio: un sogno di Morelli? In quel caso però avrei dovuto essere a Parigi...), avevo studiato i new age traveller, i nomadi inglesi perseguitati dalla Thatcher negli anni '80, la cui comunità non smetteva di crescere nonostante la repressione, e anzi si fondeva con nuove coorti giovanili giunte dalle città colpite dalla crisi, per il solo fatto di offrire qualcosa rispetto a un contesto che non sapeva offrire più nulla – e quella crisi locale non era niente, davvero niente, rispetto a quella globale che ormai entrava nella sua fase matura. In un mondo che si sentiva come mai prima vicino all'apocalisse, dietro al cui collasso ambientale parevano di nuovo covare gli incubi febbrili del tardo Novecento, in questa fine della storia (ma stavolta davvero), in quest'*epoca che progredisce sotto il segno della disgregazione e* deve *finire con una catastrofe*, in cui si moltiplicavano i "prepper" come i rassegnati, e iniziavano finalmente a diminuire (ma solo quando era troppo tardi) gli indifferenti, gli increduli, i negatori d'evidenze, in questo presente in cui la maggior parte delle reazioni erano riconducibili alla sfera emotiva, come era normale considerando che la razza umana sarebbe stata presto chiamata a vivere in un deserto ecologico e in un inferno sociale, in questo contesto era emerso definitivamente, e con forza riconosciuta da tutti, Dattadeva. Figlio di Originals di Shaktiville, fin da piccolo aveva mostrato qualità intellettuali e umane che avevano portato molti, tra i più anziani, ad accostarlo a Kumari; tra i primi a credere, ancora adolescente, nel nostro percorso di rifondazione della città, e ancor prima in quello di ristabilimento di una *samgha*, di una comunità spirituale, pareva ogni giorno più abile nella parola e più profondo nello spirito: la sfera piccola e perfetta della sua testa rasata sembrava un messaggio di per sé; i suoi lineamenti infantili si erano fatti belli senza mai diventare provocanti; il suo sguardo, poi, corrispondeva ormai a certe descrizioni antiche di santi, anzi le rendeva nuovamente sensate, faceva uscire dal cliché espressioni come *era a un tempo lo sguardo di un saggio e quello di un fanciullo*. Ma soprattutto Dattadeva non aveva paura del futuro.

Dattadeva credeva in un mondo a venire: lo vedeva. Pur trovando moralmente inattaccabili le sue azioni e ineguagliato il suo contributo alla comunità che, al netto di quanto coordinavo direttamente io, registrava le crescite più significativa laddove c'era di mezzo il lavoro suo e dei suoi diretti referenti, specie in Germania, Sri Lanka e California, quando lo incontrai di persona per discutere gli sviluppi dell'organizzazione in India lo trovai arrogante. Repressi quella sensazione, costringendomi a notare che non aveva detto o fatto nulla di arrogante: era solo naturalmente capace di attirare su di sé ogni luce. Kumari, che conosceva bene i suoi genitori, si fidava di lui in modo incondizionato, e ben presto gli affidò responsabilità importanti nella comunità, e di fatto la gestione di Shaktiville e di tutte le nostre attività in Asia e altrove. Non si può dire che fosse una scelta sbagliata, all'inizio.

Mi davano da pensare anche il Carme e Girolamo. Si erano integrati bene, anche troppo. Sapevo che il Carme non credeva a una parola di quello che si studiava qui, ma visto che non aveva altri posti in cui andare si era calato nel ruolo, e ritrovarsi a guidar gente – giacché, in quel clima di crescita costante, chi partiva dalla conoscenza diretta di me o di Kumari finiva ineludibilmente a coordinare molte persone – gli piaceva. E piaceva a Girolamo, mai così pimpante, che una volta mi fermò fuori dal tempio e mi disse Grazie per avermi rimesso al centro degli eventi, una frase delirante, detta con sguardo anch'esso delirante, ma un delirio attivo, diverso da quelli di cui era di solito preda il Girolamo che conoscevo. Si erano integrati bene, ma emanavano un'aria, anzi un'aura, di fronda: il solo fatto di ritrovarsi, di certo per la prima volta, ad aver gente che gli dava retta – ma che dico retta, che pendeva dalle loro labbra – li inebriava. E li inebriava Dattadeva: non a caso si erano premurati di esser loro a tenere i contatti con il suo ramo dell'organizzazione... Va detto che mi dolevo di questi pensieri, figli dell'ego. Mi dolevo di averli, prima ancora che per il loro contenuto. Mi consolavo con la nozione che non ero così quando stavo con Kumari, e col fatto che lei non si preoccupava di simili questioni; infine, mi consolavo dicendomi che, se non altro, non avevo ancora finito di imparare:

✵

Shakti e Kumari, amorosamente unite nella stessa conoscenza, escono dal non-differenziato affinché il loro dialogo illumini gli esseri.

Dice Shakti Devi: O Dea, qual è la natura essenziale della realtà? Ciò che è dotato di parti è nato dall'energia immanente e trascendente oppure trae origine soltanto dall'energia immanente? Che la tua grazia recida i miei dubbi!

Dice Kumari Devi: Le tue domande, o amata, formano la quintessenza dei tantra. Ti esporrò allora un sapere segreto. Tutto ciò che è percepito come una forma composta deve essere considerato come una fantasmagoria, un'illusione magica, una città fantasma sospesa nel cielo, e tutti i concetti esposti nei testi sacri sono destinati a coloro il cui spirito è ancora troppo immaturo per cogliere la realtà suprema. Non sono che ghiottonerie destinate a incitare gli aspiranti a una condotta etica e a una pratica spirituale, in modo che possano un giorno realizzare che la natura ultima del *brahman* non è separata dall'atman, e quindi dal loro proprio sé. Questa verità può essere percepita solo tramite l'esperienza, riconoscendo l'unità tra anima individuale e anima universale.

Dice Shakti Devi: Come raggiungere allora la pienezza assoluta che trascende qualsiasi nozione e abolisce il tempo e lo spazio? Come realizzare questa non-dualità con l'universo?

Risponde Kumari Devi: Quando hai inspirato o espirato completamente e il movimento si arresta da solo, in questa pausa universale e pacificata la nozione dell'io sparisce e l'assoluto si rivela. Contempla le forme indivise del tuo corpo e quelle dell'intero universo come appartenenti alla stessa natura: così il tuo essere onnipresente e la tua forma riposeranno nell'unità e raggiungerai la natura della coscienza. Quando realizzi che sei in ogni cosa, l'attaccamento al corpo si dissolve, la gioia e la beatitudine sorgono. Libera la mente da ogni appoggio e accedi alla non-dualità. Allora, donna dagli occhi di gazzella, il sé limitato diventa il Sé assoluto...

Donna dagli occhi di gazzella? Questa da dove ti è uscita?

È una forma tradizionale.

Ah quindi non ho veramente gli occhi di una gazzella?

Kumari mi mollò uno schiaffo sul capo. Non deconcentrarti! Contempla lo spazio vuoto, accedi alla non-percezione, alla non-distinzione, all'impercettibile, al di là dell'essere e il non-essere: compenetrati nel non-spazio... Ehi, che fai?

Tempo di essere nuovamente *unite nella stessa amorosa conoscenza*, dissi mettendola con la schiena a terra e salendole sopra per baciarla.

*

Quando un'ora più tardi Kumari andò a occuparsi dei riti serali, e prima di andare nella nostra stanza a compilare i registri delle prossime iniziazioni, raccolsi quella copia del *Vijnanabhairava* da cui stavolta Kumari aveva preso spunto per la nostra sessione. Era un'edizione italiana, quindi non veniva dalla sua biblioteca. Aveva infatti l'ex libris di Antonio, e un sacco di appunti e sottolineature mie, che non ricordavo più di aver fatto. Un passaggio era marcato più volte: *Erra fino allo sfinimento, in una totale spontaneità. Poi, di colpo, lasciati cadere a terra e, in questa caduta, sii totale. Allora si rivela l'essenza assoluta.*

Ebbi l'impressione di vedermi da fuori, lì davanti a quelle pagine aperte.

✵

Ecco Kumari che saluta l'alba e scocca il cimbalo,
mentre sotto Nami fa il giro tre volte e accende gl'incensi;
ecco Shakti Devi: poggia i polpastrelli nella cenere
e traccia tripundra sulle fronti dei fedeli già in fila,
con Sayori pronta dietro col vasetto per il tilaka.
Futili riti, sciocchi sincretismi, fraintendimenti
d'usanze antiche prese sul serio solo perché antiche:
questo avrebbe pensato Shakti, quand'era ancor Cleo;
e in un angolo di mente questo ancor cova, ma sa
adesso cos'è la *bhakti*, la devozione; quanto incide
la ritualizzazione d'ogni cosa nell'aprire crune
che lo spirito possa poi squarciare. Pure, pensa Shakti,
quanto meglio sarebbe, quanto più vero, saltare di là,
diretti, come fosse una corda o un gioco del mondo:
dunwu dunxiu, lampo noetico, risveglio improvviso –
ma che ne sarebbe poi della *samgha*, della comunità?
Di questi tempi poi (*signora mia...*, ghigna tra sé e sé,
ma non è più epoca, o yuga, d'ironie facili:
fuori il mondo ribolle e trema, avanzano nubi oscure);
che fare allora? Cercare di essere tutto, di nuovo?
Meglio, forse, tra le due strade, cercare una sintesi:

ma è questa, solo questa, la tua sintesi? Puoi dire
di stare ancora cercando?
Shakti Devi...
...
Shakti Devi!
...
Capo!
Uh! Cosa?
Stai fuori? Hai messo il tripundra negli occhi a quella, mi sussurrò Sayori. "Quella" mi baciò le mani tutta contenta: eravamo a questo? Se sbaglio pensano che sia un'eccezione, anzi una benedizione?

E Shakti Devi fa di nuovo le tre righe di cenere
a quella devota, ma non smette, fosca, di ponderare:
ripensa alle obiezioni poste da Dattadeva, adepto
novello e anziano assieme, figlio di Originals
di Shaktiville, asceso a rilievo per mano di Kumari,
alla veemenza con cui invitava a fare di più,
con cui asseriva uno "spreco di forza politica",
con cui *rompeva i coglioni*, aveva pensato lei spesso,
vedendolo peraltro fomentato proprio dai suoi,
dal Carme e Girolamo, mai soddisfatti, mai in pace;
ma forse, rifletteva adesso Shakti senza sbagliare
altri segni, se la irritava (che sentimento basso!)
era perché marcava il nervo, svelava quello che lei
sotto la cenere pensava e non poteva più dire.
Torna con gli occhi e con lo spirito a quel luogo di pace;
a quei cercatori, i più mossi ancora da buoni intenti.
C'era bellezza in quel retablo vivente, c'era aria
di mito; e c'era Dattadeva col Carme e Girolamo:
sguardi in tralice, qualche bisbiglio e un dubbio di sprechi.

✵

Se in quel periodo mi davo sempre più spesso a certe sessioni di meditazione lunghissime, indiscutibilmente *ascetiche,* che tanta ammirazione destavano tra i seguaci, c'entrava anche il fatto che in fondo c'era qualcosa che non mi andava in quel che avevamo creato, e non potevo dirlo a nessuno. Anche perché la Fondazione Shakti andava bene. Andava, anzi, *troppo bene.* Ci dicevamo questo, con Kumari, alla sera, quando ci abbracciavamo dopo tutto lo scartabellare che un'organizzazione del genere richiedeva, anche quando avevi un segretario, anzi due, anzi quattro. E infatti qualche mese dopo il vento cambiò. Fu quando arrivarono i delegati per il nostro primo congresso interno, indispensabile viste le dimensioni assunte dalla comunità e la rapidità con cui ciò era avvenuto, e Dattadeva prese la parola. Andò in scena per primo, con quel capino liscio e tondo, con quegli occhi vicini e insopportabilmente intensi:

Vi ringrazio per l'onore accordatomi nell'incaricarmi di aprire questo primo congresso interno della nostra *samgha.* E invito subito tutti i presenti ad alzarsi per onorare le due maestre realizzate senza le quali nulla di tutto questo sarebbe mai stato possibile: Kumari Devi e Shakti Devi. Grazie, maestre, per tutto quello che ci avete dato. Oggi, però, non è per me il giorno della soddisfazione, ma dell'allarme.

Sono, siamo consapevoli di essere portatori di una tradizione, quella che semplificando potremmo chiamare tantrica, che ha insegnato al mondo l'accettazione universale. Sappiamo che il nostro stesso sincretismo, che ci ha dato la possibilità di offrire risposte adeguate al Secolo, e che ha quindi dato a questa comunità la forza di crescere in modo così vasto e rapido, viene dalla capacità, da sempre presente anche nella più ampia tradizione vedica dell'India, di riconoscere la Verità in ogni insegnamento spirituale. Come dice un inno sacro che mi fu insegnato quando ero ancora fanciullo, *per quanto i molti fiumi, le cui sorgenti hanno origine nei diversi insegnamenti che gli uomini accolgono secondo le loro specifiche tendenze, ap-*

paiano diversi e variegati, essi, che siano contorti o dritti, vasti o sottili, portano tutti alla verità. Ma pensate a questa stessa metafora. Fiumi. Sorgenti. Chi tra voi ha mai visto una sorgente cristallina? Chi ha potuto bagnarsi in un fiume davvero limpido? Il mondo è molto diverso rispetto a quando fu scritto quell'inno. Perché oggi l'uomo, che pure avrebbe avuto tra le mani il potere di abolire ogni povertà e ogni guerra, ha compromesso la propria casa. Il collasso del nostro habitat – sì, habitat, come se tutto questo ci risvegliasse in uno stato animale – sta portando con sé il collasso delle nostre strutture politiche e sociali. L'esistenza stessa dell'uomo è a rischio; una nuova era oscura si annuncia. Ma io mi rifiuto di accettare il declino dell'uomo. Sopravviveremo, dirà qualcuno. È possibile che abbia ragione. Ma sopravvivere non è sufficiente: è necessario che l'uomo, che l'anima dell'uomo, capace di compassione e sacrificio e resistenza, quell'anima capace di risvegliarsi alla nozione di essere nient'altro che l'anima universale, prevalga. Io credo che questa assemblea abbia un grande significato storico: che dalla nostra comunità spirituale possa germogliare – anzi, stia già germogliando – il seme di una nuova umanità.

La paura e l'ignoranza generano settarismo e bigotteria; da esse nasce la più orribile delle progenie, il fanatismo. Per quanti secoli il suolo del mondo si è scoperto zuppo di sangue? Oggi una nuova era di conflitti si annuncia. Centinaia di milioni di persone dovranno migrare dalle terre rese infertili dalla siccità, dalle città sommerse dalle alluvioni, dai fiumi avvelenati, dai conflitti locali che già mentre parlo stanno lasciando il posto a conflitti regionali che si preparano a loro volta a diventare nazionali. Essere, oggi, una comunità dedita ad alti obiettivi spirituali non può più escludere l'azione. Un'azione che deve cominciare nei cuori e nelle anime di ciascuno, e avere la forza di propagarsi. È necessario, oggi più che mai, sostituire la morale all'egoismo, la ragione alle emozioni, i principi alle usanze, i doveri alle convenienze, la verità all'apparenza. È necessario che questa comunità si faccia faro per un'umanità colta dalla tempesta, adempia ai voti della natura, mantenga le promesse della filosofia, rimetta al centro la grazia di fronte alla marea montante del disastro.

No, non applaudite. Voglio catturare i vostri cuori, non voglio ricevere i vostri applausi. Fate battere i vostri cuori all'unisono con le mie parole, e il mio lavoro potrà dirsi compiuto. Il mondo di oggi desidera la saggezza. Il mondo di oggi è disperato per il collasso degli ecosistemi e delle strutture sociali; terrorizzato da quello, a venire, delle nazioni: mai come adesso siamo stati vicini a una completa distruzione. Siamo molto vicini al momento in cui ci si guarderà indietro e ci si renderà conto che nulla più può essere fatto. Ma ho forte fiducia che se uniremo i nostri cuori e non solo le nostre menti, e capiremo il segreto dei messaggi che i saggi uomini d'Oriente ci hanno lasciato, e se veramente saremo degni di questo grande messaggio, allora, quando ciò avverrà, scopriremo che la conquista di un nuovo mondo sarà stata completata e che questa conquista sarà amata anche dal mondo stesso. Nella sua lunga storia, solo a poche generazioni è stato concesso il ruolo di difendere l'umanità nell'ora del massimo pericolo. Non mi sottraggo a questa responsabilità: le do il benvenuto. Credo che nessuno di noi scambierebbe il suo posto con quello di qualsiasi altro popolo o di qualsiasi altra generazione. L'energia, la fede, la devozione che apportiamo a questo sforzo illumineranno la nostra comunità e tutti coloro che la servono. E quel bagliore può davvero illuminare il mondo.

È pazzo, sibilò Kumari.

Be'..., dissi io, poi mi fermai. Gli occhi di Kumari erano diventati quelli infuocati di una Kali.

Cosa intende, poi, cosa vorrebbe fare? Non abbiamo neanche quattrocentomila affiliati.

Lo ammetto: pensai che Lenin ne aveva duecentomila. Di nuovo mi censurai, del resto quattrocentomila placidi amanti della meditazione legati a noi a livello del tutto informale non sono duecentomila bolscevichi incazzati come api, ma era chiaro che il discorso di Dattadeva andava nella direzione di una qualche mobilitazione politica. Dissi: Sei stata tu a decidere di fargli aprire il congresso.

Sì, per capire subito che intenzioni aveva e casomai sconfessarlo.

Lo sconfesserai?

Non credo ce ne sia bisogno. Adesso finisce, torneremo a parlare di spiritualità, e nessuno ripenserà più al suo intervento.

... E non dimentichiamo, concluse Dattadeva, che questa stessa comunità prima o poi sarà sotto attacco. Le sue pratiche, il suo messaggio, la sua fede, verranno messi in discussione. Se ci limiteremo a contrattaccare, sarà troppo tardi. È necessario agire, ora.

Vari delegati andarono ad abbracciarlo e a complimentarsi. C'erano anche il Carme e Girolamo, li vedevo bene, seguendo Kumari che li puntava con occhi affilati, come uno sparviero in volo sopra dei piccoli mammiferi.

Il congresso continuò come immaginava lei: molto studio, molte riflessioni dottrinali, specie sul nostro rapporto con le varie correnti dell'Advaita Vedanta... Io intanto guardavo Dattadeva, seduto molto più sotto nella struttura a teatro greco dell'auditorium, la schiena dritta come se portasse un busto, circondato dai suoi fedelissimi, fomentato dal Carme e da un Girolamo mai così vitale. Cosa aveva in mente? Ma soprattutto, in che mondo viveva? Davvero sopravvalutava fino a quel punto il nostro potenziale, fino a immaginarlo come rivoluzionario? Eravamo grandi e in crescita, ma rispetto alle grandi religioni non eravamo che un puntino sulla mappa; nella sola India c'erano almeno una dozzina di guru che vantavano più seguaci di noi, e poi in un mondo allo sbando era tutto per definizione intersecato, sovrapposto, morbido, sincretico, debole... Un po' lo invidiai: quella foga giacobina non era forse stata quella che mi sarebbe piaciuto avere molte vite prima? In realtà a quei tempi stavo solo giocando, e forse sta giocando anche Dattadeva adesso, mi dissi.

Forse mi sbaglio. Forse causerà grandi problemi, disse Kumari tra sé, come se avesse captato i miei pensieri: È un esaltato, e gli esaltati fanno sempre sul serio.

✵

È permesso?

Avanti.

Ciao Cleo, buongiorno Kumari.

Ciao Carme, c'è qualche problema?

Omaggi alle dee gemelle, divine incarnaz—

Falla poco lunga, Girolamo. Che volete, qua, addirittura in due?

Siate brevi, disse Kumari guardandoli con irritazione preventiva da sopra i buffi occhialetti dalla montatura rossa che metteva quando doveva leggere e firmare documenti.

Kumari Devi, la brevità non rientra tra le mie peraltro modiche virtù, disse Girolamo con un sorriso untuoso, ma forse è tra quelle di Errico Carmeli, qua, più noto ai sodali come Carme.

Kumari lo guardò esasperata e si tolse gli occhiali: Sentiamo.

Alle corte allora, disse il Carme, siamo venuti qua per invitarvi a prendere sul serio Dattadeva e il suo discorso.

Dattadeva è il responsabile di Shaktiville, dell'Asia e adesso pure dello sviluppo in Nordamerica. Direi che lo prendiamo *molto* sul serio, dissi.

Ciò è indubbio, disse Girolamo accennando un inchino

e facendo un passo avanti, indubbiamente vero, ma non vi sarà sfuggito – sarebbe difficile che sfuggisse, dopo un intervento come quello, ih ih – che egli ha anche delle idee, delle aspirazioni, delle, come dire, possibili, auspicabili direzioni di sviluppo della nostra organizzazione, che...

Sono idee prive di senso, disse Kumari. Adesso andatevene.

Permettete, Kumari Devi, disse il Carme. O stammi a sentire almeno tu, Cleo. I tempi stanno cambiando. Dattadeva ha la vista lunga. Perché sprecare il nostro potenziale? L'occasione è di quelle che non tornano.

Noi siamo qui, dissi al Carme. Oggi come domani. Dattadeva è libero di venire a fare delle proposte di... sviluppo, al di là dei suoi discorsi demagogici.

*

Ammetto che speravo avesse già preso l'aereo. Invece eccolo che bussa alla porta neanche un'ora dopo che avevamo congedato quei due.

Salute a voi, disse Dattadeva con un inchino impeccabile, eppure sarcastico proprio nella sua impeccabilità, nell'espressione artatamente seria del volto, o maestre, salute a Kumari Devi e Shakti Devi, a cui tutti noi dobbiamo eterna gratitudine. Lasciate innanzitutto che vi ringrazi per avermi concesso questa udienza privata senza preavviso.

Parla, disse Kumari.

Capisco che il mio intervento pubblico, il cui scopo era quello, se non di un risveglio, di uno scuotimento delle coscienze, possa essere accusato di scarsa programmaticità. Di porre la dimensione emotiva davanti a quella pratica. È così. Ma non si trattava di un palazzo privo di fondamenta, disse Dattadeva e tirò fuori un enorme spiralato da sotto la tunica. Con permesso, disse avvicinandosi, e ce lo appoggiò con delicatezza sulla scrivania. Poi sorrise: umile, gentile... Malizioso.

Lo scorsi col dito. Però, ottocento... *Ottocentosettantotto* pagine?

È sia in inglese che in tamil. In ogni caso, in questo documento descrivo nel dettaglio le modalità secondo cui potremmo trasformare la comunità in un'organizzazione dotata di maggiore capacità di intervento politico, organizzata per cellule, modulate su diversi livelli di azione potenziale a seconda del Paese, così da sfruttare il suo potenziale umano e ideale in un'ottica di reale cambiamento sociale, in quest'epoca di crisi non solo ecologica ma anche, e prima di tutto, istituzionale.

Cominciai a sfogliarlo, lessi una, due pagine dell'introduzione, poi una, due pagine della prima parte, e insomma, anche solo a colpo d'occhio dovevo ammettere che colpiva abbastanza nel segno, su diversi piani... Quando ero a metà di pagina tre, Kumari si alzò, me lo tolse di mano sotto lo sguardo stupito di Dattadeva, camminò fino al cestino nell'angolo della stanza e ce lo lasciò cadere con un tonfo, guardandolo fisso negli occhi: Adesso torna ai tuoi doveri.

Grazie, Kumari Devi, disse Dattadeva reggendo il suo sguardo e anzi rendendole, nell'inchino, un lampo di puro odio. Io feci per andare a riprendere lo spiralato dal cestino ma Kumari mi bloccò con un'altra occhiata.

E va bene, vedetevela voi, eh...

✵

Kumari dovette tornarci sopra due mesi più tardi, di fronte a bollettini allarmanti che arrivavano da Shaktiville e parlavano di sezioni ribelli, scismatiche, impegnate in azioni poco chiare:

Dattadeva...

Che ti aspettavi? Dopo che lo hai trattato a quel modo!

Certo, deve essere colpa mia! Parliamo del fatto che Girolamo e il Carme stanno con lui, e lo fomentano pure. I *tuoi* Girolamo e Carme, due cani rognosi a cui ho dato fiducia perché erano amici *tuoi*. Sono certa che sono stati loro a fomentarlo, sin dall'inizio. A fargli capire che c'era spazio per un discorso come il suo. A preparagli il campo. Ci mancava solo una fazione pure all'interno della sede centrale! Come fa poi la gente a prendere sul serio due come loro...

Be', prendono sul serio due come noi.

Kumari mi guardò come se non avesse colto la battuta, o come se non fosse per niente divertente, poi disse: Arriviamo al punto, Shakti Devi. Dattadeva vorrebbe trasformarci in un'organizzazione politica. Anzi, rivoluzionaria.

Non che il mondo non ne avrebbe bisogno...

Ti ci metti anche tu?

Dicevo per dire. Del resto il suo piano è impossibile, considerati il carattere informale della Fondazione e i suoi scopi. Anche se il mondo sta andando *giù per lo scarico del cesso*, la gente vuole solo stare bene. E poi, anche se ci riuscisse, non avrebbe alcun impatto. Quel ragazzo si sta solo facendo un bel viaggione.

Che *viaggione*? Che intendi? Ti pare buffo?

Dico, sta sopravvalutando quello che abbiamo. Quello che siamo.

Quindi lo starei sopravvalutando anch'io? Vuoi dirmi questo? Quel che abbiamo costruito non ha valore per te?

Ma no, Kumari, bisogna considerare che—

Cosa vuoi considerare? A Chennai i suoi hanno già messo in atto azioni provocatorie. Con l'obiettivo *specifico* di farsi reprimere e scatenare una reazione!

Una tattica che storicamente non ha mai funzionato... Facile capire chi gliel'ha messa in testa.

Funziona, non funziona, che importanza ha? Ti sta bene che strumentalizzi così la nostra gente?

Nostra?

E poi: quei due chi li ha portati qua?

Calma, Dattadeva avrebbe preso la china che ha preso anche senza trovare loro...

Lo dici tu.

Se avessimo rinunciato da subito a un certo piglio, come dire, *religioso*, situazioni del genere non—

Non ricominciare con questa storia. Se avessimo tolto ancora qualche apparato rituale non sarebbe rimasto niente.

Forse sarebbe stato meglio.

Basta, Shakti Devi. Dattadeva va fermato.

Guarda che quando sono stata a Shaktiville il mese scorso, ci ho provato a farlo ragionare, ma...

Non intendo quello.

Vuoi cacciarlo? A parte che non abbiamo né statuto né regolamento, e quindi nessuna regolamentazione di appartenenza o espulsione, non cambierebbe niente.

Non intendo quello. Voglio sistemarlo.

Guardai Kumari. Vidi fiammeggiare nel suo volto, come fiamma nera e vermiglia, quello delle divinità furiose. Vidi Kali in ogni forma, Chintamani e Raksha e Bhadra e Guhya; e vidi Dhumavati, la vedova minacciosa, e Chamunda, e Mahakali che le conteneva tutte.

Non guardarmi così, Cleo. Non voglio mica ucciderlo. La risolviamo all'indiana: mandiamo cinque o sei ragazzi con dei tubi di ferro a spaccargli le ossa.

❋

Mi opposi.

❋

Quando Dattadeva fece venire gli sbirri nella sede centrale, lì al Mulino, all'inizio credetti che stesse portando all'estremo le logiche da brigatisti del Carme e di Girolamo – *scatenare una repressione per attivare una mobilitazione generale,* pensa tu cosa mi toccava sentire nei rapporti che ci facevano i nostri.

Poi, quando un ulteriore rapporto da Shaktiville riferiva che Dattadeva non si faceva più vedere, che dava ordini da dietro una porta chiusa che poteva essere varcata solo dai suoi fedelissimi, mi venne il dubbio che Kumari non mi avesse dato retta. Me lo immaginai tutto ingessato, nascosto in quella stanza guardata a vista, a portare avanti la sua vendetta.

Kumari negò di aver fatto alcunché, anzi diede la colpa alla mia opposizione, dicendo che se gli avessimo dato *davvero* una lezione, tutto questo non sarebbe accaduto. Non seppi mai se Kumari l'aveva fatto pestare o meno; se il comportamento di Dattadeva fosse la reazione a un atto di Kumari o il frutto della mia opposizione a quell'atto.

Fatto sta che nella sua azione, o vendetta, Dattadeva trovò sponde anche in quel che restava della stampa, e non solo italiana. Quando polizia e carabinieri invasero il Mulino riuscimmo a far sparire tutto, ma una settantina di acidi e un pezzo di fumo di qualche ospite bastò a sollevare un bel casino, e quando il giorno dopo arrivò puntuale una lettera anonima di un "ex sannyasin" – che poi: *non c'erano ex sannyasin*! Nessuno aveva lasciato l'ashram sbattendo la porta, la gente entrava e usciva e non c'erano investiture particolari! – che spiegava come alla Fondazione Shakti si usassero sostanze illegali per "dare l'illusione dell'illuminazione" ci sentimmo veramente fottute.

Intendiamoci: sapevamo che lavorare con sostanze ancora illegali era rischioso, per quanto altrove il vento fosse cambiato e in tanti Paesi fossero rientrate in società dalla porta principale – anche un po' grazie a noi, potremmo dire, se è vero che in quegli anni il nostro centro aveva iniziato almeno diecimila persone, che a loro volta ne avevano iniziate dieci volte tante –, e sentivo un retrogusto ribaldo, forse addirittura perverso, nell'assumerci un rischio del genere (avremmo potuto trasferire la sede in Portogallo o in Olanda o in Repubblica Ceca o in Colorado o in un altro Paese dove vigessero la piena depenalizzazione o almeno un minor moralismo rispetto alle libertà cognitive), un rischio che era anzitutto *possibilità del tradimento.*

⁂

Dopo gli sbirri arrivarono le tv, con tutta la loro beceraggine, e ci stettero addosso fino al processo. Furono mesi dolorosi, passati a rinfacciarci le responsabilità, in cui l'unica soddisfazione che ebbi fu quella di cacciare Girolamo dal Mulino a calci nel culo, letteralmente e personalmente (il Carme, più sveglio, era già sparito da solo). Molti se ne andavano da soli, come se la nostra stella si fosse improvvisamente offuscata. Fuori, non ne parliamo: parevano tutti contro di noi. Va da sé che ci preparavamo al peggio.

Arrivò invece la sentenza meno attesa: assolte in virtù della libertà di culto. E ancora non ho detto la cosa più importante. Pensa, infatti, che neanche avevo voluto prendere uno studio legale di New York a cui era stata legata la madre di Kumari, io volevo l'avvocato d'ufficio, ma sai invece chi si offrì quando la notizia arrivò sui giornali? Proprio "la tizia del mare", l'avvocato Pia Nandretti... Che smacco, eh? O meglio, che trionfo per lei. Trionfo doppio, dato che ebbe l'acume di impugnare sentenze precedenti riguardanti la Chiesa del Santo Daime, che usava l'ayahuasca, ovvero il DMT, sostanza non meno attiva e non meno illegale, ancorché meno nota, dell'LSD, e ci fece assolvere.

Già quello era un segno, se vogliamo. Figuriamoci quando, il giorno dopo la sentenza, scoprimmo nel conto dell'associazione una donazione da quattrocento bitcoin, *dodici milioni di euro,* da parte di un fantomatico "Pomegranate fund". Pomegranate fund che, scoprimmo in un sol colpo di Google, era costituito da certi anonimi "attivisti psichedelici" i quali, capimmo cercando un po' più a fondo, altro non erano che *sel-*

ler della prima ora su Silk Road, venditori di acidi sul dark web divenuti ricchi sfondati grazie alle criptovalute. Potevano essere le stesse persone da cui compravamo noi stesse le sostanze per le varie sedi. Gente che aveva incassato qualche decina di migliaia di bitcoin ai tempi in cui valevano pochi euro, se li erano visti levitare sotto al naso di diecimila volte, e adesso, secondo quella propensione al proselitismo così diffusa tra chi aveva tratto benefici interiori dagli psichedelici, distribuivano donazioni spropositate alle varie organizzazioni che si battevano, ormai vincendo, per la loro rilegittimazione, legalizzazione e diffusione. Noi comprese, a quanto pareva.

Quell'evento fu la cesura tra il "prima" e il "dopo", certo; ma se adesso avevamo i fondi per aprire non un altro paio di centri, ma decine, centinaia, il fatto che, allo sfaldarsi delle strutture sociali là fuori continuassero ad arrivare accoliti da ogni dove a riempirli, a farsene carico disinteressatamente, a *diffondere il nostro verbo*, quello non poteva dipendere né dalla fortuna che ci aveva baciate (ma anche quella fortuna, non era forse il frutto di precisi processi storici?), né dalle nostre capacità o dai nostri insegnamenti: ormai ci giovava – e quanto! – anche la pubblicità negativa. Evidentemente i tempi erano maturi perché una nuova sintesi spirituale si affermasse, e a incarnarla c'eravamo noi come avrebbe potuto finirci qualcun altro. Pure, c'eravamo noi. E di certo *si vedeva*, considerando quanto si moltiplicavano, ovunque, i nostri ritratti, non importa quanto cercassi di impedire la cosa (era vero che Kumari non la impediva, anzi): da sole o insieme, più spesso con Kumari in grande e io come iconcina a lato, ma a volte anche a parti invertite...

✵

Così crescevamo ancora, *ineluttabili*. Sebbene ci arrivassero notizie sul fatto che in India un Dattadeva bandito da Shaktiville e pieno di rancore continuasse a lavorare contro di noi, animando gruppuscoli, spargendo voci, vedendosi con politici dei peggiori, l'organizzazione, con quell'iniezione di liquidità che neanche avevamo dovuto usare per il processo, cresceva ancora e ancora si strutturava, ma un paio d'anni più tardi si era già su un altro piano, e non solo perché stavamo per toccare il milione di fedeli. Un piano ulteriore, oppure molto precedente, per il contemporaneo e inverso degenerare del mondo fuori.

La folla che si era formata nel cortile centrale faceva impressione: per numero, per come ribolliva, per come alzava la polvere, ma ancor più per essere nuova: chi era tutta quella gente, perché era lì?

Quando uscii ci fu un "Oooh!" generale e si avvicinarono. Quando uscì Kumari partì un "Oooh!" anche più forte e qualcuno si buttò in ginocchio.

Non mi piace, ti dico che non mi piace, dissi volta verso di lei.

Ma se sono qui tutti i giorni.

Prima non avevano poster con le nostre facce. E non erano così tanti.

Nell'ingenuità risiede la purezza.

Non raccontare 'ste cose a me, Kumari, ti prego... ti dico che oggi sono diversi, è come se fosse stata passata una linea...

Dalla folla si staccò un gruppo più piccolo, come uscito da un'oscura fantasia medievale: le donne scarmigliate si lamentavano, gli uomini si battevano la fronte, e al centro, in mezzo a quella angosciosa simmetria di supplicanti, c'era una donna che teneva in braccio una bambina che si sarebbe potuta dire viva solo per i piccoli spasmi che a tratti ne scuotevano il corpo pallido, con le labbra blu come quelle di un'annegata e delle occhiaie che erano le orbite di un teschio.

La tocchi! La tocchi!

Gridavano questo. Dicevano a me.

Pietà, Shakti Devi, la tocchi!

Pietà? Ma...

La tocchi, la tocchi!

...

Toccala, su, mi disse Kumari mettendomi la mano sulla spalla mentre quella gente invitava anche lei a toccarla. Non avere paura.

Non ho paura, le dissi nell'orecchio. Solo, a differenza di te, non sento la seduzione di simili scene.

Che vuoi farci. Il mondo sta andando come sta andando. Toccala, su. Dagli quel che vogliono, Shakti Devi. Se morirà, vorrà dire che doveva andare così.

Non ho paura che muoia, Kumari, *ho paura che guarisca.*

LA TOCCHI! LA TOCCHI!

Ecco, abbiamo fatto il giro e siamo tornate alla superstizione, pensai mentre prendevo in braccio la bimba, le mettevo una mano sulla fronte e sillabavo un mantra adeguato alla situazione.

✵

Guarì? Non guarì? Non è quello il punto. Volendo potrei raccontare tutto in un altro modo, secondo i dettami di Giovanni 4,48: *Se non vedete segni e prodigi, voi non credete*. Ma non è quello il punto. Immagino le perplessità: dieci anni a costruire una delle più grandi comunità spirituali della nostra epoca, ed è tutto qua? Vuoi delle risposte? Vuoi delle *verità*? Vuoi sapere cos'è l'assoluto, il brahman? Va bene: ciò che con l'occhio non si vede, ma mediante il quale gli occhi vedono, questo è il brahman. Ciò che non è articolato dalla parola, ma mediante il quale la parola è articolata, questo è il brahman. Ciò che con la mente non si può pensare, ma mediante il quale la mente viene pensata, questo è il brahman. Pure, chi cerca qualcosa "fuori" senza creare una simmetrica ricettività dentro di sé continuerà a cercare senza trovare. *Il fatto che il divino esista oppure no è secon-*

dario. Ciò che conta all'inizio è la devozione: la devozione *crea* il dio, il mondo si infiamma perché tu sei infiammata. Ma poi va trascesa *anche* la devozione. Le offerte, l'adoratore, l'assoluto sono un'unica cosa. La verità è un'esperienza, non un pensiero: dato che ci si arriva per mezzo della non-mente, non può essere espressa, solo esperita. Vedi, l'ego è alimentato unicamente dal desiderio: se ne desume che esiste nel futuro, non nel presente, e da ciò consegue che è un semplice miraggio. Il tempo, propriamente parlando, non esiste, tuttavia è a esso che siamo sottomessi. Questa è la nostra condizione di partenza: una sottomissione a forze illusorie. Se ti radichi nel presente, ecco che l'ego scompare. Solo allora, solo quando accede al trascendente e si libera dall'illusione, l'uomo diventa superiore al sociale. Fino a quel momento, qualunque cosa faccia, il sociale è trascendente rispetto all'uomo. Che non solo atman e brahman, ma anche il nirvana e il samsara siano una cosa sola è un fatto che riguarda la natura dell'universo; ma è un fatto che non può esser pienamente compreso, se non da anime molto innanzi sulla via della spiritualità. Per le persone comuni, ancora *sottoposte al sociale*, accettare questa verità per sentito dire e agire in base a essa vuol dire andare in cerca di guai. Deve essere trovata attraverso la prassi, e senza cercarla: è l'azione a riguardarti, mai i suoi frutti; il frutto dell'azione, fosse anche il raggiungimento del *nirvikalpa samadhi*, non deve mai essere il movente. Non c'è liberazione, del resto, se non vi è assoluta coscienza dell'unicità del sé, se non si trascendono con ciò tutte le categorie della mente...

Posso continuare se vuoi, possiamo metterci qua e scrivere insieme una nuova *Filosofia perenne* a suon di brani presi da questo o da quel testo sacro o guru o profeta... Sai quanti ne ho firmati, di pamphlet del genere, in quegli anni? Queste cose le sapevo anche allora. Ma *sapere* qualcosa non significa niente: se c'è distinzione tra il pensante e il pensato, tra il conoscente e il conosciuto, vuol dire che c'è stato un *allontanamento* dalla verità, che *non è* dentro di te, ma non è *neanche* fuori. Mi dirai: ma è assurdo! Lo è, ma solo se non hai conosciuto la trascendenza.

Poi, un giorno, misi la mano sull'interruttore della luce e ancor prima di premerlo mi accorsi che erano passati dieci anni. Accadde proprio seguendo un pensiero il cui seme, gettato da Dattadeva, doveva essere sopravvissuto, e proprio in me: *certo, peccato, con centinaia di migliaia di seguaci e tutti quei fondi, non tentare di fare qualcosa...* Pensiero stolto, forse, per chi la rivoluzione cercava di innescarla nelle anime. Di certo un pensiero latente riemerso perché figlio di desiderio: così, da *desiderante,* misi la mano sulla solita maniglia di ogni giorno e capii infine il senso di quell'*allontanamento* annunciato dall'oracolo.

Sappiamo cosa accadeva in quegli anni, come ciò che già non funzionava peggiorò, come andavano verso il collasso anche le strutture che davamo più per scontate; come il tempo del lupo vestito da agnello divenne solo il tempo del lupo. Non fu una grande perdita, se vogliamo; ma l'aria era aspra, in quegli anni, aspra e gonfia di fumo nero e faville. Erano giorni, ma che dico giorni: mesi, anni, che le brutte notizie, le *cose preoccupanti,* si accumulavano l'una sull'altra, con un mondo ogni volta più vicino al punto di rottura, senza che questo arrivasse mai, ma alimentando il dubbio che in realtà fosse già arrivato da chissà quanto, del resto il Kali Yuga non è cominciato nel 3102 avanti Cristo? Di certo il mondo aveva accelerato la polarizzazione in atto da decenni: enclavi ricche, ancora rassomiglianti a democrazie, dove il consumatore, più che il cittadino, era pieno di diritti, e nazioni fallite che sopravvivevano per le rendite strutturali di quel che storicamente avevano avuto, governate da fantocci – eggregore, sì, eggregore pure loro ma mediocri, senza neanche la grandezza della tragedia, messe lì solo per finire di rastrellar via ciò che restava a quei mucchi di disgraziati tremanti, vulnerabili, precarizzati fino all'atomizzazione, disinformati fino a credere alle cospirazioni più balzane, mentre i complotti veri, lineari e spietati, gli venivano attuati sotto il naso, a sole alto nel cielo – che ripetevano le stesse balle, facevano appello ai peggiori istinti, evocavano passati mitici che non erano mai esistiti, davano la colpa ai deboli o a sovrastrutture fattesi incomprensibili ai più, e ti veniva il dubbio di aver cincischiato, che avessero avuto davvero ragione Dattadeva (e il Carme, e Girolamo): che aver cercato l'assoluto e aver insegnato a tanta gente a cercarlo non fosse che una perdita di tempo, l'ultimo trastullo di una borghese, quando l'unica cosa che si sarebbe dovuta fare, dall'inizio, era gridare socialismo o barbarie, socialismo o barbarie... A Basilea e San Francisco e nella City di Londra i nostri seminari erano frequentati da amministratori delegati, guru delle IT ed esperti di *governance*; in Italia e in Virginia e in India, il governante di turno, fresco dello stupro di una baby prostituta e della visita all'ultimo raduno religioso, tuonava contro "coloro che mettono in pericolo i nostri valori", e devo dire che quando lo sentii (era quello indiano o quello italiano? Difficile ricordare, era diverso solo il cappello) scagliarsi contro *la promiscuità, la droga e le sette,* suonava come una dichiarazione di guerra, anche perché erano diversi mesi che eravamo oggetto di nuove campagne di odio e calunnie, e poche si potevano ricondurre alle attività di Dattadeva: erano, purtroppo, quasi tutte spontanee, cresciute di pari passo alle manifestazioni di devozione fanatica nei nostri confronti che, pure, si moltiplicavano.

Mi voltai indietro: ecco che un senso di colpa latente mi faceva sbagliare persona guardando un video porno. Da lì gli anni trascorsi erano addirittura quindici, se il tempo ancora avesse significato qualcosa.

Mi guardai intorno: avevo milleduecento centri nel mondo e novecentosessantamila accoliti. Più di quella che all'inizio avrei chiamato *concorrenza* – eppure niente rispetto ai numeri dei grandi profeti (ma, certo, avrebbero potuto crescere ancora), se i numeri ancora avessero significato qualcosa.

Guardai accanto a me. Nell'ombra, Kumari strizzò gli occhi e mi abbracciò. La bambina cresciuta per essere una dea aveva realizzato le ardite ambizioni dei suoi genitori. Per quasi un milione di persone incarnava il divino, e rispetto alle sue omologhe nepalesi era in grado di articolare, motivare, aggiungere chiose alle scritture, far esperire il trascendente ed esperirlo lei stessa: era santa Chiara e san Girolamo, Shiva e Parvati, tutto. Ormai, nella pratica, entrambe scendevamo in uno stato benedetto in un attimo, e potevamo restare in trance per giorni, ma quella comunione, deliziosa e profonda e beata, era *davvero* ultimativa? Perché ne dubitavo? Era ancora il ricordo di Macinaia? Quante cose sapevo, in più; quante tecniche dominavo, e quanto raffinate; *abilissima nel collegare dottrine e scritture, nell'assommarle e poi ridurle al midollo, nel semplificare senza buttare un solo capello del bimbo assieme all'acqua sporca*: parole scritte a suo tempo da Dattadeva, non da me o da Kumari.

Se non veramente saggia, ero però diventata saggia abbastanza da sapere che quei quindici anni non erano tempo buttato: che era il tempo necessario per arrivare a quello che avrei fatto senza aspettare il mattino dopo. Eppure c'era ancora attaccamento, se era vero che quel che avevamo costruito contava qualcosa; se era vero che rappresentavamo qualcosa l'una per l'altra e per tanta gente.

Ce n'era fin troppo, di attaccamento: quando quella sera fosca, con le stelle che precipitavano in fili giù dietro l'orizzonte e la terra girava stordita sotto il riflettore della luna, Nami venne a dirci che una folla inferocita si era aggregata poco lontana dalla sede, con la polizia che lasciava benevolmente fare – anzi, diversi si erano messi in borghese e si erano mescolati alla gente –, e intendeva attaccare, Kumari diede ordine di prepararsi a difendersi. Saltò fuori che qualcuno aveva rimediato dei fucili, che ce n'erano una dozzina da distribuire.

No, Kumari, io non difenderò niente. Non commetterò altro male, foss'anche per evitare un male più grande. Non cederò all'attaccamento.

Non è attaccamento alle cose, ma alla possibilità di continuare a diffondere il nostro messaggio.

Da chi mi ha insegnato la mistica mi sarei aspettata un sofismo più raffinato. Andiamo via, allora. Scappiamo insieme.

Abbiamo il dovere di proteggerli.

Anni, dissi, e mi resi conto che era la prima volta che la chiamavo col suo nome di battesimo, quelli cercano noi. Vogliono bruciare le streghe, è normale no? Smembrare Dolcino e Margherita. Se non ci facciamo trovare, non succederà niente.

Sì, ma l'ashram, la fondazione...

Vieni?

No, *Shakti Devi*. Indirò una conferenza stampa. Non ce lo chiedono da anni, del resto?

Peggiorerà solo le cose.

In quel caso resterò e combatterò. Meglio perire perseverando nel proprio dharma. Seguire il destino di un'altra non porta che sventure.

Quindi, non volermene se me ne vado.

Cleo...

Se il compimento del dharma implica delle ingiustizie, bisogna allora esser pronti, per il dharma, a commettere la stessa ingiustizia verso chi si ama di più.

Quando Sayori, che ormai era una donna di ventisei o ventisette anni e non aveva più i capelli rosa ma di un bel castano che brillava mentre dava indicazioni là fuori, mi vide – ed era normale che la incontrassi, visto che era lei, ormai, a coordinare tutto qua nella sede centrale (*sede centrale?* Ma come diavolo parlavo, come diavolo pensavo?) –, sapevo già cosa mi avrebbe detto.

Di nuovo?

Annuii.

Lei disse: Ti capisco, Cleo. Almeno, ci provo. E da un po' di tempo ormai. Ma—

Le poggiai il polpastrello sulle labbra: Dammi fiducia, prima o poi la smetterò di sbagliare.

✷

Ero in una stazione ferroviaria già molto lontana quando vidi Kumari nella tv della caffetteria. Aveva dato la conferenza stampa solo perché me ne ero andata o l'avrebbe data comunque? Voleva dare una prova di forza, oppure provocare gli eventi fino alle estreme conseguenze?

Il setup era inquietante. Le rare volte in cui eravamo comparse in televisione, avevamo scelto uno sfondo bianco, con solo una corona di fiori o le bandierine alla parete, abbigliamento semplice e nessun ammennicolo religioso, al massimo un bastoncino d'incenso al suolo. Si presentò intronata, truccata come la Durga che era stata educata a essere da piccola, circondata di drappi di broccato e fiaccole, su uno sfondo a ricami terrifici, scene dall'inferno indù e dalla guerra di Kurukshetra. Ai lati aveva messo la statua di Kali e quella di Rudra. Faceva paura. Aguzzai le orecchie, la sentii dire: Se non capite cosa sto dicendo, sono una minaccia, certo. Ma se lo capite, allora gioirete, e non ci sarà minaccia.

Uscii. Non resistei e guardai ancora una volta dentro. L'intervistatore chiedeva: Si sente fuori dal mondo?; Kumari rispondeva: Al contrario, sono *al centro del mondo*.

Quella roba poteva fermare una folla inferocita? No, sembrava fatta apposta per aizzarla.

*

Ero già all'estero quando un'altra tv, di cui intravvidi il bagliore nel misero tinello di una casa in un seminterrato che dava sulla strada, mandò immagini di un luogo che riconobbi. Non volli fermarmi a guardare quel servizio, le telecamere cercano sempre il truculento e immaginavo cosa avrei potuto scorgere: una battaglia, anzi il paesaggio dopo la battaglia (quanto poteva reggere, l'ashram, anche combattendo?). Un corpo pesto, insanguinato e scarmigliato nella polvere, più simile a quello di un tiranno caduto e pesticciato dalla folla che a un Cristo. Ma al di là delle estetizzazioni di due millenni d'arte, non era così anche lui? Sfasciato, osceno, corpo che si fa ostia proprio nel mischiare sangue e terra, e che si fa merda e quindi terra; pure, nel sacrificio del Dio-uomo (del Dio-donna), non era forse consustanziale l'umiliazione, la degradazione, la comunanza col peggio? Dolcino scannato e fatto a pezzi come un cinghiale assieme a Margherita, Anni Micol Naregatsi-Léger aka Kumari Devi pesticciata e svilita, come un Gheddafi o un Saddam, come uno dei cattivi... Avrei visto il filmato solo molto tempo dopo, mostrato da qualcuno che ci era incappato per caso, senza volere, durante una di quelle retrospettive giornalistiche sul decennio, da tv della notte, e quel corpo squassato, lacerato, naturalmente violentato, *ecce mulier* più che compiuto, conteso dai calci e dai bastoni e poi lasciato in mezzo al cortile, nella polvere, mentre partivano gli incendi degli edifici e il saccheggio dei nostri pochi oggetti, corrispondeva a quello che mi ero figurata, che mille volte avevo sognato e che mi portavo dentro, che – mi gridavo nella mente, svegliandomi alla notte – doveva risorgere in me in qualche modo, non poteva che farlo, altrimenti non sarei stata che il Pilato di questa storia.

✵

Camminai, camminai...

Quanto camminai? Prima? Dopo? Significava ancora qualcosa? Di certo, all'inizio, e lo dico sapendo che l'unico inizio di un cerchio è quello che si fissa deliberatamente, la sensazione era di essere caduta in un sogno di Morelli, in una sua pagina... Morelli, da quanto non ci pensavo? Era lontano, ora, lontanissimo, scomparso in un'irrealtà tutta testuale, eppure lo sentivo in qualche modo lì con me.

SESTA PARTE

Camminai, camminai... Quanto camminai? *Nelle code alla Caritas, tra gli irregolari, sulle soglie dei bar, nella chiara casa altoborghese raggiante di dipinti e libri, il cui signore si china a calzare di fresche fasce i piedi polverosi del "Cristo itinerante", non c'è bisogno di domande. Un lieve, costante tremito della lingua mossa dalla incessante invocazione, una visionaria letizia nello sguardo, pochi accenti di lancinante dolcezza: il riconoscimento è fulmineo, l'intimità totale, tra quei piagati dalla stessa grande avventura...*

Camminai, camminai, e non sempre con le pezze ai piedi (di questo racconto poco, perché vagare e mendicare è solo brutto, non c'è nobilitazione, se non facendo i conti a posteriori), poiché un giorno, sempre con la buona *Gita* in tasca, nella quale (come ci era finito, poi?) il segnalibro era il *cerchioschema* di Girolamo, mi ritrovai a Parigi, in un appartamento stretto e un po' sudicio, che di certo non era quello appartenuto alla Fondazione Shakti, ma chissà, magari poteva essere quello in cui aveva vissuto un giovane Morelli... Parigi che reggeva se non altro come simbolo, e in cui era facile farsi esistenzialisti o loro caricature, tra scale scricchiolanti, motivi di ardesie e comignoli che spuntano dalle finestre e piccoli cenacoli letterari in bilocali pieni di libri ammucchiati ovunque... Che ci facevo a Parigi? Cercavo un'innamorata, temo; o mi facevo cercare da lei. Ero *davvero* tornata così indietro? Ero *tornata giovane*? Il tempo faceva le bizze o ero io che non ricordavo più niente, o sognavo? Ci davamo appuntamento nei posti più diversi, trovandoci ogni volta come in una sorpresa; camminavamo le lunghe distanze tra il locale in cui avevamo mangiato e la prima stazione della metro, oppure, a notte fatta, quelle lunghissime tra il posto in cui eravamo finite e la casa di chi ci ospitava... Facevamo l'amore e, certo, arrivava il momento in cui *i profumi cessavano e tutto era sapore, morso, succhi essenziali che correvano nella bocca, la caduta in quel buio,* the primeval darkness, *il mozzo della ruota delle origini... Tutto si riassume in alfa e omega, coquille, cunt, conchiglia, coño, millennio, Armageddon... Che silenzio la tua pelle, che abissi in cui roteano giardini di smeraldo, cinipi e fenici e crateri...*

(Oh, Kumari, sei tu? Credevo, ti giuro...

Che fosse Emma, oppure Laura?

Non ti offendere...

Offendermi? E perché?)

... E non solo, non era la sola verità che poteva prendere forma in quel luogo, in quel tempo, in quel sistema di simboli: c'erano anche quei momenti in cui *mi drizzavo lentamente e avvicinavo l'orecchio alla pelle nuda. Rumori, discese e cadute, diavoletti di Cartesio e mormorii, spostamenti di granchi e di lumache, un mondo nero e spento che scivolava scoppiando qui e là e nascondendosi di nuovo* (Kumari, o Laura, o Emma, sospirava, si muoveva un poco). *Un cosmo liquido, fluido, in gestazione notturna, plasma che sale e scende, la macchina opaca e lenta che si muove svogliata, e d'un tratto una corsa vertiginosa, una fuga e un gorgoglio di contenimento o di filtrazione, un cielo nero con stelle grosse e lente, ruotare d'immensi pianeti vociferanti, Emma microcosmo, Laura riassunto della notte universale nella propria piccola notte fermentata in cui lo yogurt e il vino si mescolano con la carne e le verdure, Kumari centro di una chimica infinitamente ricca e misteriosa e vicina...*

Fuori, una Parigi dove ancora poteva nascondersi un Morelli da trovare o ritrovare, a cui far visita nonostante la contrarietà della portinaia, un nostro privato Morelli con una sua teoria in cui psicanalisi e marxismo e libertarismo e l'homo sacer a braccetto con quello faber si fondevano in uno svoltone concettuale a cui aderire con tutto l'entusiasmo dei ragazzi, da mettere al centro dei propri studi. Lui, che veniva ad avvertirmi, in un frammento ritrovato per caso: *Che cos'è quella conciliazione senza la quale la vita non è che una grandissima presa in giro? Non si tratta di* elevarsi, *vecchio idolo mentale smentito dalla storia. Non si tratta di perfezionare, di riscattare, di scegliere, di andare dall'alfa all'omega o viceversa. Si è. Chiunque è già. Lo sparo è nella pistola; ma bisogna premere un grilletto, ed ecco che invece il dito sta facendo segno all'omnibus di fermarsi...*

L'omnibus! In che anno eravamo, poi? Non è certo più epoca di omnibus, se qualcuno, durante una di quelle lunghe e fumose serate in qualche appartamento, mi invitava a un *ritiro sciamanico*... Davvero dovevo ricominciare dalle basi? Davvero avevo ancora bisogno di un aiutino? Che vergogna...

✵

Bebe, bebe!

Mi porse la zangoletta di legno. Sì, va bene, *yage* sarebbe l'ayahuasca e l'ho capito, ma questo *toé*? Prima hai detto *Es yage con toé*. Che storia è?

Bebe, bebe.

E vabbè, beviamo...

Lo sciamano canticchiava. Cercai di abbandonarmi. Era passata una mezz'ora buona quando uno dal cerchio, steso pure lui, disse: *It's brugmansia*.

Brugmansia? Ci vorrebbe il babbo, lui le piante le conosceva tutte...

Yage is stronger with brugmansia. Like with San Pedro.

Perché, ci ha messo pure il San Pedro?!

Lo sciamano canticchiava. Io rimuginavo: Brugmansia, brugmansia...

Trumpet, disse una donna distesa dalla parte opposta alla mia. *Angel's trumpet.*

Or devil's, disse il primo tizio.

Aspe', ma intendete lo stramonio?

Solo un poquito. Por la magía, disse lo sciamano, poi aggiunse: *Muy yage, muy San Pedro, y un poquito de toé: verdadera iniciación.*

Eh, come no. Ohi ohi, ma—

✵

Le tenebre coprivano tutto. C'erano cose misteriose, nel buio. Ero nata da me? Forse ero nata a partire da quelle cose? In ogni caso bisognava pensare al mondo futuro. Si poteva creare qualcosa nella casa trasparente, che ero io, nel buio: si poteva fare un suono, che sarebbe diventato una parola. Una seconda parola la si poteva mettere in una casa più in basso. Si poteva fare lo stesso e mettere una parola in una casa a destra, anzi a est, una casa con la luce. Un'altra magari la si poteva mettere a ovest, un'altra a nord... Da quelle parole il mondo cominciava a differenziarsi...

Excuse me, madam...

Uhm? Cercai l'origine della voce che mi parlava tra fenomeni bacillici, stellari, per lo più liquidi...

Excuse me!

Dal buio mi comparve una faccia di donna con la coda di cavallo: *But you, madam... you... are...*

Io sono?

By chance, are you...

Per caso?

Are you Shakti Devi? E prima ancora che rispondessi si mise su un ginocchio e mi baciò la punta delle dita della mano.

Pure qui! Cercai di tornare alle Case delle Parole, ma niente, si erano disciolte in una paglia sfrigolante tutta attorno, da cui si intessevano e muovevano spirali di neon simili a serpenti, che pulsavano al ritmo della voce del curandero, e in mezzo c'era la faccia di 'sta donna. Si intravvedeva, dietro, anche il resto del cerchio. C'era chi giaceva supino, chi rideva seduto, chi vomitava in un secchio di legno.

I did a one-month vipassana retire in your centre in Ljubljana...

Avevamo un centro a Ljubljana? Vipassana, poi: non l'avevamo bandito?, mi chiesi, poi mi resi conto di dov'ero e compresi l'andazzo, conoscevo troppo bene quello sguardo, quegli occhi che adesso il decotto mi moltiplicava attorno e rendeva grandi e profondi come laghi mitologici, facendoli tuttavia rimanere gli occhi di una donna che voleva solo una cosa, e si può dire di no a un'intrippata sapendo che le si farebbe solo del bene? Le misi una mano sulla fronte e le sussurrai tre benedizioni nell'orecchio. Quella si accese come una lanterna e scoppiò in lacrime, cascò per terra, si mise a baciarmi i piedi.

¿Que pasa, que pasa?

Tutto a posto, compare sciamano, anzi guardi: me ne vado.

Como dijiste?

Uhm... Come si dice... *Me marcho, compadre! Me voy!*

No se puede, no es...

ME IRÉ AHORA MISMO! Mi uscì così. Da dove? Mai saputo lo spagnolo. Da quelle tre settimane a Cuba al primo anno di università? Dall'*Akasha*? Poi dicono che l'alcol ti fa parlare le lingue... Provate col *toé*. E non uscì solo quello, temo, perché fu lui a restare sgomento, affrettarsi al suo angolino, impacchettare le sue cose e scappar via.

Cosa vide? Difficile dirlo: ma non potevo lasciar lì quella mezza dozzina di persone allucinate, ribaltate, iperricettive anche rispetto al minimo sospiro, alla caduta di una foglia. Si sarebbe potuto obiettare, mi dicevo mentre lo scenario cambiava in un contesto subacqueo e allo stesso tempo ero per la strada di scuola, con la cartella sulle spalle, in seconda elementare, e stavo anche facendo un sogno in cui mi ero perduta in un'Avana, o una Parigi, o una Chennai, o una Edimburgo trasfigurata, ma in qualche modo, in un nuovo pensiero che gemmava assieme a mille altri in un cataclisma di rizomi, *ero anche* il personaggio dell'illustrazione all'interno della prima lettera di una pagina di un codice miniato, lì a copiar testi assieme a Hildegard von Bingen, eccetera, eccetera, eccetera, si sarebbe potuto obiettare, mi dicevo, che quella non era una cerimonia come altre, quella era una cerimonia avanzata, non di iniziazione quanto di *ordinazione* di gente che avrebbe dovuto a sua volta somministrare i sacramenti, tutti quindi visionari più che esperti, e tuttavia, mentre si sollevava da ogni lato e mi veniva addosso e mi traversava uno sciame di eventi fantasmatici che poi mutava in una massa *variegata, mobile, spiraloide e riverberante*, sapevo che non dovevo lasciarli lì e sentivo che senza saperlo si aspettavano che *qualcuno facesse loro del bene* – e quel qualcuno guarda un po' ero io.

Così parlai con ciascuno, a ciascuno sussurrai una parola di conforto e un mantra nell'orecchio; misi una coperta ai due che la volevano; feci finire di vomitare chi doveva finire di vomitare; mi assicurai che tutti stessero bene; cantare non sapevo, ma di mantra ne avevo un archivio fin troppo abbondante. Mi venne un *Om hrim shreem klim adya kalika param eshwari swaha*, e per una volta mi sembrò di essere pure intonata; lo intonai centootto volte, finché ebbi l'impressione che tutto attorno me non ci fosse più un padiglione di legno col pavimento coperto di stuoie e tappeti e cuscini e gente mugolante, ma una quiete estrema, quella della vastità cinerea di una piana deputata alle cremazioni, con i corpi arsi dei partecipanti dalle cui crepe già s'intravvedeva però spuntare una luce.

Così, nella notte, in una condizione in cui anche solo attraversare una strada sarebbe stato rischioso, me ne andai.

❋

Camminai, camminai... *Longo è lo cammino, ma grande la meta!* Da dove mi usciva, adesso, questa tiritera? C'era pure il mantra: *Vade retro Satàn; vade retro Satàn, vade retro Satàn!* Echi, rigurgiti, borboglii d'infanzia, un film visto col babbo, da piccola, per cui lui andava matto... Dove andavano, poi, quelli che cantavano 'sta cosa? Alle crociate, presumibilmente, o in un qualche grande pellegrinaggio... La strada che porta a Oriente... La via della seta... La *hippie trail*... la Via Reale persiana... il manicheismo che muove verso Occidente, il nestorianesimo che va verso Oriente, il buddismo che fa il giro, dall'India all'Asia Centrale alla Cina e al Tibet, assieme a chi cerca itinerari che per passare oltre all'Himalaya... la pista di Alessandro Magno... quella di Ban Chao... Marco Polo... san Tommaso Apostolo... Le distese aride dell'Iran e del Pakistan... Infinite tratte su vecchi bus... Fino al Rajasthan e alle distese fertili dell'Uttar Pradesh... La confluenza tra Gange e Saraswati... Lo avevo proposto io a Kumari, la terza volta che eravamo atterrate per andare a Shaktiville... Ma che dici, Cleo, ma lo sai quanto è distante Prayagraj da Chennai? Saranno millecinquecento chilometri... Mille e seicento... E allora!... E dall'Europa quanti sono? Da Parigi o Firenze o Pontremoli...? Un po' di più, temo... Ottomila, o giù di lì... Giusto quattro Francigene... *On peut arriver jusqu'à Istanbul en train*, ti aveva detto un vagabondo in coda alla distribuzione del cibo dei Restos du Cœur... Sai quanti camionisti pakistani fanno anche mille chilometri al giorno senza battere ciglio... Uno dei vantaggi di essere vecchia è che quasi nessuno ti dà fastidio se viaggi da sola... Non c'è bisogno di indicazioni per il Kumbh Mela, basta seguire i pellegrini... Il giallo zafferano... Il porpora... I fiori... Il casino e le grida e i cimbali... I campi improvvisati... La zaffa umana ovunque, la polvere e la cenere... Oppure basta seguire i fiumi, tutti i fiumi portano al Kumbh Mela, finché la folla non si fa sterminata e in ogni direzione tu vada o guardi, sei sempre in mezzo alla folla... Sadhu coi volti coperti di cenere e curcuma... Corone di crisantemi, ecco che ne mettono una anche a me... Mani di donna a coppa, piene d'acqua di fiume... Qualcuno mi marca la fronte col tilaka... Tamburelli di Shiva... Petali come coriandoli, sbuffi di polveri colorate... Tuffi collettivi e dreadlock impastati di fango misto a cenere... Raccolgo della cenere a mia volta dai resti di un falò e mi traccio il tripundra... Piselli ciondoloni e tridenti di oro farlocco... Code ovunque e processioni che le tagliano... Alla notte il profumo pungente della canfora bruciata nelle lampade a cinque piani dell'*arti*, l'offerta del fuoco... Tutto uno sbattere su qualcuno, un urtare, uno sgomitare, un gridare... Cos'è quella mano alzata, atrofizzata... Baba Amar Bharati, proprio lui? Possibile sia ancora vivo? Forse è solo un'impressione, mi dico, ma ecco lampeggiare nella folla il volto di Kumari, poi Sayori, Nami, Emma, Laura, Antonio... Ci sono pure Dattadeva col Carme e Girolamo, Bernardi e Morelli, i folletti, gli smeragdini, gli Hare Krishna e i fraticelli, il Tesauri con la Franca e Sabina, Sonia e Pinto... Ci sei pure tu, ci sono tutti a fare il bagno nel fiume, prima di ripartire...

✵

Una stagione, un'intera stagione, per arrivare in Tibet, su fino alla Cittadella di Orgyen, Boschetto della Chiara Luce, fino alla nostra caverna... L'ultimo passaggio me lo diedero dei soldati cinesi su una jeep... Mi fecero scendere con grandi sorrisi: erano sarcastici? Certo non capivo chi fosse la monaca vecchia, vecchissima, la monaca morente sdraiata sul letto... Poteva essere Dechen Chökyi Drönma come la badessa, così come una qualunque altra monaca che avevamo o non avevamo conosciuto, tanto la vecchiaia e la morte l'avevano ridotta a una creatura rattrappita e minuscola; quasi non causava alcuna piegatura nelle lenzuola, nell'imbottitura del letto, nei grandi cuscini gialli e rossi: pareva leggera come la crisalide abbandonata di un insetto, e la monaca che leggeva seduta al capezzale pareva tenere attentamente bassa la voce e l'inclinazione della bocca per tema di soffiarla via per sbaglio.

Leggeva in tibetano, e io non l'avevo mai imparato, Kumari ci aveva provato a insegnarmelo, ma serviva tempo e la foga dei nostri giorni non lo permetteva, già era molto aver appreso le basi del sanscrito... Ma anche se non lo sapevo conoscevo, riconoscevo, quella lettura cadenzata, arrivavo a intuire quale passo del *Libro dei morti* stesse leggendo: *... Ora è venuto per te il momento di cercare una via. Non appena la tua respirazione cesserà, sorgerà la radiosità interiore del primo stato intermedio. Tutti i fenomeni diventeranno vuoti e puri come il cielo: sorgerà una nuda consapevolezza, che non ti sarà estranea, ma senza limiti e senza centro. Allora, tu riconoscerai quella intrinseca natura e dimorerai nel suo stato...*

La *sepoltura celeste*: suonava bene, almeno finché non arrivarono i rogyapa, due figuri simili a operai edili se non per i cappelli tradizionali, e con un attrezzo simile a una bipenne, lama da un lato e martello dall'altro, spaccarono in due la spina dorsale della morta. Piegata in due come un tavolino, fu impacchettata e recata sul luogo della sepoltura. Tra grandi sbuffi di fumo profumato, fascine di ginepro riempite d'incenso, incendiate e agitate, lo yak che aveva portato il corpo fu slegato e lasciato libero. Gli avvoltoi cominciavano già ad arrivare: forse per il fumo, forse per la nostra presenza... Mentre i rogyapa piazzavano quel cadavericchio a faccia ingiù e lo legavano per il collo a un paletto, mentre con dei pugnali lo incidevano in tutti i punti molli, ecco che uno, due, dieci avvoltoi cominciavano a posarsi, uno accanto all'altro, a pochi metri da noi. Ne contai ventitré, e appena ci allontanammo schizzarono ad azzuffarsi sul cadavere, che spolparono in qualche minuto: al paletto restò attaccato solo il teschio con la spina dorsale, tutti pieni di sangue; le ossa delle gambe le recuperò il primo rogyapa un po' più in là; quelle delle braccia, niente, svanite. Non finiva lì: col retro di quelle bipenni i rogyapa si misero a ridurre in poltiglia le ossa, il cranio, il cervello, raccolsero il mucchietto, ci buttarono sopra un bel po' di farina d'orzo, e stavolta invece degli avvoltoi arrivarono i corvi.

✵

Camminai, camminai, e realtà e visione, sogno e ricordo, pensieri e aspirazioni, fantasia e follia, morte e vita, fatti e allegorie furono una cosa sola... Ne vedevo di cose, ne immaginavo; ne vivevo, ne ricordavo... Eventi reali o vagheggiati, sognati o letti o vissuti da altre, non aveva più senso distinguerli, perché non c'era quasi più differenza tra mondo interiore e mondo esteriore, se non per qualche scoria da espellere, ancora, dalla coscienza...

Ecco Cleo, come un Dolcino con la sua Margherita, che resiste nelle foreste delle Alpi... Ecco gli aguzzini, uno ha una fascia di panno legata sulla fronte, un altro è in armatura e un terzo ha un guanto di ferro e un cappello di pelo su cui si staglia uno sbuffetto di foglie di quercia...

Eccomi che arrivo a Sulaymaniyya, nel Kurdistan iracheno; da lì mi prendono con un furgone e mi portano nel campo di addestramento per occidentali, dove mi aspetta il contatto italiano assieme a due combattenti curdi per portarmi poi a Kobane: ogni giorno diventa più chiaro che non è roba per una donna di mezza età, eppure come Simone

Weil in Spagna mi convinco sempre di più che ce la posso fare, che ce la farò... Morirò, magari, sotto le macerie di un compound al primo bombardamento, sarò ricordata con affetto in alcuni spazi occupati...

Non so te, ma io ogni volta che penso alla crocifissione di Cristo pecco d'invidia!

Seh vabbe', Simone, ci mancavi tu. Bentornata eh, chi si rivede...!

Non avevi avuto bisogno di me, o sbaglio? Vedi, ogni martirio è un sacrificio, ma non tutti i martirî sono sacrifici...

Va bene, allora senti qua: Ecco Cleo (dove siamo? *Quando* siamo? Sarà ancora l'effetto del toé?), ebbra di idromele e coronata di vischio e datura, che avanza caracollando, tra le invocazioni, le urla e qualche sassata, condotta in processione, vestita solo di un mantello color muschio... Lo scettro è un ramo spezzato di tasso, con ancora due ciuffi e due bacche... La fustigazione è solo un passaggio... E poi la croce, sì, la rottura delle gambe mi viene risparmiata, perché ormai si crede che sia meglio un corpo integro, e infatti verrà ritrovato come mummia di palude tra millenovecento anni, senza lesioni alle ginocchia... È primavera, certo...

Io sono un cervo: dalle corna a sette palchi;
io sono una piena: attraverso una pianura;
io sono un vento: su un lago profondo;
io sono una lacrima: che il Sole lascia cadere;
io sono un falco: alto sulla scogliera;
io sono una spina: sotto l'unghia;
io sono una meraviglia: tra i fiori;
io sono una donna che risuona, dico;
io sono una donna come un lupo, dico;
io sono una donna stella cadente, dico;
io sono una strega: chi oltre a me
infiamma la fredda testa con il fumo?

La natura! Tutto quel tempo in mezzo alla foresta, a Vallombrosa, e neanche ci avevo pensato! Antropocentrismo, un altro nome della vanità...

✵

Poi un vuoto. Buio. Caricamento. Un villaggio che si manifesta dal non-essere: un villaggio irreale, chi ha mai visto un villaggio *rosa*? Rosa e composto da cinque edifici in tutto, il negozio, l'infermeria, la chiesetta, un edificio che attraverso una botte conduce nei sotterranei e un altro dove non si può entrare. Un villaggio in cui, tuttavia, le porte recano in ambienti interni, diversi e con diversi suoni, anzi musichette sullo sfondo; un villaggio naïf, un naïf a otto bit, in cui bisogna saltare sui tetti per accedere ai piani alti degli edifici, e che va periodicamente lasciato per andare in cerca di cuori, stelle, spade, funghi (magari diffidando di teschi e meduse), ma in cui si respira una straziante, disperata *aria di casa*...

✵

Camminai, camminai... Quanto camminai? Se l'inizio di un cerchio è sempre il frutto di una scelta, di un'azione deliberata, lo è anche la sua fine: nient'altro che *il punto di uscita*, anche quando finisce per coincidere con l'inizio. Così, immaginami vagare, vagare, finché un giorno, molti anni dopo, svalicata una cima e passati pascoli e mulattiere e villaggi spopolati e campi di bietole pieni d'ortiche, ruscelli tornati chiari che formavano polle gelide dove correvano banchi di pesci minuscoli e frutteti e fili spinati rotti e strade bianche dei colli via via più pianeggianti e depositi di resti metallici e sedie sfondate abbandonate in aie divenute impero dei gatti, e fossi e berignoli e archetti ferroviari e sbuffi di denti di leone e ortiche, superai tutta una serie di edifici e padiglioni bruciati, di steccati divelti, e arrivai in una specie di cascina all'incrocio di due piccoli fiumi, con le porte e le finestre sfondate, e di primo acchito pensai che là dentro avrei trovato, magari, un materasso dove riposare, e solo al mattino capii che quel posto non era altro che il Mulino, e con ciò che ero, in qualche modo, trasfigurata; che non ero più in me, o me. Ma c'era tempo per fermarsi, adesso. C'era tutto il tempo. Caddi a sedere sotto il fico, nel cortile fattosi prato incolto. Vidi passare una farfalla, una cavolaia bianca e nera, e fui liberata.

✵

Quanto ho girato, mi chiedi? Quanto bastava, credo. Forse meno di quel che ho raccontato, forse di più. Celestina e Rossana mi avevano accolta giusto qualche settimana prima del tuo arrivo. Cammina, cammina, può arrivare anche il momento in cui i cerchi si chiudono puntuali, armonici, pensa tu.

✵

Cos'è quella faccia? Avrai capito qual è il tuo compito adesso, no? Ehi, non commuoverti, non c'è niente da piangere: Cleo...

Lascerà il suo corpo ma...

Bene, vedo che le hai imparate, queste *fregnacce che ciclicamente vengono su dall'Oriente*. Vuoi accompagnarmi sopra, sul letto?

ॐ

Colui o colei la cui mente è divorata dall'orca famelica dell'illusione affonda e riemerge continuamente dallo smisurato oceano dell'essere, in balìa delle onde. Si tratta di un fato senz'altro miserabile. È tuttavia difficile ottenere una nascita umana, come difficile è incontrare un percorso di devozione e intraprenderlo con sincerità; ancora più difficile è raggiungere una perfetta conoscenza e una perfetta saggezza. E persino più arduo è riuscire a distinguere l'essenza dell'anima dall'illusione e rendersi conto della coincidenza dell'anima individuale con quella universale, che è esistenza, consapevolezza e infinità, ed è unica, pura, eterna, suprema, non nominabile, autodefinente, gloriosa, beata e immutabile. Questo tipo di liberazione, che trascende la semplice nozione dell'unità dell'uno col tutto, e in cui non sussiste differenza tra conoscente, conoscenza e conosciuto, è il risultato di meriti accumulati nel corso di innumerevoli vite.

Note dell'autore e ringraziamenti

Gli esercizi spirituali di Shakti Devi e Kumari Devi sono in parte adattamenti dalla *Brhadaranyaka Upanisad* (SE, a cura di Marcello Meli, traduzione di Ferdinando Belloni Filippi), da *Vijñanabhairava. La conoscenza del tremendo* (Adelphi, a cura di Attilia Sironi), da *Gli aforismi di Shiva* di Vasugupta (Adelphi, a cura di Raffaele Torella) e da *Trovare il centro*, appendice di *La porta senza porta* di Mumon (Adelphi, a cura di Nyogen Senzaki e Paul Reps, traduzione di Adriana Motti); i testi morelliani sono naturalmente adattamenti da *Rayuela* di Julio Cortázar (Einaudi), nella traduzione di Flaviarosa Nicoletti Rossini; alcuni passaggi del primo discorso del Carme sono adattamenti da *L'insurrezione che viene* del Comitato Invisibile (Nero), nella traduzione di Marcello Tarì; il testo a p.217 è un mash-up tra varie poesie Virasaiva da *Speaking of Shiva* (Penguin), su mia traduzione; quello a p. 291, tra la *Canzone di Amergin* (da Robert Graves, *La dea bianca*, Adelphi, traduzione di Alberto Pelissero) e i canti di María Sabina (da María Sabina, *Selections*, University of California Press, mia traduzione).

Sono stati inoltre utili ai fini della stesura, o sono citati, gli articoli *Stati di coscienza in un pellegrinaggio oltre le nuvole* di Massimo Dusi (apparso su "Altrove"), *Pronto soccorso per speleologi narrativi* di Francesco Gallo (apparso su "minima & moralia"), *Psichedelia e razionalità: per un ritorno alla mistica* di Giovanni Ceccanti (apparso su "L'Indiscreto"), *Le tribù del collasso* di Alessio Giacometti (apparso su "Il Tascabile"), *Quando finirà il Kali Yuga?* di Adriano Ercolani (apparso su "Nazione Indiana"), nonché il libro di Mario Cardano *Lo specchio, la rosa e il loto* (SEAM) e *L'agenda di Mère* di Mirra Alfassa (Satprem).

L'edizione del *Vivekachudamani* a cui ho fatto riferimento è quella inglese pubblicata da Aurea Vidya.

Per semplicità si sono scelte traslitterazioni senza indicazioni fonetiche.

I nomi di alcuni luoghi sono stati cambiati per esigenze drammaturgiche.

Ringrazio Raoul e il Pikkio per alcuni materiali essenziali alla stesura e Federico, Francesco A., Francesco D., Gregorio e Juliette per l'aiuto nella revisione.

Indice

Mondadori Libri S.p.A.

Questo volume è stato stampato
presso ELCOGRAF S.p.A.
Stabilimento - Cles (TN)

Stampato in Italia - Printed in Italy